Ruth Gogoll

Computerspiele

Ruth Gogoll

Computerspiele

Ein Lesbenkrimi

im
konkursbuch
Verlag

edition el!es
Herausgegeben von Ruth Gogoll

im konkursbuch Verlag

Postfach 1609
72006 Tübingen
Tel.: +49 (0)7071 / 78 77 9
Fax: +49 (0)7071 / 76 37 80
Internet: www.konkursbuch.com
Umschlaggestaltung: Anette Banck,
Design & Multimedia, Freiburg
Satz: Antje Küchler,
graphik.text, Grenzach-Wyhlen
Druck: Typo-Druck-Roßdorf GmbH
ISBN 3-88769-604-2

Prolog

»Noch nicht! ... Noch nicht! ... Noch ... nicht!« keuchte die blonde Frau in Noras Armen und stöhnte vor Lust. Nora hielt sie fest und saugte weiter an ihren Brustwarzen, bis sie plötzlich »Ja!« stöhnte und noch einmal »Ja!« Sie warf den Kopf hin und her und ließ sich von Noras Berührungen immer mehr in den Orgasmus treiben, der nicht enden zu wollen schien. Ihr Körper beruhigte sich nur langsam, und Nora streichelte von ihrem Hals über ihre Seiten und ihren Bauch bis zwischen ihre Beine hinunter und wieder zurück, bis sich die Spannung langsam aus ihren Muskeln löste und sie die Hüften, die sie weit darüber hinaus gehoben hatte, wieder auf das Laken sinken ließ. Nora drehte sich auf die Seite und lächelte. Sie war erschöpft, aber glücklich. Die Frau ihrer Träume hatte sich ihr hingegeben und ihr gezeigt, wie sehr sie ihre Berührungen erregten. Was konnte es Schöneres geben?

***

Der Wecker schrillte und riß Nora aus den wenigen Minuten Schlaf, die sie am Morgen gefunden hatte. Sie drehte sich mehrmals stöhnend von einer Seite auf die andere. Nach einem erneuten Blick auf das Zifferblatt schob sie ächzend die Beine über die Bettkante und stand auf.

Immer wieder quälten sie in letzter Zeit die gleichen Träume. Es waren schöne Träume und dennoch wachte sie auf wie gerädert. Die Träume verlangten eine Entscheidung von ihr. Aber sie wollte sie nicht treffen. Wenn die Nacht vorbei war, wollte sie nicht mehr daran denken - oder nur an den angenehmen Teil: Die schöne Frau, die sich in ihren Armen wand. Nicht an die Gefühle, die sie immer überkamen, wenn es vorbei war, wenn die Erregung abklang, die sie morgens noch zwischen ihren Beinen spürte.

Die Träume waren zu dem Zeitpunkt aufgetaucht, als Nora und Melanie beschlossen hatten, in getrennten Zimmern zu schlafen. Nein, eigentlich hatte Nora es beschlossen. Sie hatte Melanie nicht mehr an ihrer Seite im Bett ertragen können, wollte sie nicht mehr spüren, wenn sie nachts aufwachte und sich umdrehte. Sie wußte nicht, warum, wollte es nicht wissen. Melanie hatte verständnislos reagiert, sich aber nicht gegen Noras Ansinnen wehren können, denn sie wurde von Noras unbewußten Stößen im Schlaf fast aus dem Bett geworfen. Da zog sie dann doch lieber in ihr eigenes Zimmer um statt eines Morgens neben dem Bett aufzuwachen und ihre blauen Flecken zu zählen.

Nora weigerte sich, mit Melanie darüber zu sprechen, welches Unbehagen ihr ihre Anwesenheit verursachte. Sie beruhigte sich selbst damit, daß sie Melanie nicht verletzen wolle, aber sie wußte, daß es Feigheit war. Sie versuchte, Gespräche mit ihr zu führen, die den Anschein erweckten, als sei es nur eine momentane Störung der Kommunikation zwischen ihnen, Noras Überarbeitung in ihrem Job, eine vorübergehende Angelegenheit. Aber in ihrem Inneren wußte sie sehr genau, daß das einzige, was vorübergehen würde, die Beziehung mit Melanie war. Nichts anderes.

Eine Beziehung, die lange Zeit fast perfekt erschienen war, die nach außen immer wunderbar funktioniert hatte - und auch nach innen, zumindest die ersten Jahre. Nora hatte gedacht, sie hätte ihren Hafen fürs Leben gefunden. Sie hatte sich ein Leben ohne Melanie gar nicht mehr vorstellen können. Und dann - war es Melanie gewesen oder sie, die sich zuerst verändert hatte? Sie wußte es nicht mehr. Plötzlich wurden die Abende, die sie gemeinsam verbrachten, zur Qual, zur langweiligen Pflichtübung. Eine Weile noch war der Sex davon ausgenommen, aber auch er folgte. Nora hatte schon lange keine Lust mehr, mit Melanie zu schlafen. Bis vor einem halben Jahr hatte sie es dennoch getan, und da sie so gut aufeinander eingespielt waren - die Frucht langer Jahre - redete sie sich ein, zumindest in diesem Bereich sei noch alles in Ordnung. Sie bekam ihren Orgasmus und Melanie ihren. Darum ging es doch. Oder nicht?

Die Gedanken quälten Nora und ließen sie oft keinen Schlaf finden, und wenn sie ihn dann fand, war er kurz und unruhig. Nur manchmal, wenn ihre Traumfrau erschien, hatte sie das Gefühl, etwas zur Ruhe zu kommen, zu entspannen. Aber auch das bewahrte sie nicht davor, jeden Morgen mit verquollenen Augen aufzuwachen.

***

Was kann ich denn dafür?« Nora beendete die Diskussion, indem sie ihre Lederjacke nahm und die gemeinsame Wohnung verließ. Sie ging langsam die Treppe hinunter. Unheilvolle Stille staute sich hinter ihr an. *Warum muß es immer wieder dazu kommen?*

Sie betrat die nächste Stufe nach unten. Über ihr knallte die Tür ins Schloß. Sie zuckte zusammen und schloß die Augen in Erwartung des Klirrens, das anzeigen würde, daß einer der Glaseinsätze der Wohnungstür nun endgültig zu Bruch gegangen war. Kurz darauf öffnete sie die Augen wieder. Es war nichts weiter geschehen. Außer einem leichten Vibrieren der Tür war nichts mehr zu hören. Mit resignierten Schritten setzte sie ihren Weg nach unten fort.

Sie trat aus der Haustür und atmete tief durch. Ein wenig von der Spannung, die sie gefangen gehalten hatte, fiel von ihr ab. *So kann es nicht weitergehen,* dachte sie erschöpft. *Aber was soll ich nur tun? Kann ich überhaupt noch irgend etwas tun?* Unentschlossen stand sie in der Einfahrt. Dann gab sie sich einen Ruck. Sie stieg in ihr Auto und fuhr los.

Vielleicht habe ich Glück, und es läuft ein guter Film im Kino. Ihre Gedanken wandten sich dem Abend zu, den sie nun für sich allein hatte. Die Vorstellung begann ihr zu gefallen. Endlich einmal Ruhe, keine Vorwürfe und keine Rechtfertigungen!

Sie näherte sich der Innenstadt. Nach längerem Herumfahren fand sie einen Parkplatz und stellte den Wagen ab. Als sie an den Kinos angekommen war und das Programm studierte, stellte sie erfreut fest, daß *Grüne Tomaten* noch immer lief. Sie mußte schmunzeln. *Das Geheimnis liegt in der Soße,* murmelte sie vor sich hin. *Das ist genau das richtige, um mich abzuregen.*

Zwei Stunden später betrat sie wieder die Straße. Der Film hatte ihre Stimmung gehoben. Sie kam sich nun nicht mehr so hilflos und geplagt vor. Sie wollte diesen Zustand so lange wie möglich ausdehnen und beschloß, dem Frauencafé noch einen Besuch abzustatten. So ein schöner Sommerabend mußte genossen werden! Beschwingt ausschreitend strebte sie der kleinen Nebenstraße zu, in der sich das Café befand.

Hallo, Nora.« Die Thekenfrau begrüßte sie mit einem freundlichen Lächeln. Nora sah sich im Café um. Sie nickte ein paar bekannten Gesichtern zu und war ein wenig enttäuscht, daß sie keine ihrer engeren Freundinnen sah. Bei der Thekenfrau bestellte sie ein Bier und nahm es mit an einen leeren Ecktisch. Sie bereute fast augenblicklich, daß sie beschlossen hatte, sich allein an einen Tisch zu setzen, denn das Gedankenkarussell, das so angenehm von dem Film unterbrochen worden war, begann sich erneut zu drehen. Überlegend blickte sie um sich. *Vielleicht sollte ich mich doch an einen anderen Tisch setzen. Egal, worüber sie sprechen, es wird mich auf jeden Fall ablenken.*

Während sie noch darüber nachsinnend in ihr Bierglas starrte, öffnete sich die Tür des Cafés. Sie sah automatisch hoch und erwartete, ein mehr oder weniger bekanntes Gesicht auftauchen zu sehen, im besten Falle eine Freundin. Überrascht blieb ihr Blick auf der eintretenden Frau haften. Sie konnte es nicht glauben. Diese Ähnlichkeit! Es konnte nicht sein, es war ja nur ein Traum gewesen, aber das war die Frau - das war die Frau, mit der sie heute nacht geschlafen hatte! Im Traum. Die sich unter ihr gewunden und sie um Erlösung angefleht hatte. Na ja, so genau hatte sie ihr Gesicht nicht gesehen ... Aber dennoch: Das war sie. Das war ihre Traumfrau. Davon war sie fest überzeugt. Jedenfalls hatte diese Frau da, die nun mit selbstsicheren Schritten auf die Theke zuging, eine große Ähnlichkeit mit ihr. So viel Ähnlichkeit, daß Nora ihren Blick nicht von ihr lösen konnte. Auch andere Frauen, die an den Tischen saßen, blickten die blonde Frau neugierig an. Sie war eine Fremde, und das war selten hier. Doch ebenso schnell war das Interesse wieder erloschen. Die anderen wandten sich ihren ursprünglichen Gesprächen zu.

Nora konnte sich jedoch nicht vom Anblick der fremden Frau losreißen. Peinlich berührt bemerkte sie nach einiger Zeit, daß sie die Unbekannte fasziniert anstarrte. Sie stand jetzt an der Theke, bestellte etwas bei der Thekenfrau und sprach kurz mit ihr. Sie lachten beide über etwas. Nora spürte einen eifersüchtigen Stich und rief sich innerlich zur Ordnung. *Du kennst sie doch nicht einmal!*

Soll ich zur Theke gehen? Ich traue mich bestimmt nicht, sie anzusprechen, selbst wenn sie direkt neben mir steht. Und wenn ...?

Die blonde Frau sah sich um und suchte offensichtlich einen Platz, der ihr gefiel. Ihre Blicke schweiften durch den ganzen Raum. Nora zog die Schultern ein. Das brennende Bedürfnis, sich zu verstecken, kroch in ihr hoch. Ihr Herz klopfte wie wild.

Endlich setzte die fremde Frau sich in Bewegung, sie kam auf Noras Tisch zu. *Du meine Güte! Sie wird sich doch nicht zu mir setzen wollen?* Hoffen und Bangen hielten sich in Nora die Waage. Nichts wünschte sie sich mehr, als diese Frau kennenzulernen, aber was war, wenn sie Nora nicht mochte? Wenn sie über sie lachte?

Je näher die Frau kam, desto mehr erkannte Nora, daß sie an ihrem Tisch vorbeigehen würde. Sie beruhigte sich langsam, und Enttäuschung trat an den Platz der freudig-bangen Erwartung. Gerade, als sie auf Noras Höhe war, stolperte sie plötzlich - der selbstverlegte Teppichboden hatte so seine Tücken - und stützte sich auf Noras Tisch ab. Ihr Glas schwappte über, und sie konnte die Fallbewegung in Noras Richtung kaum bremsen.

Nora hob instinktiv die Hände und hielt die Bewegung auf. Sie hielt den Arm der Frau immer noch fest, als es schon längst nicht mehr nötig war. Dann erst wurde ihr die Berührung bewußt. Als ob sie sich verbrannt hätte, ließ sie blitzartig los. Die andere lächelte. Nur mit äußerster Mühe brachte Nora ein verschämtes Grinsen zustande.

Du mußt etwas sagen, sonst ist gleich alles wieder vorbei. Nun mach schon! Sie holte tief Luft und versuchte zu sprechen. Panik ergriff sie. *Mir fällt nichts ein! Himmel, ich weiß nicht, was ich sagen soll. Sie wird fortgehen und ich ...*

»Danke«, sagte die andere Frau schlicht.

Nora schreckte aus ihren Gedanken hoch. Sie atmete heftig aus. »Oh bitte, gern geschehen.« Verzweifelt suchte Nora nach einem Gesprächsthema. Was konnte diese Frau nur interessieren?

Wieder kam ihr die andere zuvor. Sie blickte auf die Weinlache, die sich langsam über den halben Tisch verteilte und ihn am Rand auch schon zu verlassen drohte. »Entschuldigung, das war wirklich sehr ungeschickt von mir.«

Nora winkte entschieden ab. »Ach, das ... das hätte mir auch passieren können. Wir haben erst kürzlich renoviert. Dabei haben wir auch den neuen Teppichboden gelegt, und da wir alle nicht vom Fach sind, ist das Ergebnis eben ...« Sie grinste unsicher.

Die andere sah sich trotz ihres eigenen Mißgeschicks beifällig um. »Das war sicher viel Arbeit.« Ein freundlicher Blick aus tiefblauen Augen traf Nora.

Blaue Augen! Du lieber Himmel - blond und blauäugig - das kann doch nicht wahr sein! Wirklich die Frau ihrer Träume. Nora räusperte sich, um ihre Stimme wieder in den Griff zu bekommen. »Mhm - ja.« *Wenn das so weitergeht, werden wir uns den Rest des Abends über den Teppichboden unterhalten - das hat mir gerade noch gefehlt!* Nora gab sich einen Ruck. Irgend etwas mußte sie ja fragen. Also warum nicht das Nächstliegende? Ihr fiel sowieso nichts Besseres ein. Sie atmete einmal tief durch. »Du ... du bist zum ersten Mal hier?«

Der Strahl der blauen Augen kehrte zurück und traf Nora genau in die Magengrube. Sie versuchte, den Reflex zu unterdrükken, sich zusammenzukrümmen.

Die andere Frau lächelte wieder freundlich. »Falle ich so auf?«

»Nein, nein - ich meine, es liegt nicht an dir. Es ist ...« Nora verhaspelte sich und wußte nicht mehr weiter. Sie schluckte. *Sie wird mich für beschränkt halten, wenn ich so rumstammele. Kann ich denn keine normale Unterhaltung mehr führen? - Mit ihr? Sei nicht albern. Natürlich nicht!* »Es ist nur - die Stadt ist so klein«, schloß sie lahm.

»Ja, ich verstehe.« Die andere lachte. »Da ist jede neue Frau wie ein bunter Papagei in einem Spatzenschwarm, nicht wahr? Das ist nett. Nicht so anonym wie in der Großstadt.«

Die Vorstellung von ihrem Gegenüber als Papagei erheiterte Nora. Sie mußte ebenfalls lachen. »Das stimmt.« Sie rang sich zu einer Entscheidung durch. »Übrigens, ich heiße Nora.«

»Ellen.« Die andere Frau reichte ihr die Hand. Überrascht von dieser förmlichen Geste nahm Nora sie nur flüchtig und erwiderte den Händedruck kaum. Ellens Hand war kühl. Sie schien Noras Erregung nicht zu spüren. »Darf ich mich setzen?«

Ellens fragender Blick versetzte Nora wieder in peinliche Erregung. Warum hatte sie Ellen nicht aufgefordert? »Ja, ja natürlich!« Nora sprang auf, um ihre Verlegenheit zu überbrücken. »Ich werde einen Lappen holen, sonst machst du dich noch naß.«

Die andere grinste, sagte aber nichts. Nora lief rot an. Sie hatte es doch gar nicht zweideutig gemeint! Schnell lief sie zur Theke und kam mit einem Spültuch wieder. Als die Gefahr auf dem Tisch beseitigt war, setzte sie sich wieder an ihren Platz.

Da Nora keine Anstalten dazu machte, eröffnete Ellen das Gespräch. »Studierst du hier?« fragte sie interessiert.

»Nein.« Nora war erstaunt.

»Ach, ich dachte ... So, wie du angezogen bist. Ich hätte gewettet, daß du Studentin sein mußt.« Die andere musterte sie mit einem flüchtigen Blick von oben bis unten und lächelte ein wenig entschuldigend.

Nora sank in die Knie vor diesem Lächeln - oder sie hätte es getan, wenn da nicht der Stuhl im Weg gewesen wäre. Sie schluckte. »Na ja, ich habe hier studiert. Bis vor vier Jahren. Und meinen Kleidungsstil habe ich seither wohl wirklich nicht sehr geändert. Insofern ist die Einordnung gar nicht so falsch.« *Es stört sie, es stört sie sehr! Morgen gehe ich ins beste Geschäft am Ort und kaufe mir etwas zum Anziehen. Etwas Nicht-Studentisches!* Nora lächelte leicht gequält. Das war wirklich eine merkwürdige Situation: Sie sah immer wieder die Szenen von heute nacht sich vor ihrem geistigen Auge abspielen, und die Frau, die sie zum Stöhnen und zum Orgasmus gebracht hatte, stand vor ihr und kannte sie nicht einmal. Nora war überzeugt, daß *sie* es war. Jetzt hatte sie ganz eindeutig ein Gesicht: Ellens.

Ihr Blick blieb an Ellens Mund hängen. Sie hatte ihn geküßt, in der Nacht, im Traum, und sie wünschte sich nichts sehnlicher als eine Wiederholung. Aber das war jetzt absolut unpassend, wie gut sie sich auch daran erinnern mochte. Was Ellen wohl zu einem solchen Ansinnen sagen würde? *Sie* konnte sich schließlich an nichts erinnern und kannte Nora erst seit fünf Minuten. Nora hingegen kam es vor, als ob sie Ellen schon ewig kennen würde.

Ellen begann eine Unterhaltung und fragte Nora über die speziellen Sehenswürdigkeiten der Gegend und die Gepflogenheiten an der Uni aus. Wie man es eben so tut, wenn man gerade neu in eine Stadt gezogen ist. Nora hätte natürlich brennend gern etwas über Ellens Privatleben erfahren, aber das schien kein Thema zu sein. Da Ellen es nicht ansprach, traute Nora sich nicht, einen Vorstoß in diese Richtung zu machen.

Irgendwann sah Ellen auf ihre Armbanduhr. »So spät schon? Ich wollte eigentlich nur kurz etwas trinken, um müde zu werden.« Sie lachte leicht erstaunt auf.

Ich weiß etwas viel Schöneres, wovon du müde werden kannst!

Ellen machte Anstalten, sich zu erheben. »Ja, dann ...«

Nora hätte sie am liebsten festgehalten. Ellen gähnte und hielt sich die Hand vor den Mund. »Entschuldigung - ich bin normalerweise mitten in der Woche um diese Zeit schon im Bett.«

Im Bett? Allein? Nora fühlte den drängenden Wunsch, die Frage zu stellen. Stattdessen sagte sie, »Ja, der Mittwoch ist ein bißchen ungünstig, aber das Frauencafé hat ja auch Freitag und Samstag geöffnet.« Hoffentlich verstand sie den Wink!

Ellen unterdrückte ein erneutes Gähnen. »Das habe ich gesehen.« Sie blinzelte nun schon reichlich müde mit den

Augenlidern. Sie sah nicht danach aus, das Thema weiter vertiefen zu wollen.

Also mußte Nora direkt fragen. »Bist du ... bist du am Freitag vielleicht wieder hier?« Sollte sie doch denken, was sie wollte!

Mit gleichgültigem Gesichtsausdruck antwortete Ellen schläfrig, »Freitag? Ich glaube nicht. Da habe ich schon etwas anderes vor.«

Sag mir, was es ist, und ich werde es platzen lassen! Nora traute sich nicht, nun auch noch nach dem Samstag zu fragen. *Sieh es ein: Sie kommt nur hierher, um in Ruhe etwas zu trinken, um müde zu werden. Nicht, um andere Frauen kennenzulernen. Eine nette Unterhaltung, mehr will sie nicht.*

Ellen streckte die Hand aus. »Es war sehr interessant. Es hat mich gefreut, dich kennenzulernen.« Die Frau hat die Förmlichkeit geradezu gepachtet!

Nora war wieder genauso konsterniert von der Geste wie am Anfang. »Ja.« Nora nahm die Hand und hielt sie fest.

Es gab anscheinend eine genau bemessene schickliche Frist, in der das erlaubt war. Danach zog Ellen ihre Hand zurück. Sie winkte der Thekenfrau zu. »Tschüß.«

»Tschüß«, klang es vom Spülbecken zurück.

Nora schluckte. Ihre Hand fühlte sich leer an. »Tschüß«, brachte sie mühsam hervor.

Ellen lächelte, drehte sich um und war schon hinter der sich schließenden Tür verschwunden.

Nora hatte es bei anderen immer gehaßt, wenn sie beobachtete, daß sie eine ausgebrannte Beziehung nur dann beenden konnten, wenn eine neue in Sicht war. Nun erging es ihr fast ebenso. Obwohl man die Begegnung mit Ellen wohl kaum eine Beziehung nennen konnte, erschien Nora die Trennung von Melanie auf einmal unvermeidlich. Sie konnte und wollte sie plötzlich nicht mehr hinaussschieben.

Als sie nach Hause kam, saß Melanie rauchend und trinkend in der Küche. Die Küche bot keinen schönen Anblick. Es sah aus, als ob eine Bombe eingeschlagen hätte. Allein daran konnte sie Melanies Gemütsverfassung ablesen. Es herrschte eine Art Ruhe vor dem Sturm. Die Spannung war deutlich zu spüren.

Nora setzte sich und sah Melanie an. »Melanie, wir können so nicht weitermachen.«

Trotzig wie immer blickte Melanie hoch. »Hast du eine andere gefunden?«

Nora seufzte. »Darum geht es nicht, Melanie. Es geht darum, daß wir uns beide gegenseitig kaputtmachen, wenn das so weitergeht.«

»Also du hast«, stellte Melanie fast befriedigt fest.

»Nein, nicht so, wie du denkst.« Nora atmete aus und dann wieder tief ein, um einigermaßen ruhig zu bleiben. »Aber ich habe festgestellt, daß es so nicht weitergehen kann.«

Melanie ließ sich nicht so leicht ablenken. »Nicht so, wie ich denke? Was denke ich denn?«

Nora seufzte erneut. »Also gut. Ich habe eine Frau kennengelernt, mit der ich mich gut unterhalten habe. Weiter nichts. Aber dabei ist mir endgültig aufgefallen, daß wir uns schon lange nicht mehr unterhalten. Wir streiten uns nur noch. Oder wir gehen uns aus dem Weg.«

Melanie war nicht an einer vernünftigen Diskussion interessiert. Sie beharrte auf dem einzig ihr wichtig erscheinenden

Punkt. »Du hast eine andere! Gib es doch zu!« Melanie brach in Schluchzen aus. »Und ich? Bedeute ich dir gar nichts mehr?«

»Ich habe keine andere, Melanie. Es geht um uns.« Nora fühlte, daß ihr die Unterhaltung erneut entglitt, wie es schon so oft der Fall gewesen war. Aber diesmal wollte sie das nicht zulassen. »Warum wäre ich sonst hier?« fragte sie in der Hoffnung, Melanies Gedanken damit in eine andere Richtung lenken zu können.

Melanie lachte boshaft. »Du wärst sicher lieber bei ihr, das kann ich mir vorstellen! Wieso bist du denn überhaupt gekommen? Hat sie dich aus dem Bett geschmissen, die feine Dame?«

Nora riß der Geduldsfaden. Immer wieder hatte Melanie versucht, Nora in die Position der Schuldigen zu drängen, und dieses Mal versuchte sie es wieder. Nora fühlte, wie das Mitleid, das in der letzten Zeit das beherrschende Gefühl gewesen war, das sie für Melanie empfunden hatte, einer gewissen Kälte wich. Dann eben auf die brutale Tour, wenn sie es nicht anders wollte! »So weit waren wir leider noch nicht«, versetzte sie kühl.

Melanie starrte sie an, schluchzte auf und rannte in ihr Zimmer. Kurze Zeit später erschien sie wieder. Sie hatte eine kleine Reisetasche in der Hand. Ihre Augen waren immer noch gerötet, aber sie weinte nicht mehr. »Ich fahre zu meinen Eltern.«

»Kommst du ... kommst du zurück?« zwang sich Nora zu fragen.

»Nein, ich glaube nicht. Oder höchstens, um meine Sachen abzuholen. Aber vielleicht kannst du sie mir ja auch nachschicken.«

»Ja. Ja, sicher. Ich kann sie dir nachschicken, wenn du möchtest.«

Melanie legte die Hand auf die Klinke. Es sah aus, als ob sie erwartete, daß Nora sie zurückhielte.

Nora stand nur da und sagte nichts. Ihr fiel nichts mehr ein, was sie hätte sagen können.

Melanie öffnete die Tür und ging. Die Tür fiel ins Schloß. Nora war allein.

Da dies immer ihre gemeinsame Wohnung gewesen war, kam Nora sich auf einmal sehr verloren vor. Sie ging in der Wohnung umher. Sie bemerkte, daß sie das Alleinsein genoß, aber es machte ihr auch angst. Sie nahm sich ein Buch und setzte sich in einen Sessel. Unfähig zu lesen, bei allem, was ihr im Kopf herumging, starrte sie vor sich hin. Noch einmal zogen die ganzen Szenen der vergangenen Monate - oder waren es sogar schon Jahre? - an ihrem inneren Auge vorbei. Sie fragte sich, was sie falsch gemacht hatte, was sie hätte anders machen können.

Plötzlich und unerwartet - so, wie der Tod in manchen Todesanzeigen beschrieben wird - war das Ende der Beziehung da.

***

Am Samstagmorgen erwachte Nora mit einem Gefühl der Verlassenheit. Sie hatte nicht geträumt. Langsam stand sie auf, ging in die Küche und machte sich einen Kaffee. Jetzt brauchte sie erst einmal zwei Stunden für sich. Während der beiden vergangenen Tage hatte ihr die Arbeit keine Zeit gelassen, über die Veränderungen in ihrem Leben nachzudenken.

Sie setzte sich mit ihrem Kaffee auf den Balkon und genoß die warme Morgensonne. Der Blick über den See war phantastisch um diese Zeit. Der Himmel war noch rötlich verfärbt vom Sonnenaufgang, wie immer lag ein nebliger, fast wolkiger Dunst über dem Wasser, und die Schweizer Berge schimmerten schneebedeckt in der Entfernung, als wären sie aus Zucker - wie auf einer Postkarte. Vereinzelt ließen sich schon Segelboote auf dem Wasser sehen, die Segel hoben sich ab wie weiße Tupfen auf einem mal mehr grau, dann mehr blau schimmernden Tuch. Die meisten Segler waren um diese Zeit aber wohl noch mit etwas anderem beschäftigt, so daß der See noch nicht in hektischer

Betriebsamkeit unterging. Er strahlte eine Ruhe und tiefe Gelassenheit aus, wie ein großes Tier, das von niemandem etwas zu fürchten hat und deshalb bei einer Störung nur kurz mit den Augen blinzelt, ohne darauf zu reagieren.

Nora liebte diese allein verbrachten Morgenstunden am Wochenende, die sich so wohltuend von der üblichen atemlosen Hetze der Wochentage abhoben. Und seit ihr Verhältnis mit Melanie nicht mehr das beste genannt werden mußte, waren dies auch die einzigen Stunden gewesen, in denen sie sich von den nervenaufreibenden Streitereien erholen konnte. Ihre Nackenmuskeln verspannten sich in der noch so nahen Erinnerung. Kurz darauf entspannte sie sich wieder. Sie dachte an Ellen und lächelte. Ihr Lächeln wurde schmerzlich. Bekümmert sann sie darüber nach, wie wenig Aussicht bestand, Ellen wiederzusehen. Und selbst wenn - Ellen sah nicht danach aus, als ob sie auf der Suche wäre. Für sie war es wahrscheinlich nur ein belangloses Gespräch gewesen. Interessant genug, ihr den Abend zu verkürzen, und harmlos genug, sie hinterher unverändert müde ins Bett fallen zu lassen.

Sie stellte sich Ellen im Bett vor. Ihr wurde heiß. Dieser Körper - eingehüllt von weißen Laken. Und dieser Mund - das war zu viel! Obwohl sie allein war, lachte sie verlegen auf. *Ich sollte mich mit etwas anderem beschäftigen. Das führt doch sowieso zu nichts!* Sie blickte wieder über den See. Die Nebelschwaden an der Wasseroberfläche begannen, sich zu verziehen. Sie rissen auf wie dünner Teig, der zu sehr auseinandergezogen wird. An einigen Stellen spiegelten sich stattdessen die Wolken im Wasser, oder die Uferbüsche standen für einen Moment grotesk auf dem Kopf, bis sich das Auge an die Umkehrung der Verhältnisse gewöhnt hatte.

Sie reckte die Arme in die Luft, räkelte sich den Schlaf aus den Gliedern und überlegte, was sie heute noch tun wollte. Zum ersten Mal seit Jahren brauchte sie niemand zu fragen. Es war ein ungewohntes Gefühl. Zuerst dachte sie daran, diese wiedergewonnene Freiheit sofort auszunutzen und ganz zu Hause zu bleiben, aber dann fiel ihr ein, daß der Kühlschrank eine gähnende Leere aufwies. Zudem hatte sie schon letzte Woche in der Buchhandlung etliche Bücher bestellt und war noch immer nicht dazu gekommen, sie abzuholen.

Die zweite Tasse Kaffee machte sie endgültig munter, und sie entschloß sich, so bald wie möglich loszugehen, um nicht in das Gewimmel der Familien am Samstagvormittag zu geraten.

Nach Ihrer Rückkehr legte sie eine CD auf und nahm sich die Kopfhörer. Wann hatte sie das letzte Mal in Ruhe Musik gehört? Melanie haßte es, wenn Nora nicht ansprechbar war, und um Streit zu vermeiden, hatte Nora es sich angewöhnt, nur noch dann Musik zu hören, wenn Melanie nicht da war. Aber Melanie war eigentlich immer dagewesen. Die Ouvertüre zu »Die Macht des Schicksals« von Verdi durchströmte Nora wie ein rauschender, auf- und abschwellender mächtiger Fluß. Die Schicksalsfanfare entsprach mit ihrem gleichmäßigen, Aufmerksamkeit fordernden Rhythmus genau ihrer Stimmung. Die Schwerfälligkeit, mit der sich die Melodie vorwärtsbewegte, sich mühsam nach oben schob und erschöpft wieder zurückfiel, entsprach der Sisyphusarbeit, die sie das Gefühl hatte, in ihren Gesprächen mit Melanie geleistet zu haben. Erstaunlich, daß ein Komponist so etwas dermaßen exakt in Musik übersetzen konnte. Erst nach ein paar Minuten konnte Nora sich richtig auf die Musik konzentrieren. Am Anfang erwartete sie jeden Moment eine Störung und spürte die nervöse Anspannung eines Tieres, das jederzeit zum Sprung bereit sein mußte. Es war so ungewohnt, wirklich allein und ungestört zu sein. Nach einer Weile ließ die Anspannung ein wenig nach. Melanie würde nicht kommen und ihr Vorwürfe machen, weil Nora sich nicht um sie kümmerte. Sie ließ sich in den Ohrensessel zurücksinken und genoß die Musik mit allen Fasern ihres Körpers. Als sie zu Ende war, fühlte sie sich auf der einen Seite entspannt, aber auch leer und verlassen.

Mittlerweile war es dunkel geworden. Sie nahm eine kurze Dusche, zog sich um und verließ das Haus. Auf der Straße blieb sie unschlüssig stehen. *Tu doch nicht so - es gibt nur einen Ort, wo du hinwillst - und nur einen Grund, weshalb!*

Erst langsam, dann immer schneller setzte sie sich in Richtung Frauencafé in Bewegung.

***

Wie immer samstags war es brechend voll. Der kleine Raum - eher ein Wohnzimmer als eine Kneipe - konnte die vielen Frauen, die trinkend und redend herumstanden, kaum fassen. Manchmal versuchten einige, auf dem wenigen noch verbliebenen Platz zwischen den Tischen zu tanzen. Sie meisten standen am Rand und taten gar nichts.

Nora überflog mit einem schnellen Blick die Gesichter. Ellen war nicht da. Enttäuschung breitete sich in ihr aus, dann durchfuhr sie ein Schreck. Möglicherweise war es nur ein einmaliges Gastspiel gewesen! Am liebsten hätte sie gleich wieder gehen mögen.

Aber diese Absicht ließ sich nicht so leicht in die Tat umsetzen. Eine Freundin winkte Nora von einem Tisch aus zu. Nora überlegte einen Moment. Würde es sich lohnen, hierzubleiben? Eigentlich ... So schnell gab sie die Hoffnung doch sonst nicht auf. Aber heute ... sie hatte sich so sehr gewünscht, Ellen wiederzusehen, und die unangenehmen Seiten des Lebens für eine kurze Weile aus der Gegenwart zu verbannen. Die Enttäuschung brachte die Erinnerung an die Trennung von Melanie und die Aussicht auf eine trostlose, einsame Zukunft zurück.

Veronika, ihre Freundin, blickte immer noch fragend in Noras Richtung, mittlerweile schon ein bißchen erstaunt, daß sie so lange zögerte. Nora ging hinüber.

»Bläst du Trübsal?« Veronika hatte ihren Gesichtsausdruck bemerkt.

»Nein, eigentlich nicht.« Nora hatte keine Lust, darüber zu sprechen. Veronika musterte sie jedoch so aufmerksam, daß Nora sich dann doch zu einer Ergänzung gezwungen fühlte. »Na ja, vielleicht ein bißchen. Hat keine Bedeutung.«

»Melanie?« fragte Veronika mitfühlend.

In diesem kleinen Nest wußten alle längst über ihre Beziehungsschwierigkeiten Bescheid. Jede kannte jede, und solche Nachrichten verbreiteten sich wie Lauffeuer. Deshalb erzählte Nora nur sehr wenig von dem, was sie wirklich berührte.

Veronika saß mit zwei anderen Frauen, die Nora flüchtig kannte, am Tisch. Nora setzte sich dazu. Veronika bemerkte wohl, daß Nora nicht nach Reden zumute war. Sie strich ihr tröstend über den Arm und wandte sich dann wieder der Unterhaltung zu, die durch Noras Ankunft unterbrochen worden war. Nora hörte nur mit einem Ohr hin, das andere hatte sie bei der Tür, die sich permanent öffnete und schloß. Sie saß mit dem Rücken halb zum Eingang, so daß sie aus dem Augenwinkel gerade noch feststellen konnte, ob eine kam oder ging.

Nach einer Weile ließ ihre Aufmerksamkeit nach. So spät würde Ellen sicher nicht mehr kommen, wenn sie es denn überhaupt je vorgehabt hatte. Wie hatte sie auch annehmen können, daß eine Frau wie Ellen Interesse an ihr haben könnte? Das war doch sehr unwahrscheinlich. Warum sollte sie? Noras Gedanken verwickelten sich immer mehr in fatalistische Phantasien. Früher war es eines ihrer Lieblingsspiele gewesen, sich in Gedanken auszumalen, was alles Schreckliches passieren konnte. Seit sie den Eindruck hatte, das Schreckliche passiere eigentlich eher in der Wirklichkeit als in der Phantasie - sie hatte sich auch in ihren schlimmsten Träumen nicht vorstellen können, wie entsetzlich ein Leben mit einer Frau in einer Beziehung sein konnte, in der die Liebe fehlte - waren diese Phantasien seltener geworden. Nora hatte sie durch Phantasien eines schöneren, erstrebenswerteren Lebens ersetzt und dann zum Schluß durch die Träume ...

Nora schreckte erst wieder aus ihrer Halbtrance hoch, als die Gespräche am Tisch plötzlich verstummten und ihr jemand auf die Schulter tippte. Sie drehte sich um und sah hoch, der neugierig interessierten Blickrichtung der anderen folgend.

»Hallo«, sagte Ellen.

»Oh - hallo.« Sie hatte sich so sehr damit abgefunden, daß Ellen nicht kommen würde, daß ihr deren tatsächliche Anwesenheit hier jetzt geradezu unwirklich erschien.

Ellen schien auch etwas verunsichert. »Darf ich mich dazusetzen?« fragte sie zurückhaltend.

Nora sprang auf. »Ich wollte mir sowieso gerade einen neuen Wein holen.« Ellen blickte auf das fast volle Glas auf dem Tisch. Die anderen auch. Nora wurde schrecklich verlegen. »Ich mag keinen Rotwein mehr. Ich will lieber weißen«, brachte sie einigermaßen flüssig heraus.

Mein Gott, kaum ist Ellen im Raum und ich benehme mich wie die letzte Idiotin. Die anderen werden sich schieflachen über mich - und sie wahrscheinlich auch.

Ellen drehte sich mit einer eleganten Bewegung um und ging in Richtung Theke. Nora wollte ihr nach, stolperte über ihren Stuhl und mußte ihn erst aufheben, bevor sie weitergehen konnte. Sie hatte das Gefühl, ein Brett im Rücken zu haben, das sie nur unzureichend davor schützte, mit glühenden Strahlen bombardiert zu werden. Sie wollte sich nicht zu den anderen umdrehen, bevor sie wieder Herrin ihrer selbst zu sein glaubte.

Ellen hatte zwei Gläser Weißwein bestellt und reichte ihr jetzt eins davon. »Santé«, sagte sie und stieß mit Noras Glas, das immer noch unbeweglich in deren Hand steckte, an.

Nora brachte keinen Ton heraus und hob das Glas an die Lippen. Sie nahm einen großen Schluck und spürte, wie ihr Hals freier wurde. »Ich wußte gar nicht, daß du kommen wolltest.« Obwohl sie auf nichts anderes gewartet hatte, wollte Nora Ellen nicht das Gefühl vermitteln, daß sie nur ihretwegen hier war.

»Ich wußte es auch nicht. Ich hatte sehr viel zu tun.« Ellen ließ ihren Blick über den überfüllten Raum schweifen. »Sieht schon ein bißchen anders aus als am Mittwoch.« Sie lächelte Nora freundlich-unverbindlich zu.

Nora reihte im Kopf die Fakten aneinander. *Sie wollte nicht kommen. Sie ist nur zufällig hier, weil sie früher mit ihrer Arbeit fertig geworden ist. Es war ihr egal, ob ich da bin oder nicht. Es lag ihr nichts daran, mich zu sehen. Sie ist nicht meinetwegen gekommen. Es ist ihr jetzt nur ein willkommener Auftakt.* Sie hätte beinahe das Glas fallengelassen vor Enttäuschung und Frustration. Ellen sah sie im wahrsten Sinne des Wortes blauäugig an. Nora biß innerlich die Zähne zusammen. *Oh Gott - diese blauen Augen - wenn sie nur nicht so blau wären!*

Ellen deutete mit dem Kopf in Richtung des Tisches, an dem Nora gesessen hatte. »Ich wollte dich deinen Freundinnen nicht entreißen. Ich dachte nur, ich sag mal hallo.« Sie nippte elegant an ihrem Glas.

Nora fiel fast um von dieser Haltung. »Du hast mich nicht ...« *Auch das noch. Sie wollte also nur höflich sein. Kann mir ein Mensch sagen, warum ich heute abend überhaupt hergekommen bin? Blöde Frage - weil du sie unwiderstehlich findest! Und attraktiv, und anziehend, und begehrenswert ... ja, ja, hör schon auf, es stimmt ja alles!*

Sie schielte seitlich zu Ellen hinüber. Ellen beobachtete wieder ruhig den Raum mit seinen vielen Frauen. Die Erkenntnis schoß Nora direkt in den Bauch. *Sie sucht jemand! Heute ist sie nicht nur hier, um zu plaudern. Sie wird nicht allein nach Hause gehen.* Nora fühlte, wie ihr heiße Nadeln den Rücken hinunterkrochen. *Und sie ist so attraktiv - sie kann sich aussuchen, welche sie will!* Nora war völlig bewegungsunfähig. Ihr Verlangen preßte ihr die Luft ab. *Ich werde ersticken, wenn ich nicht sofort atme!* Sie holte tief Luft, wie jemand, der zu lange unter Wasser gewesen ist. Sie mußte husten.

Ellen drehte sich zu ihr um. »Hast du dich verschluckt?« Sie klopfte ihr auf den Rücken.

Oh ja, an dir! Laut sagte sie, »Nein, nein, es geht schon.« Sie zwang sich mit Gewalt dazu, ruhiger zu atmen. Sie steckte eine Hand in die Hosentasche und hielt mit der anderen - wie sie hoffte: lässig - das Glas.

»Bist du schon lange hier?« Mit einem Auge wandte sich Ellen Nora zu, mit dem anderen beobachtete sie immer noch aufmerksam die Frauen an den Tischen und auf der improvisierten Tanzfläche.

Nur höfliche Floskeln. Du willst gar nicht mit mir reden. Am liebsten möchtest du mich los sein, damit du dir eine aussuchen kannst. Sie schüttelte verneinend den Kopf. »Nein. Ich bin kurz vor dir gekommen.« *Die Genugtuung gönne ich dir nicht.* Einige Frauen hatten Ellens Interesse bereits bemerkt und schauten zu ihr herüber. *Euch werde ich die Suppe versalzen!*

»Komm, laß uns den Tisch da nehmen.« Der Tisch stand in einer Ecke, von der aus es fast unmöglich war, den Raum zu überblicken. Ellen schien das nicht bemerkt zu haben. Gehorsam folgte sie Nora und setzte sich ihr gegenüber.

So weit wären wir schon mal! Nora versuchte, Ellen in ein Gespräch zu ziehen, aber Ellen wirkte irgendwie abwesend. Sie antwortete, aber sie trug nichts zum Gespräch bei. Mit der Nora nun schon halbvertrauten Geste strich sie sich die Haare aus dem Gesicht. Noras Hand zuckte. Dieses Gesicht zu berühren, diese Haut zu streicheln mußte wunderbar sein. Sie unterdrückte den Impuls und versuchte, nicht an das Kribbeln in ihren Fingerspitzen zu denken.

Da es schon sehr spät gewesen war, als Ellen kam, näherte sich der Abend im Frauencafé sehr schnell seinem Ende. Veronika kam an den Tisch, an dem Nora und Ellen saßen, und fragte: »Geht ihr noch mit in die *Sonne*?«

Die Neugier war ihr am Gesicht abzulesen. Sie hätte brennend gerne mehr über Ellen und ihr Verhältnis zu Nora erfahren.

Ellen blickte etwas irritiert, und Nora erklärte, »Die *Sonne* ist die einzige Disco im Ort, in der auch Schwule und Lesben tanzen gehen können. Sie sind relativ tolerant. Ansonsten gibt es nichts in der Art.«

»Nur eine?« fragte Ellen.

»Ja, das ist leider keine Großstadt hier.«

»Willst du mitgehen?« Ellens offene Frage brachte Nora in Bedrängnis.

Ich? Allein? Ganz sicher nicht! Sie räusperte sich und erwiderte vorsichtig, »Also eigentlich bin ich keine Disco-Gängerin, aber wenn du willst ...«

Ellen hatte offenbar weniger Probleme. Sie antwortete unbeschwert. »Ich weiß schon gar nicht mehr, wann ich das letzte Mal in einer Disco war. Aber heute hätte ich wirklich Lust. Wollen wir?«

Die abschließende Aufforderung war für Nora mehr als verwirrend. *Wollen wir was? Das, woran ich jetzt denke, oder nur in die Disco?*

Ach komm, bild' dir nur keine Schwachheiten ein! Sie meint die Disco und das weißt du auch!

Nora war sich ihrer ambivalenten Gefühle schmerzhaft bewußt. Sie beschloß, keine weiteren Überlegungen anzustellen, solange sie mit Ellen zusammensein konnte, auf welche Art auch immer.

Die Disco war nur um die Ecke. Als sie dort angekommen waren, mußten sie sich erst einmal durch ein fast undurchdringliches Gewühl von Leuten drängen. Frauen mit Männern, Frauen mit Frauen und Männer mit Männern.

Sie ergatterten zwei Stehplätze in der Nähe der Tanzfläche. Die Sitzplätze waren alle besetzt, und die meisten, wie es schien, sogar doppelt. Die Tanzfläche war so überfüllt, daß von Tanzen eigentlich keine Rede mehr sein konnte, aber das störte die meisten Paare sicher nicht. Es kam ihren Absichten eher entgegen.

Nora fragte sich, ob Ellen von ihr erwarten würde, daß sie sie zum Tanzen aufforderte, da sie selbst keine Anstalten machte, auf die Tanzfläche zu gehen. Sie beugte sich zu Ellens Ohr. Anders war eine Verständigung wohl kaum möglich, aber es gab Nora auch die Gelegenheit, einen Hauch von Ellens Parfum zu erhaschen. Es war ein angenehm weiblicher, nicht zu süßer Duft. Sie hätte am liebsten noch länger in dieser Stellung verharrt und Ellen gerochen, aber das erschien ihr dann doch zu auffällig. »Willst du nicht tanzen?« fragte sie in Ellens Ohr.

Ellen drehte sich ein wenig zu ihr um und schüttelte den Kopf. »So schlimm hatte ich es mir dann doch nicht vorgestellt. Es scheint, daß ich schon zu lange in keiner Disco mehr war. Ich hätte Lust gehabt zu tanzen, aber das geht hier ja überhaupt nicht.« Sie zuckte bedauernd die Schultern.

Sie versuchten noch eine Weile, sich weiter zu unterhalten, aber der Geräuschpegel machte das fast unmöglich. »Das ist wohl doch nicht der geeignetste Platz für ein Gespräch«, bemerkte Ellen schließlich. Sie mußte schreien, um sich mit Nora zu verständigen.

Nora nickte nur. Sie war ohnehin schon heiser vom vielen Brüllen. Sie räusperte sich und sagte so selbstverständlich wie möglich, »Hier nebenan ist noch eine Bar. Da ist es ruhiger.« Ellen stimmte sofort zu. Nora war sich nicht ganz darüber im klaren, ob es richtig war, was sie tat. Sie konnte Ellen noch nicht einschätzen. Ob die sehr schummrige Bar, die eigentlich alle nur zum Knutschen aufsuchten, der richtige Ort war, um sich zu unterhalten? Wollte sie das überhaupt?

Als sie die Bar betraten, leerte das Lokal sich gerade ein wenig, weil die kleine Travestie-Show auf der Bühne vorbei war. Einige gingen hinüber auf die andere Seite in die Disco. Dadurch wurde eine Nische frei. Andere Sitzgelegenheiten gab es nicht.

»Ein Separée!« Ellen verdrehte in gespieltem Entzücken die Augen.

Nora wurde es abwechselnd heiß und kalt. Sie wagte kaum, sich neben Ellen auf das runde Sitzpolster zu setzen, und schob sich vorsichtig auf den Rand. Dennoch spürte sie die Wärme von Ellens Körper an ihrer ganzen linken Seite. Die Möglichkeit, sich gegenüberzusitzen, war beim Bau dieses Möbels nicht berücksichtigt worden. Noras Haut nahm Ellens Wärme immer intensiver wahr. Ihr Herz klopfte bis zum Hals. Sie versuchte, sich wieder auf die Unterhaltung zu konzentrieren.

Ellen lachte ein wenig und fragte, »Ist es nicht erstaunlich, wie schnell man zu alt wird für solche Dinge?«

Welche Dinge? wollte Nora zurückfragen, aber sie tat es nicht. »Wieso zu alt?« versuchte sie stattdessen zu fragen, bis sie merkte, daß sie nur ein heiseres Flüstern von sich gegeben hatte, mehr ein krähenhaftes Krächzen als ein menschlicher Laut. Sie hustete, um ihren Hals freizubekommen, und versuchte zu scherzen. »Findest du das hier unserem Alter entsprechender?«

Sie hob die Hand, um den ganzen Raum mit einzubeziehen, und beim Ausholen streifte sie Ellens Arm. Bevor sie ihre Hand wegziehen konnte, hielt Ellen sie fest. Nora starrte auf den Tisch. Dort, wo Ellen sie berührte, brannte ihre Haut wie Feuer. Nora traute sich nicht hochzusehen.

»Bitte, sieh mich an.« Ellen sprach leise, aber sehr deutlich.

Ich kann nicht! Ich werde tot umfallen, wenn ich noch einmal in diese blauen Augen blicke!

Ellen nahm Noras Hand in ihre beiden Hände und zog sie zu sich heran. Dann rutschte sie auf dem runden Sitzpolster näher, so daß sich ihre Schenkel berührten. Sie schaute Nora tief in die Augen und beugte sich vor. Ihre Lippen kamen immer näher. Nora zitterte am ganzen Körper. Sie konnte sich nicht bewegen. Ellen küßte sie. Nach kurzem Zögern erwiderte Nora den Kuß. Ellen fuhr mit der Hand an ihren Rippen entlang höher und berührte dabei kurz - wie zufällig - ihre Brust.

Nora stöhnte auf und erschrak sofort. »Das hat bestimmt jemand gehört!«

Ellen lachte an ihrem Mund. »Im Zweifelsfall sind die anderen hier mit demselben beschäftigt wie wir. Die werden sich kaum für uns interessieren.«

Nora mußte lächeln. Ellens Lippen wanderten sanft über Noras Gesicht. Noras Innerstes antwortete heftig, als Ellen vorsichtig ihre Lippen öffnete und erregt um Einlaß bat. Nora verzehrte sich nach mehr. Ihre Hände suchten Ellens Brüste. Ellen schmiegte sich weich an sie an. Nora spürte ihren Fluchtinstinkt erwachen, aber Ellens Hände erinnerten sie sofort wieder daran, daß es schon zu spät zum Aufhören war.

»Komm, wir gehen.« Ellen flüsterte so leise in ihr Ohr, daß sie es fast nicht verstanden hätte.

»Wohin?«

Ellen sah sie verschwörerisch an. »Du wirst es nicht glauben, aber ich habe ein Hotelzimmer gleich hier um die Ecke.«

Nora fühlte, wie ihr Verlangen angeheizt wurde. *So nah!*

Sie schauten sich gegenseitig an und brauchten nichts mehr zu sagen. Fast gleichzeitig standen sie auf und gingen hinaus. Wie in stillem Einverständnis vermieden sie auf der Straße auch die leiseste Berührung.

Das Hotel war wirklich nicht sehr weit entfernt. Es lag direkt neben dem Frauencafé. Als sie die Hotelhalle betraten, versuchten sie beide, möglichst harmlos auszusehen. Dennoch lächelte der

Nachtportier anzüglich, als er Ellen den Schlüssel aushändigte. Er fragte: »Und morgen, das Frühstück wie immer?«

Ellens Antwort klang wie eine Zurechtweisung. »Nein, ich möchte nicht gestört werden.«

Nora hatte sich währenddessen in einen Sessel der Hotelhalle sinken lassen, weil sie fürchtete zusammenzubrechen. Durch die kurze Unterbrechung war ihre Erregung etwas abgeklungen. Ellen kam mit dem Schlüssel in der Hand auf sie zu. Sie sah unglaublich begehrenswert aus. Sofort überfiel die Erregung Nora wieder wie eine Brandung. Ellen blickte sie an, mit Augen, so dunkel, daß sie sich in einen Strudel gezogen fühlte.

Nora folgte ihr zum Fahrstuhl. Zu dieser Zeit kamen kaum noch Hotelgäste nach Hause. Sie waren allein. Die Türen glitten leise zusammen, und der Fahrstuhl setzte sich in Bewegung. Ellen sah sie begehrend an. Noras Herzschlag verdoppelte sich. Ellen kam auf sie zu und drängte sie gegen die Liftwand. Sie fuhr über den Jeansstoff zwischen ihren Beinen. Noras Knie begannen gefährlich zu zittern. »Hör auf! Wie soll ich das aushalten? Ich kippe glatt hier im Fahrstuhl um.«

Ellen lachte. »Dann brauchen wir mein Zimmer ja gar nicht mehr. Ich drücke einfach auf den Halteknopf und ...«

Nora protestierte heftig. »Nein!« Ellen schob sich noch näher an sie heran. Ihre Brüste berührten sich, nur durch den Stoff der Hemden getrennt. Der Lift hielt an, und die Türen glitten auseinander.

Erschrocken löste Nora sich aus Ellens Umarmung. Ellen sah sie belustigt an. »Da ist niemand.«

Ellen ging an ihr vorbei und öffnete die Zimmertür. Nora folgte ihr mit den Blicken. Sie war wie gelähmt. So schnell sollte ihr Traum Wirklichkeit werden? Das konnte nur ein Traum sein! Sie würde jeden Moment erwachen und feststellen, daß sie zu Hause in ihrem Bett lag. Allein.

Während Ellen die Tür aufstieß, drehte sie sich nach Nora um, die immer noch einige Schritte entfernt am Lift stand. »Kommst du? Oder hast du es dir anders überlegt?« Sie grinste. Offensichtlich fand sie diese Alternative ziemlich unwahrscheinlich.

Nora erwachte aus ihrem Koma. Verlangend machte sie ein paar Schritte auf Ellen zu. Als sie sie erreicht hatte und an sich zog, fiel Ellen weich und warm in ihre Arme. Nora küßte sie und stieß gleichzeitig mit dem Fuß gegen die Tür, um sie zu schliessen. Sie verlor das Gleichgewicht. Zusammen fielen sie auf den Teppich.

»Au!« Ellen lag halb unter ihr. Der Teppich war nicht besonders weich.

»Entschuldige. Tut mir wirklich leid.« Nora stützte sich auf und sah zerknirscht auf Ellen hinunter.

»Na ja, macht ja nichts, auch wenn ich nicht damit gerechnet hatte, mir gleich beim ersten Mal blaue Flecken zu holen.« Ellen machte ein gutmütiges Gesicht.

»Beim ersten Mal? Willst du damit sagen ...?« Nora war erschrocken. An diese Möglichkeit hatte sie überhaupt nicht gedacht.

Ellen zwinkerte mit den Augen. »Oh, hatte ich vergessen, das zu erwähnen?«

Nora merkte - nun endlich! - die Absicht und war verstimmt. »Du verarschst mich.«

»Ja, das stimmt.« Ellen wirkte ausgesprochen vergnügt. »Wäre ich denn die erste Frau, die du ...?«

Nora wollte dieses Gespräch so schnell wie möglich beenden. »Na ja ... ja, eigentlich schon. Ich könnte nicht ... Ich wüßte nicht ...«

»Du wüßtest nicht, was du mit ihr machen solltest?« Ellens stärker gewordenes Augenzwinkern strafte ihren hilfsbereiten Tonfall Lügen.

Nora war verwirrt. Sie wußte keine Antwort. »Ja. - Nein ... ich weiß es nicht.«

»Ich schon.« Ellen zog Noras Kopf zu sich herunter. Ihre Stimme wurde rauh. »Ich wüßte genau, was ich mit ihr machen würde ...«

***

Nora erwachte so entspannt wie schon lange nicht mehr. Sie schaute an die Decke und fühlte sich fremd. Dann fiel ihr wieder ein, wo sie war, und gleich darauf, was sie letzte Nacht gemacht hatte. Sie zog sich die Decke über den Kopf. Eine Weile lag sie so da. Dann beschloß sie, einen Blick unter der Decke hervor auf die andere Seite des Bettes zu wagen. Dort war niemand. Sie war allein.

Einen Moment stutzte sie. Dann hörte sie Wasser rauschen. Offensichtlich war Ellen in der Dusche. Sie schlug die Decke zurück und setzte sich auf die Bettkante. Ohne die gnädige Dunkelheit und die alles verschlingende Erregung kam sie sich völlig deplaziert vor. Sie sehnte sich nach ihrer eigenen Wohnung, nach ihrer eigenen Umgebung. Ihr Fluchtinstinkt erwachte von neuem.

Das Wasser hörte auf zu rauschen und kurz darauf erschien Ellen in ein Badetuch gewickelt in der Tür. Sie verhielt kurz, dann lächelte sie und sagte, »Na, aufgewacht?« Sie ging zum Schrank und nahm etwas zum Anziehen heraus.

Nora wußte immer noch nicht, was sie tun sollte. Sie räusperte sich, »Äh, ja.« Sie holte Luft, um weiterzusprechen, traute sich dann aber doch nicht.

Ellen drehte sich um und fragte, »Sollen wir darüber reden?« Ihre Stimme klang neutral.

Nora konnte sich nicht dazu überwinden, zu antworten. Ellens kühle Stimme schien auch nicht gerade dazu einzuladen. Vielleicht war es für sie nur eins von vielen Abenteuern gewesen, die sie so nebenbei bei Gelegenheit mitnahm. Möglicherweise konnte sie gar nicht nachfühlen, was Nora empfand.

Nora sehnte sich nach Ellens Berührung. Hitze wallte zwischen ihren Beinen auf und verbreitete sich über ihren ganzen Körper. Sie ballte die Fäuste - vielleicht würde sie das beruhigen - und senkte den Kopf, um ihre Verwirrung zu verbergen.

Ellen stand plötzlich neben ihr. »Ich sehne mich auch nach dir.« Nora schaute zu ihr hoch und war sofort wieder überwältigt. Ellen ließ das Badetuch fallen, glitt auf das Bett und zog Nora neben sich. »Es war sehr schön letzte Nacht«, sagte sie leise.

Nora beugte sich vor und küßte sie. Sie liebkoste ihre Lippen mit der Zunge, bis sie sich von selbst öffneten, dann drang sie sanft in Ellens Mund ein. Die Leidenschaft der letzten Nacht kehrte zurück. Ihr Verlangen wurde stärker. Sie wollte sie - jetzt!

Ellen legte sich zurück und zog Noras Kopf mit zu sich hinunter. Sie ließ sie nicht mehr los. Ihre Hände dirigierten Noras Mund zu ihren Brüsten. »Nimm sie, bitte«, flüsterte sie heiser.

Sie hob ihr die Brüste mit den eigenen Händen entgegen und Nora fühlte es wie einen Blitz in ihren Unterleib einschlagen. Sie nahm die Brustwarzen abwechselnd in den Mund. Ellen warf sich immer erregter herum, bis Nora sich auf sie legte. Dennoch stießen Ellens Hüften weiter wild gegen ihre. »Nora ..., bitte ...« Nora bewegte sich an ihr abwärts und ihr Mund suchte die Blüte, die sich vor ihr öffnete. Ellen stöhnte auf. »Liebling. Ja.« Sie hob ihr Becken und blieb fast in der Luft stehen. Nora trank ihre Nässe und hörte nicht auf, sie zu küssen. Nach unendlich lang erscheinender Zeit fiel Ellen in sich zusammen. Sie seufzte tief und befriedigt auf.

Nora schob sich an ihr entlang wieder nach oben und fuhr dabei leicht mit ihren Lippen über ihre Haut. Ellen erschauerte am ganzen Körper. Oben angekommen, schaute Nora lächelnd auf Ellens entspanntes Gesicht hinab, bis Ellen die Augen öffnete. »Wunderbar«, sagte sie. »Das ist ein schöner Sonntagmorgen. Und so unerwartet!« Sie lachte.

Nora grinste ein wenig. »Na, ich weiß nicht ... War das wirklich so unerwartet? Gestern abend sahst du mir nicht danach aus, als ob du alleine nach Hause gehen wolltest.«

Ellen lächelte vielsagend und antwortete nicht.

Nora hatte das Gefühl, etwas falsch gemacht zu haben. »Entschuldige«, sagte sie. »Ich wollte dir nicht zu nahe treten. Ich kenne dich natürlich noch nicht lange genug, um das beurteilen zu können.«

Da Ellen immer noch nicht antwortete, versuchte Nora, sich aus der peinlichen Situation zu befreien. Sie stand auf. »Ich glaube, ich sollte jetzt duschen.« Ihr Magen knurrte. »Ich habe Hunger!« Erstaunt blickte sie an sich hinunter.

Jetzt lachte Ellen auf einmal laut heraus. »Was für ein Wunder! Nach dieser Nacht und diesem Morgen ...«

Nora winkte ab und drehte sich zum Bad um. »Ach, hör doch auf«, sagte sie verlegen.

»Warum sollte ich?« rief Ellen ihr lachend hinterher.

***

Nora blieb länger unter der Dusche, als es eigentlich nötig gewesen wäre. Erst langsam beruhigte sie das Rauschen des Wassers und die Wärme, die über ihre Schultern floß. Sie grinste über sich selbst. *In Anbetracht meines Zustandes sollte ich vielleicht lieber kalt duschen als warm* ... Aber das war sicher das geringste, worüber sie sich Gedanken machen mußte. Die überstürzten Veränderungen in ihrem Leben machten ihr mehr Sorge. Nun, so überstürzt war es ja auch nicht gewesen - die Trennung von Melanie hatte sich lange angebahnt - aber daß sie, kaum, daß die eine fort war, schon mit der nächsten im Bett lag, war nicht ganz ihr Stil. Bislang war er es jedenfalls nicht gewesen. Hatte sie sich geändert, oder hatten die Ereignisse sie einfach überrollt? War Ellen ...? Nein, Ellen war nicht schuld. Sie, Nora, mußte die Verantwortung selbst übernehmen. Wie kam sie nur auf den Gedanken, das Ellen in die Schuhe schieben zu wollen? Sie schämte sich für ihre Feigheit. Entschlossen stellte sie die Dusche mit einem Ruck ab. Das hatte sie gar nicht verdient, diese streichelnde Wärme! Sie verließ die Dusche und rubbelte sich trocken. Ein Hotelbademantel hing an der Tür. Sie nahm ihn und zog ihn an, dann ging sie ins Zimmer.

Ellen suchte irgend etwas im Schrank und hatte sie nicht gehört. Sie stand mit dem Rücken zu Nora. Nora betrachtete sie einen Moment schuldbewußt und liebevoll, dann schlich sie sich leise von hinten an Ellen heran und küßte sie auf den Nacken. Ellen zuckte zusammen, und ein Schauer lief durch ihren Körper. »Mhmm ...« Sie ließ sich genüßlich rückwärts in Noras Arme fallen. »Mach das noch mal.« Nora schlang ihre Arme um sie und küßte sie noch einmal auf dieselbe Stelle. Ellen schüttelte sich wohlig-wonnig und schmiegte sich in Noras Arme. Die Ruhe währte nur kurz, dann seufzte Ellen theatralisch auf. »Schade. So könnte ich ewig stehenbleiben. Aber ich fürchte, wenn wir jetzt nicht frühstücken, kriegen wir nichts mehr.«

Nora schloß sich ihrem Seufzer an. »Ja, wahrscheinlich hast du recht. Aber wir müssen ja nicht hier im Hotel bleiben. Da ist sicher schon recht früh Schluß mit dem Frühstück.«

»Hast du einen anderen Vorschlag?«

»Bei so schönem Wetter bietet es sich doch eigentlich an, draussen zu frühstücken, findest du nicht? Es gibt ein paar hübsche Plätzchen hier, direkt am See.«

»Das ist wunderbar!« Ellen drehte sich schnell um. »Laß uns gehen. Ich bin wirklich bald am Verhungern.« Sie warf einen wollüstigen Blick auf Nora.

Nora blickte gespielt strafend und lachte dann. »Ja, laß uns gehen.«

Als sie am See saßen, blickte Ellen hingerissen auf das Wasser. »Es ist wunderschön.« Sie wandte sich Nora zu. »Lebst du hier schon lange?«

»Schon ein paar Jahre«, antwortete Nora. »Ich bin zum Studieren hergekommen und dann, als ich mit dem Studium fertig war, konnte ich mich nicht trennen.«

Sie bestellten Kaffee und Croissants und betrachteten das Spiel der Wellen. Ellen kicherte plötzlich. »Weißt du, was ich am ersten Abend gemacht habe, als ich hier ankam?«

Nora blickte sie fragend an. »Nein?«

»Ich habe mich nackt ausgezogen und bin irgendwann nach Mitternacht in den Hafen gesprungen. Ich liebe Wasser.«

Nora schüttelte sich. »In den Hafen? Da ist das Wasser aber nicht das sauberste.«

Ellen kicherte wieder. »Ja, das habe ich dann auch gemerkt, als ich danach unter der Dusche stand. Aber ich konnte einfach nicht widerstehen.« Sie beugte sich vor und sah Nora tief in die Augen. »Und die schönen Plätze kannte ich da ja noch nicht, weil du sie mir noch nicht gezeigt hattest.«

Nora blickte ein bißchen verschämt zu Boden. Sie wurde aus der peinlichen Situation erlöst, als sie plötzlich hinter sich ihren Namen hörte: »Hallo Nora.«

Nora drehte sich um und erkannte lächelnd, wer sie angesprochen hatte. »Hi Renni. Wie geht's?«

B*runch bis 15 Uhr'* stand auf der Karte. Das war mein Glück. Sonst hätte ich wohl an diesem Sonntagmorgen gar nichts mehr zum Frühstück bekommen. Mein Kühlschrank war leer, und ich war erst um zwei Uhr aus dem Bett gekrochen. Frustration hatte mich am Bettlaken festgenagelt wie ein überdimensionaler Tacker.

Kaum hatte ich im Café mein Frühstück bestellt, überfiel mich die Unlust wieder wie eine graue Wolke. Das Wochenende war fast vorbei, und ich hatte mich nicht dazu aufraffen können, irgend etwas zu tun. Nachdem die Arbeitswoche mich am Freitagabend ausgespuckt hatte, war der Samstag im Bett dahingegangen. Allein. Kein Anruf störte meine Ruhe. Niemand riß mich aus meiner Lethargie, um mir einen Spaziergang oder eine Fahrradtour vorzuschlagen, wie das sonst hin und wieder der Fall war.

So gesehen hätte also der Erholungseffekt optimal sein müssen. War er aber nicht. Ich litt mal wieder unter Weltschmerz. Weder das Fernsehen hatte meine müden Gedanken abgelenkt noch das neue Computerspiel, das mir ein Kollege am Freitag noch in die Hand gedrückt hatte.

Ich war immer schon viel zu weich. Konnte keinem Hund und keiner Katze widerstehen, die räudig und hungrig angekrochen kam. Oder vielleicht nur so tat. War wohl das gleiche mit den Frauen ... Mein Vater sagte schon immer, als ich noch ziemlich klein war: »Du bist zu weich, Reni, viel zu weich. Wird dir noch mal viel Ärger machen, das ...« Wahrscheinlich hatte er recht. Ich hätte mir sicher vieles sparen können. Er nannte mich Reni, weil ich schon als Kind meinen Taufnamen ›Renate‹ auf den Tod nicht ausstehen konnte. Als ich dann in die Schule kam, wurde daraus schnell ›Renni‹, weil ich - drahtig, wie ich war - so schnell laufen konnte. Ich war die beste im 100-Meter-Sprint in der Klasse.

Noch später wurde ich dann damit aufgezogen: »Renni räumt den Magen auf« hieß es da, mit mehr oder weniger hämischem Grinsen in Anlehnung an die Magentablette. Aber ich räumte die Mägen nicht mit Tabletten auf, sondern mit meinen Fäusten. Das verschaffte mir Respekt. Aber auch Einsamkeit. Ich verkloppte nur die Jungs, meistens wenn sie mir etwas taten oder hinterherriefen, was sie natürlich nur noch mehr dazu anheizte. Schon von weitem riefen sie mir entgegen: »Renni räumt den Magen auf«, drehten mir eine Nase und liefen lachend weg.

Manchmal schlug ich mich auch für andere Mädchen. Ich wußte nicht, warum. Ich mochte sie eigentlich gar nicht, sie waren so albern und schwach. Aber irgend etwas trieb mich dazu. Leider dankten sie es mir nicht. Sie ließen sich zwar von mir beschützen und versteckten sich hinter mir, aber wenn ich sie dann rausgehauen hatte, gingen sie einfach weg zu ihren ›Freundinnen‹, zu denen ich offensichtlich nicht gehörte, und kicherten oder zeigten sogar mit dem Finger auf mich.

Warum auch immer: Ich ließ mich immer wieder darauf ein. Ich konnte ihren Vergnügungen nichts abgewinnen: Glanzbilder, lebensgroße Poster von irgendwelchen widerlichen Popstars, Musik, die so seicht war, daß ich sie mir nicht länger anhören konnte, ohne wütend zu werden über den Schmalz, den sie da verzapften. War doch alles völlig daneben! Total unrealistisch!

Sie wußten das und luden mich nie zu ihren ›Mädchentreffen‹ ein. Und die Jungs wollten mich nicht dabei haben, weil ich kein Junge war. So blieb ich halt für mich. Ich merkte immer, wenn sie etwas von mir wollten. Dann war ich plötzlich sehr begehrt. Wenn ich morgens in die Klasse kam und ein Mädchen, das mich sonst nie beachtete, auf mich zustürmte und fragte: »Darf ich neben dir sitzen?« wußte ich, es gab eine Arbeit zu schreiben heute, und sie wollte abschreiben. Etwas anderes konnte es gar nicht sein.

Bis eines Tages ein neues Mädchen in unsere Klasse kam. Eigentlich war sie nicht neu, sie hatte nur bislang die Parallelklasse besucht und wechselte zu uns, weil bei uns der Englischunterricht begann. In ihrer Klasse fingen sie mit Latein an und bekamen erst später Englisch. Anscheinend wollte sie das nicht.

Ich merkte sofort, daß sie anders war. Sie war ziemlich schüchtern, aber auf irgendeine Weise schaffte sie es dann doch immer, sich durchzusetzen. Sie war sehr hübsch, aber sie betonte es nicht mit Lippenstift oder Make-up, wie es die anderen Mädchen taten, sondern wirkte sehr natürlich. Sie war ziemlich gut in der Schule, und trotzdem galt sie nicht als Streberin. Sowohl die Jungs als auch die Mädchen akzeptierten sie, obwohl sie sich keiner Clique anschloß, dennoch wurde sie zu vielen Partys eingeladen. Das einzig Auffällige an ihr war, daß sie immer noch keinen Freund hatte, als alle anderen Mädchen, zumindest die hübschen, schon längst zum wiederholten Male vergeben waren. Ich hatte natürlich auch keinen Freund, aber das war ja klar.

Sie machte mir ein wenig Mut, und ich versuchte immer, in ihre Nähe zu kommen. Leider gelang mir das nur selten, denn sie war kaum je allein, und sobald ich mich einer Gruppe näherte, ging das ›Renni-räumt-den-Magen-auf‹-Geschreie los. Sie schloß sich dem natürlich nicht an, aber ich verzog mich dann immer in eine andere Ecke des Schulhofes.

Leider hatte sie auch einen völlig anderen Schulweg als ich, und so konnte ich nicht einmal vorgeben, ihr zufällig auf dem Weg von oder zur Schule zu begegnen. So saß ich denn allein in meiner Bank und wartete jeden Morgen darauf, ihr Gesicht in der Tür auftauchen zu sehen. Sie kam meistens etwas zu spät, oder zumindest fast zu spät, während ich oft schon eine Viertelstunde oder mehr zu früh in der Schule war, weil mein Bus so ungünstig fuhr. So hatte ich auch keine Gelegenheit, vor der Schule mit ihr zu sprechen, und zwischen den Stunden waren immer irgendwelche anderen dabei, die es mir unmöglich machten.

Ich wußte nicht, was es war, warum ich mich so zu ihr hingezogen fühlte, aber mein Wunsch, einmal in Ruhe mit ihr zu sprechen oder sie einfach nur ungestört ansehen zu dürfen, nicht nur träumend in der Bank, bis der Lehrer mich plötzlich aus meinem schwärmenden Zustand riß, wurde immer stärker. So folgte ich ihr eines Tages nach der Schule. Ich wußte, daß ich Ärger kriegen würde, wenn ich zu spät nach Hause kam, aber das nahm ich in Kauf.

Ich hatte Angst, daß sie mich bei den anderen verpetzen würde, wenn sie mich sah, obwohl ich ihr das eigentlich nicht zutraute, aber wirklich trauen konnte ich schließlich niemand. Also versteckte ich mich, folgte ihr und beobachtete sie. Sie ging an einem kleinen Wäldchen vorbei, und kurz darauf kamen ihr mehrere Jungs so zwischen zehn und zwölf, also etwa in unserem Alter, entgegen. Ich war mittlerweile in dem Wäldchen angekommen und konnte mich dort gut verstecken. Die Jungs hatten einen Schuhkarton bei sich. Als sie sie erreicht hatten, hielten sie sie auf und zeigten ihr den Inhalt des Schuhkartons. Es sah fast so aus, als wollten sie ihn ihr verkaufen.

Sie debattierte mit ihnen. Plötzlich gab es einen Tumult und sie fingen an, sich zu prügeln. Drei gegen eine - das konnte ich nicht zulassen! Ich sprang mit Indianergeheul aus dem Wäldchen heraus und sprintete auf sie los, während ich meine Schultasche im Lauf fallenließ.

Die Jungs sahen mich kommen. Ich kannte sie nicht, und sie kannten mich nicht, also dachten sie vermutlich, sie würden mit mir fertig werden, ich war ja nur ein weiteres Mädchen. Zwei von ihnen hielten meine Mitschülerin fest und einer - der größte und vielleicht auch der Anführer -- kam auf mich zu. Ich stoppte und versuchte ihn einzuschätzen. Ich hatte genug Erfahrung, um zu sehen, daß er stark war, aber nicht stark genug. Ich dürfte nur die beiden anderen nicht in den Rücken bekommen.

Aber dafür sorgte meine Klassenkameradin. Im ersten Moment war sie ebenso überrascht gewesen wie die Jungs, als sie mich kommen sah, aber als sie mich erkannte, fing sie an, wie eine Wilde um sich zu treten. Die beiden hatten ganz schön mit ihr zu tun, als sie versuchten, sie festzuhalten. Der Große kam auf mich zu und grinste breit. Er war sich seines Sieges sicher. Ich ließ ihn herankommen und trat ihm dann vors Schienbein. Meine Kampftechnik war damals noch nicht so ausgefeilt, aber es wirkte. Er hüpfte schreiend auf einem Bein herum. So abgelenkt sah er nicht, wie ich einen Stein aufhob. Ich warf ihn mit aller Kraft, die ich aufbringen konnte, in Richtung seines Kopfes. Und ich traf. Er vergaß sein schmerzendes Schienbein und griff sich mit beiden Händen an die Stirn. Als er die Hände wieder wegnahm, sah ich, wie das Blut aus einem ziemlich großen Loch an seiner Stirn herausfloß. »Blut!« schrie er entsetzt. »Ich blute!« Wie alle angeberischen Machos war er in seinem Innersten natürlich ein Feigling und konnte noch nicht einmal ein bißchen Blut sehen. Am allerwenigsten sein eigenes.

Seine beiden Helfershelfer ließen ihre Mädchenbeute vor Entsetzen über den Zustand ihres Anführers los. Sie war zwar auch einen Augenblick gehemmt durch den Anblick des Blutes, aber dann nutzte sie ihre Chance. Jetzt, wo die beiden wie erstarrt dastanden und in meine Richtung stierten, hatte sie volle Bewegungsfreiheit. Sie trat erst dem einen und dann dem anderen gegen das Schienbein. Beide machten es ihrem Anführer nach und heulten auf wie junge Hunde. Dann drehten sie sich um und rannten davon. Einen konnte sie gerade noch erwischen und ihm einen kräftigen Tritt in den Hintern verpassen. Er quiekte wie ein Schwein.

Der Anführer hatte auch genug und verzog sich – seinem Troß hinterher. Allerdings knurrte er noch in meine Richtung: »Das wirst du mir noch büßen!« Machos müssen schließlich ihre Ehre verteidigen ...

Ihr vormaliges Opfer kam zu mir herüber. Sie keuchte ein wenig, aber sie lachte. »Na, denen haben wir's aber gegeben!«

»Ja«, antwortete ich ein bißchen kleinlaut. Wahrscheinlich würde sie mich jetzt gleich fragen, was ich hier zu suchen hätte.

Aber sie interessierte im Moment etwas anderes mehr. Sie legte den Kopf ein wenig schief und runzelte die Stirn. »Du, sag mal, wir haben eigentlich noch nie richtig miteinander gesprochen, seit ich in der Klasse bin, nicht? Magst du die anderen Mädchen und mich nicht?«

Wenn ich damals schon gewußt hätte, was ich heute weiß, hätte ich wohl mit Überzeugung geantwortet: »Im Gegenteil!« Das war mir aber damals so noch nicht klar, also zog ich mich auf etwas anderes zurück. »*Die* mögen mich nicht«, murmelte ich fast unverständlich vor mich hin.

Sie lachte. »Das glaube ich nicht.« Dann sagte sie etwas, das entscheidend für mein ganzes folgendes Leben war - bis heute. Sie sagte: »Ich mag dich jedenfalls.« Sie knuffte mich in die Seite, wie man es bei einer Spielkameradin halt so macht, und zeigte in Richtung des Wäldchens. »Vielleicht sollten wir mal deine Bücher und Hefte aufsammeln, bevor sie davonfliegen.«

Ich sah, daß sie recht hatte. Einiges flatterte schon gefährlich einsam durch die Gegend. Zudem war meine Schultasche im Matsch gelandet. Das würde ein schönes Donnerwetter geben zu Hause! Und wenn ich meiner Mutter erzählte, daß ich mich mal wieder für ein anderes Mädchen geprügelt hatte, würde sie noch wütender werden. Mein Vater würde es verstehen und nur »Reni, Reni« murmeln, aber das nützte mir nicht viel.

Wir sammelten gemeinsam alles auf, was wir von meinen Schulsachen finden konnten, und dann kam der Augenblick der Wahrheit. Sie fragte: »Wohnst du jetzt hier in der Gegend?«

Ich schüttelte den Kopf. Jetzt war alles vorbei. »Ich habe nur ...«, begann ich, aber sie unterbrach meinen ohnehin nicht sehr vielversprechenden Redefluß sofort. »Dann gehen wir zu mir nach Hause und machen da erst mal alles sauber. Wir wohnen ganz in der Nähe.«

Sie hatte sich schon umgedreht und war ein paar Schritte gegangen. Als sie merkte, daß ich ihr nicht folgte, blickte sie zu mir zurück. »Kommst du? Meine Mutter hat sicher schon das Essen fertig. Und nachher kommt *Lassie* im Fernsehen.«

Das war der Tag, an dem ich Nora näher kennenlernte.

***

Von diesem Tag an waren wir zwar nicht direkt Freundinnen, aber sie lud mich zu ihren Geburtstagen und Feten ein. Dadurch lernte ich auch ein paar andere aus der Klasse näher kennen und das ›Renni-räumt-den-Magen-auf‹-Gebrülle nahm ab. Ganz hörte es nie auf und ich fühlte mich weiterhin einsam, aber ich hatte wenigstens Nora. Ich konnte sie ansehen während der Stunden, ich konnte mit ihr auf dem Schulhof in der Pause sprechen und ich konnte manchmal so tun, als gehöre ich dazu, wenn ich mich auch nie so fühlte. Eine Weile war sie meine beste Freundin - ich hatte ja auch niemand anderen -, aber leider war es umgekehrt nicht so. Ihre beste Freundin war ein Mädchen, das ich ausgesprochen langweilig fand. Wahrscheinlich war ich einfach nur eifersüchtig. So blieb unser Verhältnis immer zwar freundschaftlich, aber auf eine gewisse Art auch distanziert. Was ich für sie empfand, wie glücklich ich war, wenn ich nur in ihrer Nähe sein konnte, sagte ich ihr nie. Und sie fragte auch nie.

Nach der Schule trennten sich unsere Wege, sie ging zum Studium in eine andere Stadt, und ich ging zur Polizei. Ich hatte die idealistische Vorstellung, daß ich dort für Gerechtigkeit und Ordnung sorgen könne. Es stellte sich zwar schnell heraus, daß es in den seltensten Fällen um Gerechtigkeit ging, sondern meistens um Paragraphen, die zudem noch die Verbrecher eher schützten als straften, aber ich konnte mir keinen anderen Beruf vorstellen. Hier konnte ich wenigstens einige meiner Talente einbringen. Meine Kolleginnen und Kollegen akzeptierten mich mit der Zeit, aber auch hier gehörte ich nie so richtig dazu. Am Anfang wollten sie mich ins Sittendezernat stecken, wie alle weiblichen Kripobeamtinnen, aber ich wehrte mich so vehement dagegen, daß sie mich nach einem Jahr endlich ins Morddezernat versetzten.

Ich war für eine Weile die einzige Frau dort - außer der Sekretärin. Das führte immer wieder zu ›netten‹ Verwechslungen. Leute riefen an und wollten ›den Kommissar‹ sprechen, weil sie mich für die Sekretärin hielten. Wenn ich den Irrtum dann aufgeklärt hatte, verlangten sie oft trotzdem nach einem männlichen Kollegen, weil sie sich eine Frau als Kommissarin wohl nicht vorstellen konnten. Mit der Zeit gewöhnte ich mir an, mich nicht mehr darüber aufzuregen - zumindest nach außen hin nicht. Aber es wurmte mich trotzdem.

Als eine zweite Frau in unser Kommissariat versetzt wurde, bekam ich es mit der Angst zu tun. Würde sie so sein wie die Mädchen an der Schule? Sie war es nicht. In der Tat wurde sie meine erste längere Beziehung. Ich hatte vorher nicht viel Zeit für ein Privatleben gehabt, wollte es wohl auch gar nicht. Natürlich hatte ich mit Eintritt der Pubertät und deren Fortgang festgestellt, daß ich lesbisch war. Auch wenn es nicht einfach war, das herauszufinden, bei all den Hetero-Mädchen um mich herum. Aber die Ausbildung und meine nicht sehr kommunikative Art hatten nicht gerade zu einem Rausch an Erfahrungen geführt. Also war Gisela die erste, mit der ich mich richtig einließ. Wir waren eine Art Notgemeinschaft: Die beiden einzigen Frauen im Kommissariat und dann noch die beiden einzigen Lesben. Jedenfalls dachten wir das damals.

Gisela hatte ständig Probleme damit. Sie wollte sich verstekken. Ich sah nicht ein, warum. Während ich mir das Haar immer kürzer schnitt – »Das ist praktischer bei der Arbeit.« – ließ sie es sich immer länger wachsen, versuchte bewußt weiblich auszusehen und zu wirken. Das brachte auf die Dauer Spannungen mit sich. Ich konnte nicht mehr mit ihr zusammenarbeiten, weil sie Angst hatte, auch die zufälligste Berührung während der Arbeit könnte zu Entdeckung führen.

Eine Weile hielt uns die Arbeit und unsere Einsamkeit zusammen. Dann trennten wir uns.

***

Nora und ich schrieben uns ab und zu, meistens zum Geburtstag oder zu Weihnachten. So erfuhr ich, daß es sie nach Süddeutschland verschlagen hatte am Ende ihres Studiums. Als sie mir schrieb, daß sie dort noch eine Weile bleiben werde, auch nach dem Studium dort arbeiten wolle, beantragte ich meine Versetzung. Ein Jahr vor dem Abitur hatten wir endlich gegenseitig herausgefunden, daß wir beide lesbisch waren. Aber es hatte zu nichts geführt. Ich hatte mich nicht getraut, und sie hatte ohnehin bereits eine andere Freundin. Ich lernte diese Freundin auf einer Fete kennen und beneidete sie schrecklich um Noras Liebe. Warum konnte ich es nicht sein? Aber ich war es nun mal nicht. Noras Freundinnen bekam ich dann nach dem Abitur nur noch schriftlich mit, aber jede einzelne erschien mir unpassend. Und Nora wurde ja auch nicht glücklich mit ihnen..

War das nicht der Beweis?

Bis sie dann Melanie kennenlernte. Melanie schien die richtige zu sein. Sie zogen zusammen und blieben beieinander.

Mein Versetzungsgesuch war erst nach einiger Zeit erfolgreich - der Beamtenapparat ist schließlich nicht auf so komplizierte Arbeiten eingestellt und braucht seine Frühstückspausen - aber dann konnte ich endlich in die gleiche Stadt ziehen wie Nora. Ich besuchte sie und Melanie noch in der ersten Woche. Nora schien glücklich in dieser Quasi-Ehe, jedenfalls auf den ersten Blick. Und Melanie war die ideale ›Ehefrau‹. Sie quengelte immer ein bißchen, aber im großen und ganzen schien sie ganz brauchbar. Sie hatte einen nicht sehr anstrengenden Job im Öffentlichen Dienst und konnte sich dadurch ganz der Haushaltsführung für sich und Nora widmen. Nora war in ihrem Beruf als Computerspezialistin oft unterwegs und mußte meistens sehr lange arbeiten. Dann fand sie es sicher angenehm, in das von Melanie gemütlich gestaltete Heim zurückzukehren. Es war eine Traumehe.

Auf Melanie eifersüchtig zu sein fiel mir schwer. Sie schien ein so belangloser Mensch zu sein, um nicht zu sagen langweilig. Da Nora viel unterwegs war, fiel ihr das vielleicht nicht auf, aber ich fragte mich des öfteren, über was sie sich eigentlich mit Melanie unterhielt. Aber - und das mußte ich neidlos zugeben - Melanie war hübsch, und wenn die beiden auf der Lesbendisco oder sonstwo auftauchten, gaben sie ein schönes Paar ab. Viele beneideten Nora sicher um diese attraktive Frau an ihrer Seite und sicher auch Melanie um Noras Attraktivität. Manchmal dachte ich boshaft, wie ungleich die Dinge in der Lesbenszene doch verteilt sind. Hier zwei attraktive Frauen, die ein Paar bilden, und auf der anderen Seite eine Menge Paare, bei denen keine von beiden ... Aber Attraktivität ist ja nicht alles.

Das Verhältnis zwischen Nora und mir blieb auch nach meinem Umzug in dieselbe Stadt eher locker. Wir sahen uns manchmal im Frauencafé, manchmal auf der Disco, und hin und wieder rief ich sie an und wir machten einen Spaziergang zusammen, meistens gemeinsam mit Melanie oder auch anderen Bekannten. Ich lernte viele andere Frauen über Nora oder auch allein kennen, meine Arbeit war nicht besonders anstrengend in diesem noch nicht von den hohen Kriminalitätsraten der Großstädte erreichten Randgebiet der Zivilisation, und eigentlich ging es mir ganz gut. Bis auf die Tatsache, daß ich mir wünschte, in Melanies Haut schlüpfen zu können, einmal nachts bei Nora im Bett zu liegen und sie nicht nur freundschaftlich berühren zu dürfen.

Aber das war eben nur eine Wunschvorstellung. Mein Leben verlief zwar relativ einsam, aber nicht immer allein. Es gab Tage, an denen ich morgens erwachte und mich fragte, von wem die kurzen schwarzen Haare auf dem zweiten Kopfkissen stammten: von mir oder von der Frau, die letzte (oder vorletzte?) Nacht hiergewesen war. Oder von der Katze? Wenn ich dann plötzlich niesen mußte, war es wahrscheinlich die Katze, aber das konnte ich manchmal noch nicht einmal genau sagen. Da die Frau nicht Nora gewesen war, konnte sie keine Bedeutung über längere Zeit für mich haben. Seit Gisela hatte ich es noch nicht einmal mehr versucht, eine längere Beziehung einzugehen.

***

Wer kann sagen, wo eine Liebe beginnt und wo sie endet? Ich konnte es an diesem grauen Sonntagmorgen jedenfalls nicht. Er war eigentlich gar nicht grau. Es war wohl mehr meine Stimmung. Der Sommer hatte sich in der letzten Woche mit einigen heißen Tagen angekündigt und ließ sich auch am Wochenende offensichtlich nicht lumpen. Bisher hatte ich wenig davon mitgekriegt, weil ich mich ja zu Hause eingeigelt hatte, aber mein grummelnder Magen verlangte irgendwann sein Recht. Also hatte ich mich aufgerafft und war frühstücken gegangen.

Ich saß schon eine ganze Weile draußen auf der Terrasse des Seecafés und wurde langsam ein wenig wacher. Ganz wach wollte ich gar nicht werden, dann dachte ich nur zu viel nach. Mit ziellosem Blick folgte ich den Bewegungen der Menschen an den Tischen oder auf der Uferpromenade. Sie kamen und gingen, schlenderten vorbei, blieben unscharf. Ich nahm sie wie durch das nicht richtig eingestellte Objektiv einer Kamera wahr.

Wie ein Autofocus zoomte sich mein Blick plötzlich scharf. Ohne mein bewußtes Zutun erkannte ich Nora auf der Terrasse. Sie betrat sie am anderen Ende. In einer fast instinktiven Reaktion wollte ich aufspringen und auf sie zustürzen, aber ich hielt mich gerade noch zurück, bevor das Unglück passiert war. Denn das wäre es gewesen, wie ich eine Sekunde später feststellte. Nora war nicht allein. Sie war in Begleitung einer Frau. Gemeinsam setzten sie sich an einen Tisch am See.

Nora hatte mich nicht bemerkt, und so konnte ich sie ungestört beobachten. Es war auch ganz klar, warum sie mich gar nicht bemerken konnte - oder irgend etwas anderes. Sie hatte nur Augen für die blonde Frau, die ihr gegenübersaß. Das war ein weiterer Punkt, warum ich nie eine Chance bei ihr gehabt hatte: Sie stand auf blond. Ich sah mir die Frau genauer an. Sie war Noras Typ, das sah ich sofort, sehr weiblich und elegant. Sie sah mehr aus wie eine Hetero-Frau als wie eine Lesbe. Aber was auch immer sie war, die beiden wirkten nicht so, als hätten sie ein rein freundschaftliches Verhältnis.

Meine erste Reaktion war spontane Eifersucht. Warum mit ihr und nicht mit mir? Aber dann fiel mir Melanie ein. Was war geschehen? Nora war nicht der Typ Frau, die Seitensprünge machte. Da mußte etwas passiert sein. Es war schon ein paar Wochen her, seit ich Nora und Melanie das letzte Mal gesehen hatte. Eine gewisse Spannung war mir aufgefallen. Aber jedes Paar hat schließlich seine guten und seine schlechten Tage. Obwohl in mir die Sehnsucht erwacht war, Nora möge sich von Melanie trennen, hatte ich das nicht wirklich erwartet. Die beiden waren schon so lange zusammen. Heimlich hatte ich es mir natürlich trotzdem gewünscht in der stillen Hoffnung, daß sie sich dann mehr mir zuwenden würde. Obwohl ich das für noch unrealistischer hielt. Und ich hatte ja auch recht behalten. Die Frau da drüben am Tisch war es und nicht ich.

Nora sah die andere mit verliebten Blicken an und war offensichtlich völlig hingerissen. Na, wenn die nicht gerade aus dem Bett gestiegen waren! Diese Erkenntnis machte es noch schlimmer. Ich wollte das nicht länger mit ansehen. Ich winkte der Kellnerin, um zu zahlen. Bis sie kam, beobachtete ich die beiden Turteltäubchen noch ein bißchen. Obwohl mich der Anblick quälte, konnte ich mich gleichzeitig nicht davon losreißen. Die andere Frau beugte sich über den Tisch und sagte etwas zu Nora. Dann lachte sie leicht. Nora schaute sie an, als ob sie sie am liebsten gleich hier über den Tisch legen würde. Es war geradezu peinlich.

Nein, schimpfte ich mich selber aus. Das ist es nicht. Du bist einfach nur eifersüchtig. Sie benehmen sich auch nicht auffälliger als andere.

Die Kellnerin kam endlich, und ich zahlte. Es gab genügend Möglichkeiten, das Café zu verlassen. Ich hätte nicht an ihnen vorbeigehen müssen, aber ich konnte einfach nicht. Ich mußte den Weg wählen, der direkt an ihrem Tisch vorbeiführte. Und wenn ich an ihrem Tisch vorbeiging, konnte ich natürlich nicht so tun, als ob ich sie nicht sehen würde. Das verlangte schon die Höflichkeit. Ich wußte, daß ich mir das alles nur einredete, aber trotzdem ... Ich ging auf den Tisch zu. »Hallo Nora.«

Da ich sie von hinten angesprochen hatte, mußte sie sich erst umdrehen. Sie lächelte mich mit ihren wunderschönen braunen

Augen an, aus denen die Liebe für die andere sprach. Warum um Gottes Willen tat ich mir das an?

Freundlich wie immer begrüßte sie mich, nicht ahnend, welche Qualen ich bei ihrem Anblick ausstand. »Hi Renni. Wie geht's?«

»Gut. Und dir?«

Das blöde Grinsen der Verliebten huschte über ihr Gesicht. Daß die das immer so zur Schau stellen müssen! »Ich kann nicht klagen.« Sie lächelte wieder - stolz und verschämt zugleich, wie es ihrem offensichtlichen Zustand und ihrer Schüchternheit entsprach.

Ich wußte, ich hätte mich gleich wieder verabschieden sollen. Ich störte offensichtlich. Aber ich mußte mir diese Frau, die so sehr Noras Interesse geweckt hatte, einfach aus der Nähe anschauen, wenn ich nun einmal die Gelegenheit dazu bekam. Die eifersüchtige Frau und die Polizistin in mir unterstützten sich gegenseitig in diesem Wunsch.

Nora wußte zuerst nicht so recht, was sie mit mir anfangen sollte, dann fühlte sie sich - wohlerzogen, wie sie war - doch dazu verpflichtet, uns beide Frauen einander vorzustellen. Sie deutete in meine Richtung und nickte ihrer Begleiterin zu. »Das ist Renni, eine Schulfreundin von mir, die es auch hierher verschlagen hat.« - Sie wußte es nicht besser. Ich hatte ihr wohlweislich nicht erzählt, daß ich meine Versetzung selbst beantragt hatte. - Sie fuhr zu mir gewandt fort, »Und das ist Ellen -« Sie stockte. Offensichtlich wußte sie nicht, ob sie der Vorstellung ähnlich wie bei mir noch etwas hinzufügen sollte.

Ellen erhob sich halb und streckte mir die Hand hin. »Hallo.« Sie lächelte, aber irgend etwas an ihrem Lächeln gefiel mir nicht. Es erschien mir falsch wie das einer Schlange. Eifersucht ist schon eine Leidenschaft, die mit Eifer sucht, was Leiden schafft. Der Spruch stimmte. Sie hätte der netteste Mensch auf der Welt sein können, ich hätte kein gutes Haar an ihr gelassen.

Nora deutete auf den freien Stuhl am Tisch. »Möchtest du dich zu uns setzen? Wir haben gerade angefangen zu frühstücken.«

Nichts hätte ich lieber getan, aber das ging wirklich zu weit. Nora wollte höflich sein, aber in Wirklichkeit wünschte sie sich sicher nichts weniger als eine Erweiterung der Frühstücksrunde. Ich überwand meine Neugier und schüttelte den Kopf »Nein, dan-ke. Ich bin schon fertig mit Frühstücken. Ich wollte gerade gehen.«

»Wie schade«, bemerkte Ellen. Natürlich war das nur meinem eifersüchtigen Innenleben zuzuschreiben, aber schwang da nicht ein ironischer Unterton in ihrer Stimme mit?

»Ja.« Ich zuckte bedauernd mit den Schultern. »Vielleicht ein andermal. Also dann –« Ich hob die Hand und verabschiedete mich mit einem Schritt nach hinten. Ich wollte Ellen nicht noch einmal die Hand geben müssen. Ihre Haut hatte sich angefühlt, als ob sie elektrisch geladen sei. Wahrscheinlich war nur das Wetter dafür verantwortlich, aber meine Phantasie sah Nora über diese Haut streichen und diese Elektrizität auslösen. Es war eine peinigende Vorstellung.

Ich nickte noch einmal, drehte mich um und ging.

***

Da kennt ihr euch aber schon lange, wenn ihr Schulfreundinnen seid«, bemerkte Ellen, als Rennis Rücken sich immer mehr vom Tisch entfernte.

Nora nickte. »Ja, stimmt. Darüber habe ich noch nie richtig nachgedacht. Sie ist die einzige aus der Zeit, mit der ich noch Kontakt habe. Alle anderen habe ich erst im Studium kennengelernt.«

»Ich kenne niemanden mehr aus meiner Schulzeit.« Ellen sah wieder zu Nora hin. »Und aus dem Studium ... ich glaube auch nicht so richtig. Es sei denn, es sind jetzt berufliche Kontakte daraus geworden.«

Das war *die* Gelegenheit! Nora hoffte, nun endlich etwas mehr über Ellen zu erfahren. »Was für berufliche Kontakte denn? Was machst du eigentlich so?«

Ellen winkte ab. »Ach, nichts Besonderes. Ich bin Dozentin an der Uni für Deutsch als Fremdsprache.«

Nora stutzte und lachte dann. »Das ist ja witzig! Ich habe auch Deutsch studiert. – Allerdings bin ich hinterher dann ganz woanders gelandet. Computer.«

Ellen seufzte. »Na, dann hast du wenigstens ein ganz gutes Einkommen und einen sicheren Job. Das kann ich von meinem nicht gerade behaupten.«

»Wieso?«

»Die Mittel für die Unis werden immer mehr zusammengestrichen. Es gibt kaum noch feste Stellen. Das hier ist jetzt schon mein vierter Zwei-Jahresvertrag an der vierten Uni. In zwei Jahren muß ich mir wieder etwas Neues an einer anderen Uni suchen. Und das wird immer schwieriger.«

Nora war erstaunt. »Ich wußte nicht, daß es so schlimm ist. Ich dachte, wenn man einmal einen Job an der Uni hat, ist man fein raus.« Sie lachte. »Ich hatte damals selbst schon mal darüber nachgedacht, als ich noch an der Uni war.«

Ellen hob die Hand. »Sei froh, daß du es nicht gemacht hast.«

»Scheint so.« Wie immer war Nora überrascht, daß sich eine ihrer Entscheidungen im Nachhinein als richtig herausstellte. Irgendwie konnte sie es nie so richtig glauben. Schon gar nicht, wenn ihr eine Frau wie Ellen gegenübersaß, der sie sehr viel mehr Urteilsvermögen zutraute als sich selbst. Aber das war ja bei fast allen Leuten so. Dennoch: gerade Ellen sollte eine falsche Entscheidung getroffen haben? Diese wunderbare Frau? Das *konnte* gar nicht sein!

Ellen riß Nora aus ihren Gedanken. Sie lächelte. »Wie wäre es, wenn wir uns jetzt wieder angenehmeren Gesprächsthemen zuwenden würden?«

Nora wurde es sofort wieder warm unter Ellens Blick. »An was hattest du da gedacht?« Sie grinste ein bißchen schüchtern.

Ellen grinste zurück, bei weitem nicht so schüchtern. »Zum Beispiel an ein Hotelzimmer, das im Moment leersteht und nur darauf wartet, benutzt zu werden ...«

***

Nora fühlte sich wie im siebten Himmel. Nachdem Ellen und sie den Rest des Sonntags eigentlich fast ausschließlich im Bett verbracht hatten, war sie am Montag mit einem Gefühl der Seligkeit zur Arbeit geschwebt. Die Trennung von Melanie war völlig in den Hintergrund gerückt. Nur Ellen beherrschte ihre Gedanken. Nora war überglücklich. Bis zu dem Moment, als sie Ellen kennenlernte, schien das Wort ›Glück‹ keine Bedeutung gehabt zu haben. Jetzt war es angefüllt mit wunderbaren Empfindungen und Gedanken. Und mit Ellens Gesicht, mit Ellens Händen, mit Ellens Körper. Nora wußte, daß sie auch früher schon verliebt gewesen war, aber sie konnte sich kaum mehr erinnern, wie sie sich dabei gefühlt hatte. Auf jeden Fall war es nicht zu vergleichen mit diesem überschäumenden, alles beherrschenden Lebensgefühl, das sie jetzt jede Minute ausfüllte.

Die ganze Woche ging wie in einem einzigen Atemzug dahin. Die Müdigkeit, die Nora sonst oft nach der Arbeit befiel, war wie ausgelöscht. Ellen und Nora trafen sich jeden Abend. Meistens verabredeten sie sich, um eine Wohnung zu besichtigen, die Ellen mieten wollte. Ellen hatte für eine gewisse Anfangszeit das Hotelzimmer von der Uni zur Verfügung gestellt bekommen, aber sie mußte etwas anderes finden. Die Besichtigungen waren meist recht kurz. Dafür waren die Nächte danach um so länger.

Am Samstag endlich fand Ellen eine Wohnung, die ihr gefiel. Als sie abends nach der Besichtigung in Noras Lieblingslokal saßen, kündigte Ellen an, »Ich werde am Montag nach Köln fahren. Ich muß zu einer Tagung.«

»Wie lange geht die Tagung?« fragte Nora ganz erschrocken. Schon die Vorstellung, sich nach so kurzer Zeit auch nur für einen Tag von Ellen trennen zu müssen, machte sie traurig.

Ellen beruhigte sie. »Nicht lange. Nur drei Tage. Dann bin ich wieder da.«

»Schön. Schade, daß ich nicht mitfahren kann. Ich war schon lange nicht mehr in Köln, obwohl es meine Heimatstadt ist. Ich komme einfach in letzter Zeit vor lauter Arbeit zu gar nichts mehr.«

Ellen lächelte. »Ich habe auch mal eine Zeit in Köln gelebt. Vielleicht können wir ja ein andermal zusammen hinfahren.«

Nora griff über den Tisch und küßte schnell Ellens Fingerspitzen. »Ich vermisse dich jetzt schon.«

Ihr Essen kam. Nora hatte keinen großen Hunger - eigentlich schon seit einer Woche nicht. Woher das wohl kam? - und sah Ellen zu. Langsam glitt Noras Blick tiefer und blieb auf Ellens Brüsten haften, die sich unter der Seidenbluse und der offenen Kostümjacke so abzeichneten, daß man ihre perfekte Form erahnen konnte. Sie konnte nicht anders, ihr wurde heiß, und sie zog Ellen in Gedanken aus. Sie stellte sich vor, wie ihre Brüste aussahen, wenn sie nackt war.

»Bist du fertig?« fragte Ellen plötzlich. »Habe ich überhaupt noch etwas an?«

Nora blickte erschrocken hoch und begegnete Ellens amüsierten Blick. Sie versank fast im Erdboden vor Scham. Daß man ihr ihre Gedanken so deutlich ansehen konnte – »Ja ... Nein ... natürlich ...«, stammelte sie völlig konfus.

Ellen lachte laut. Fast liefen ihr die Tränen über die Wangen. Sie versuchte, sich zu beruhigen und sagte, »Danke für das Kompliment, das mir deine Blicke gerade gemacht haben. Ich kann kaum glauben, daß ich *so* phantastisch aussehe.«

»Ja ... Doch. Ich meine, ich habe ja gar nicht ...« Nora hatte sich immer noch nicht gefangen.

Ellen beharrte überaus belustigt auf ihrem Eindruck. Sie schien Noras Verlegenheit voll auszukosten. »Und wie du hast. Ich habe mich noch nie so ausgezogen gefühlt. Vielleicht solltest du als *Die Frau mit dem Röntgenblick* auftreten.«

Gepeinigt blickte Nora auf den Teller vor sich.

Ellen beugte sich vor und sagte leise und begehrend, »Und ich habe es genossen. Ich würde am liebsten auf der Stelle mit dir schlafen.«

Nora blickte von ihrem Teller hoch. In Ellens vor Erregung tiefdunklen Augen lag genau dieselbe Leidenschaft wie bei ihrer ersten Begegnung. Damals war das Hotel näher gewesen, jedoch diesmal ... »Ich wohne nicht weit von hier«, brachte Nora fast gegen ihren Willen heraus.

Bislang hatten sie zwar viele fremde Wohnungen besichtigt, aber in Noras Wohnung waren sie noch nie gewesen. Nora wollte es sich nicht eingestehen, aber sie hatte eine unbewußte Scheu davor, so kurz nach Melanies Auszug mit einer anderen Frau in der Wohnung zu schlafen. Melanie hatte noch nicht einmal ihre Sachen abgeholt. Sie erinnerten überall noch an sie.

Als sie auf die Straße hinaustraten, empfing sie ein klarer Sternenhimmel. Ellen blickte hinauf und sagte, »Es ist so schön hier. Ich verstehe, warum niemand von hier weg will.« Nora sah sie liebevoll an. »Ja, ich auch.«

Sie gingen schweigend nebeneinander her, bis sie Noras Haus erreicht hatten. Nora schloß auf, und sie betraten die Wohnung. Ellen sah sich um. »Du meine Güte!« Sie war offensichtlich verblüfft. »So was wünschte ich mir auch. Ein Altbau, ein Holzfußboden mit alten Dielen und alles alte Möbel!«

Nora war erfreut, daß es ihr so gefiel. »Sie sind zwar nicht antik, aber dafür bequem.«

Ellen warf sich auf das Sofa. »Ich habe es gern gemütlich. In diesen Designersesseln, die jetzt so in Mode sind, kann man ja meistens noch nicht einmal sitzen.«

»Ja, das finde ich auch. Also gut, was willst du trinken? Wein, Saft, Kaffee, Tee? Oder was anderes?«

»Wein wäre schön.« Ellen sah sich immer noch bewundernd um. Sie schien ganz abgelenkt von der Umgebung.

Nora ging in die Küche und nahm zwei Weingläser aus dem Schrank. Sie blieb kurz mit den Gläsern in der Hand stehen und dachte über den Verlauf der vergangenen Woche nach. Wie schnell sich die Dinge ändern konnten! Die letzten paar Jahre war so gut wie gar nichts passiert und jetzt auf einmal ... Als ob eine Naturkatastrophe alles durcheinandergewirbelt hätte. Die Entscheidung, sich von Melanie zu trennen, die Begegnung mit Ellen, ihr tägliches Beisammensein. Es war, als ob sie das Leben einer fremden Person lebte. Vor einer Woche noch war sie so gut wie verheiratet und unglücklich gewesen - das war das bekannte Leben, das, an das sie sich in den letzten Jahren gewöhnt hatte. Nun war sie glücklich, und ihre langjährige Beziehung schien beendet - war das nicht ein Widerspruch in sich? Nora war mit sich selbst uneins. Da stimmte doch irgend etwas nicht. Es konnte nicht sein, daß sich die Dinge so schnell änderten - und dann auch noch zum Guten. Sie hatte Angst davor. Veränderungen hatten ihr immer angst gemacht. Selbst wenn sie positive Resul-tate brachten. Der Veränderungsprozeß an sich mußte einfach länger dauern, damit sie sich daran gewöhnen konnte.

Ellen stand plötzlich in der Tür. »Hast du hier die Frau deines Lebens getroffen oder pflegst du mit Weinflaschen zu flirten?« Ihre amüsierte Stimmung schien sich noch verstärkt zu haben.

Nora ging auf ihren Tonfall ein. »Das wird es sein. Ich hatte schon immer eine libidinöse Beziehung zu Gegenständen.«

»So ...?« Ellen sprach gedehnt und trat hinter sie. »Das sind ja ganz neue Perspektiven.« Sie lachte verführerisch und umschlang Nora mit ihren Armen. Nora spürte ihren Atem heiß an ihrem Nacken. Dann fühlte sie, wie Ellens Lippen sich langsam ihrem Hals näherten. Bevor sie überhaupt ihre Haut berührten, zitterte Nora schon am ganzen Körper.

»Tu das lieber nicht«, sagte sie warnend. Gleichzeitig wünschte sie inständig, Ellen möge sich davon nicht abhalten lassen.

»Warum nicht?« Ellens Mund berührte sie immer noch nicht, sie verhielt einfach am selben Punkt.

»Ich ... ich halte das nicht aus. Und dann kann ich für nichts mehr garantieren.« Allein bei der Vorstellung stellten sich Nora alle Nackenhaare auf.

»Ah ja? Ich pflege eigentlich auch keine Garantieverträge mit meinen Liebhaberinnen abzuschließen. Spricht sonst noch was dagegen?« Ellen brachte es fertig, fast bewegungslos über einer Stelle in Noras Nacken zu verharren. Ihr Atem strich bei jedem Wort über Noras Haut.

Nora fühlte, wie sich augenblicklich alle Schleusen in ihrem Inneren öffneten. Die Hitze stieg von unten in ihr auf wie in einem Vulkan. »Nein«, flüsterte sie heiser. Ihre Stimme zitterte.

Ellens Lippen senkten sich auf ihren Nacken nieder. Nora zuckte schaudernd zusammen. Die Gläser klirrten in ihrer Hand.

Sie stöhnte auf. »Bitte laß mich wenigstens die Gläser abstellen. Ich habe nur noch ein paar davon.« Sie mußte gegen ihren Willen lachen, ebenso wie Ellen.

Ellen bemerkte seufzend, »Was für ein überzeugender Grund, eine Liebesszene zu unterbrechen«, unterließ es aber dennoch, weiter ihren Nacken zu küssen.

Nora stellte die Gläser auf das Buffet und stützte sich dann darauf ab. Ihre Knie zitterten wie Espenlaub. »Mein Gott«, sagte sie, »ich kann nicht mehr stehen.«

Sie wollte sich umdrehen, aber Ellens Stimme hielt sie auf. »Nein, bleib so.« Ellen begann, Nora das Hemd aus der Hose zu ziehen. Dann fuhr sie langsam mit ihren Händen von unten über Noras nackten Rücken. Nora stöhnte. Ihr Rücken war so empfindlich, daß sie meinte, Ellen kitzele sie mit glühenden Federn. Ellen zog ihr das Hemd über den Kopf und fing an, mit ihren Lippen über Noras Rücken zu wandern. Nora wand sich von einer Seite zur anderen. Sie wollte der qualvollen Berührung ausweichen, doch Ellen wußte das immer wieder zu verhindern. Ellens Hände glitten nach vorne. Sie strich über Noras Brüste, deren Brustwarzen richteten sich auf, als wollten sie die Umklammerung der Haut sprengen.

Plötzlich löste Ellen sich von Nora. Nora fühlte einen kalten Lufthauch an ihrer nackten Haut und hörte ein Rascheln hinter sich. Dann beugte sich Ellen wieder über sie. Als sie sich an Nora schmiegte, merkte Nora, daß Ellen ihre Bluse ausgezogen hatte und ihre nackten Brüste an ihrem Rücken entlangfahren ließ.

Noras Kehle entrang sich ein tiefes Stöhnen. »Ich breche gleich zusammen. Hör auf damit!« Sie protestierte, so energisch sie konnte, aber viel war das nicht mehr. Sie fühlte sich nur noch schwach. Die Hitze zwischen ihren Beinen wurde immer stärker, ihre Brüste brannten vor Schmerz wie Feuer. »Was tust du mir da an?« wisperte sie nur noch.

Ellen hingegen schien ihren Spaß zu haben. Sie fragte in bemüht ernstem Ton – aber Nora konnte ihren amüsierten Gesichtsausdruck vor sich sehen – »Soll ich aufhören?« Gleichzeitig zog sie sich ein wenig zurück, so daß Nora ihre Brüste nicht mehr spüren konnte.

»Nein!« Wenn sie noch die Kraft gehabt hätte, zu schreien, hätte Nora geschrien. So war es nur ein heiseres Flüstern. »Ich will deine Brüste spüren ... bitte ...«

Ellens Körper kehrte wieder zurück. Sie begann, ihre Hüften gegen Noras zu wiegen. Nora preßte sich ihr entgegen. Ellens Hände suchten den Bund von Noras Hose, öffneten den Reißverschluß und strichen über Noras Bauch. Sie berührte kurz das Dreieck am Rand, zog aber ihre Hand weg, als Nora versuchte, sie einzufangen.

Nora merkte, wie ihr Mund anfing, trocken zu werden. Sie wollte sie küssen, sie wollte sie sehen! Mit einer ihr unmenschlich erscheinenden Anstrengung drehte sie sich um. Ihre Brüste berührten sich. Ellen keuchte auf. Nora suchte ihren Mund und drang tief in sie ein. Ellen küßte sie fast noch leidenschaftlicher zurück. Sie hielten sich gegenseitig fest.

Nora löste ihre Lippen widerwillig von Ellens Mund. »Also hier auf dem Steinfußboden treib ich es nicht mit dir, und wenn du die einzige Frau auf der Welt wärst«, sagte sie schwer atmend.

Ellen wollte lachen, es kam aber nur eine Art Gluckser heraus. »Dann zeig mir dein Schlafzimmer. Bis jetzt bin ich ja noch nicht ins Allerheiligste eingelassen worden.«

Nora war plötzlich ernüchtert. Das Schlafzimmer – das hieß, das Bett, in dem Melanie und sie miteinander geschlafen hatten.

Ellen bemerkte den Stimmungsumschwung, und das Lächeln verschwand aus ihrem Gesicht. »Was ist?«

Nora wußte nicht, wie sie es Ellen sagen sollte. Bislang hatten sie noch nie darüber gesprochen. Sie druckste ein wenig herum.

»Ich weiß nicht ... Es ist ... Weißt du, bis vor kurzem ... Das ist nicht nur meine Wohnung ... gewesen.«

»Und du hast jetzt Probleme damit?« Ellen schien ein bißchen ungeduldig. *Ihr* Problem war es ja auch nicht.

»Ja ... wahrscheinlich. Es tut mir leid.« Nora senkte den Kopf.

»Na, und mir erst!« Ellen scherzte nun schon wieder. »Was meinst du, ob wir in dieser Luxuswohnung noch eine andere Bleibe finden?«

Noras Grinsen wurde breiter, »Wir können es ja mal versuchen.«

Ellen legte den Kopf schief. »Also ich fand es eigentlich ganz bequem auf dem Sofa ...« Sie ließ den Satz in der Luft hängen.

Nora antwortete nicht, grinste nur noch breiter und umschlang ihre Taille. Sie hob sie hoch. Ellen quietschte. »Laß das! Du kannst mich doch nicht tragen!«

»Kann ich nicht?« feixte Nora und trug sie zum Sofa. Sie ließ sich mit ihr zusammen schwer atmend darauf fallen und begrub Ellen fast unter sich. Beinahe gleichzeitig fingen beide an zu kichern.

»Wenn du glaubst, daß du mich mit solchen Kraftprotzereien beeindrucken kannst, bist du schief gewickelt«, japste Ellen. »Ich steh nicht auf Machos.«

Nora keuchte noch immer mühsam und rang sich eine Antwort ab. »Ich tu's nie wieder, versprochen. Die in Hollywood hatten bestimmt einen Kran, der ihnen dabei geholfen hat.«

Ellen kicherte erneut. »Ach, wer weiß. Bei Männern sitzt das Gehirn doch zwischen den Beinen, vielleicht steuern sie von da auch ihre Muskeln?«

Nora lachte. Sie fühlte sich jetzt kräftiger und konnte wieder normal atmen. Ellen fuhr ihr mit den Fingern durch die Haare. Ihre Hand blieb auf Noras Wange liegen. Nora fühlte die Wärme auf sich übergehen. Sie drehte ihren Kopf und küßte die Innenfläche. Ellen begann sanft ihr Gesicht zu streicheln, dann wanderte ihre Hand über den Hals und die Schultern abwärts. Sie verweilte kurz auf den Brüsten. Nora warf den Kopf zurück. Ellen fuhr mit ihrer Hand weiter hinunter. Nora zog heftig die Luft ein, als sie die Linie zwischen Dreieck und Schenkel nachfuhr. Sie beugte sich hinunter, wollte sie küssen. Ellen drehte den Kopf ein wenig weg. »Nein«, sagte sie, tu nichts. Genieß es nur.«

Nora versuchte, sich auf Ellens Hand zu konzentrieren. Mit provozierender Langsamkeit fuhr Ellen immer nur um die entscheidenden Stellen herum. Sobald Nora versuchte, sich ihr entgegenzudrängen, ihr den Weg zu versperren, war sie plötzlich schon wieder ganz woanders. Nora begann, sich kreisend zu bewegen. Ihre Erregung stieg mit jeder Sekunde. Sie stöhnte auf, wenn Ellen wieder einmal absichtlich am Eingang vorbeistrich. Ihre Finger näherten sich dabei immer mehr dem inneren Kreis, aber sie berührte ihn nicht.

»Ellen, bitte ...« Nora bebte nur noch vor Verlangen. Sie beugte sich nach hinten und hielt sich an der Sofalehne fest. Ellen suchte die warme Nässe und drang ein. Nora stieß heftig mit den Hüften gegen ihre Hand, ihr Rhythmus wurde immer schneller, sie keuchte und bäumte sich auf, dann wurde sie steif. Sie schrie. Die Spannung fiel von ihr ab, und sie sackte zusammen. Nora legte ihren Kopf an Ellens Schulter. Sie fühlte sich wohlig müde und entspannt. Sie merkte, daß sie einschlafen würde, wenn sie sich nicht dagegen wehrte. »Ellen«, murmelte sie.

»Psch.« Ellen machte ein beruhigendes Geräusch. »Schlaf ruhig.«

Nora wollte protestieren, aber sie konnte weder die Augen noch ihren Mund öffnen. Sie war im nächsten Moment eingeschlafen.

Der Sonntag brachte viel Sonne, aber außer daß sie auf dem Balkon frühstückten, bekamen sie davon nicht sehr viel mit. Das Bett war ihr ständiger Aufenthaltsort. Obwohl sie sich zuerst dabei unwohl fühlte, hatte Nora sich aus Bequemlichkeitsgründen dann doch überreden lassen, ins Schlafzimmer zu wechseln. Zugegeben, Ellen hatte sich nackt ausgezogen und war ihr vorangegangen, aber das war ja kein Grund, oder?

Ellen lag im Bett und streckte sich gerade ein bißchen. Nora war kurz zuvor aufgewacht. Die nackte Frau neben ihr machte sie schneller wach, als sie es sonst gewohnt war. Ihr Begehren nahm nicht ab, sondern zu, je öfter sie miteinander schliefen. Wenn sie daran dachte, was in den letzten Monaten gewesen war ... Vielleicht hatte sie einfach Nachholbedarf? Auf jeden Fall brauchte sie nur einen Blick auf Ellen zu werfen und ihr ganzer Körper stand in Flammen. Egal, wo sie waren oder was sie gerade taten. Sie konnten kaum noch ein Lokal besuchen.

Ellens nackter Körper erregte sie auch jetzt schon wieder, kaum daß sie aufgewacht war. Sie sah auf die Uhr. Es war keine Stunde her, seit sie eingeschlafen waren. Aber so ging das schon den ganzen Tag. Einschlafen, aufwachen, Sex, einschlafen ... Nora fragte sich, wie lange das wohl andauern konnte. Aber sie kannten sich ja erst eine Woche.

Nora ließ ihre Finger über Ellens Rücken hinunter zu ihrem Po wandern. Sie legte ihre Hand darauf und genoß die glatte Rundung. Ihre Finger glitten von hinten zwischen Ellens Pobacken. Zwischen Ellens Schenkeln war es immer noch naß von ihrer letzten Aktivität vor einer Stunde. Nora begann, die Nässe neu zu verteilen. Ellen spreizte im Schlaf ihre Beine, aber sie wurde nicht wach. Nora schob sich langsam von hinten auf sie und ließ ihre Finger noch tiefer zwischen Ellens Beine gleiten. Ellen begann ein wenig im Schlaf zu seufzen. Wahrscheinlich dachte sie, sie träume. Sie bewegte sich mit Noras Fingern mit. Nora erhöhte die Geschwindigkeit, und Ellens Po hob und senkte sich rhythmisch unter Nora. Ebenso wie Ellen im Schlaf begann Nora schwerer zu atmen. Mit Ellen zu schlafen, während sie noch schlief, war äußerst erregend. Sie stieß in Ellen hinein. Ellen stöhnte auf. Aber sie schlief weiter. Nora konnte es nicht fassen und bekam ein schlechtes Gewissen. War das nicht ein bißchen unfair? Aber sie war schon zu weit gegangen. Ihre eigene Erregung riß sie mit. Während sie in Ellen hineinstieß, rieb sie sich von hinten an Ellens Oberschenkel. Als Ellen einmal tief aufstöhnte, kam Nora auf ihr mit einem leisen Seufzer. Sie wollte nicht so laut sein, um Ellen nicht zu wecken.

Sie rollte sich von Ellen herunter und streichelte lang ihren Rücken, immer noch beschämt wegen ihrer Unbeherrschtheit.

Nach ein paar Minuten wachte Ellen auf. Nora wußte nicht, was sie sagen sollte. Ellen blinzelte etwas verwirrt. »Komisch, ich träume sonst nie. Aber gerade eben hatte ich einen sehr lebhaften Traum. Muß daran liegen, daß es Tag ist.« Sie schüttelte ganz irritiert den Kopf.

Nora kämpfte mit sich. Sollte sie es ihr sagen? Aber was würde Ellen dann von ihr denken? Was hielt sie wohl von einer Frau, die sich an ihr befriedigte, während sie schlief? Nora schämte sich entsetzlich.

Ellen war langsam zu sich gekommen und lachte. »Ich glaube, ich sollte mal duschen. Ich wußte nicht, daß das so lange anhält. Das hab ich ja noch nie erlebt. Ob ich wohl alt werde? Ist das Inkontinenz?« Sie lachte immer mehr.

Nora wand sich. Sollte sie sie in dem Glauben lassen? Das war eigentlich nicht richtig. Sie war nicht gerade die geborene Lügnerin. »War der Traum wenigstens schön?« Das war doch eine ganz harmlose Frage, nicht?

Ellen grinste. »Sehr schön. Vielleicht erzähl ich dir mal davon.« Sie gab Nora einen Klaps und stand auf. Als sie draußen war, setzte Nora sich langsam im Bett auf und starrte auf den Türrahmen. Sie kam sich fürchterlich verdorben vor. Ellens Kopf erschien in der Tür. »Übrigens, ich hatte noch nie einen sehr tiefen Schlaf.« Sie machte eine kleine Pause, um Noras Gesicht zu genießen, das langsam knallrot anlief. Dann lachte sie und drehte sich um. Nora hörte sie die Badezimmertür hinter sich schließen. Was hatte sie nur getan, um so gestraft zu werden?

Als Ellen zurückkam, war alles wieder in Ordnung. Nora hatte an diesem Sonntag kaum noch Zeit, über vergangene Sünden nachzudenken, weil sie so sehr mit dem Begehen neuer Sünden mit Ellen beschäftigt war. Als sie nachts einschliefen, konnten sie vor lauter Erschöpfung fast wirklich nicht mehr zwischen Traum und Realität unterscheiden.

***

Hallo, Schlafmütze.« Eine Berührung weckte Nora. Sie räkelte sich wohlig. Dann schlug sie die Augen auf. Ellen beugte sich über sie. »Ich muß gehen.«

»Nein!« Bevor sie nachdenken konnte, entfuhr Nora ein protestierender Ausruf. »Ach, bleib doch noch ...«

»Es tut mir ja auch leid, aber ich kann nicht. Es ist schließlich Montag. Ich muß nach Köln.«

»Wie spät ist es denn?«

»Acht Uhr.«

»Was? Schon acht? Dann komme ich ja schon wieder zu spät!« Sie blickte Ellen schalkhaft in die Augen. »Aber diesmal hat es sich wenigstens gelohnt.«

»Das will ich aber auch hoffen!« Ellen tat betont entrüstet und grinste. Dann sah sie auf die Uhr. »Ich muß wirklich los.«

Nora hielt sie fest. Sie wollte sie nicht gehenlassen. Sie zog sie zu sich herunter und küßte sie. Ellen erwiderte den Kuß. Dann riß sie sich los. »Ich würde auch viel lieber hierbleiben, aber ...« Bedauernd hob sie die Schultern und zog sich zur Tür zurück, um sich aus Noras Reichweite zu bringen. »Ich rufe dich an.«

»Wann?« Nora war noch zu verschlafen, um schnell genug zu schalten. Die Tür hatte sich schon hinter Ellen geschlossen, und sie hörte sie eilig die Treppe hinunterspringen.

Nora rannte zur Tür und rief ihr hinterher, »Wann rufst du mich an?«

Ellen war schon fast im Erdgeschoß. Sie rief durch das Treppenhaus nach oben, »Sobald ich angekommen bin.«

Jetzt hörte Nora auch die Haustür zuknallen. Das ganze Haus vibrierte. *Diese verdammte Tür! Warum kann die nicht leiser sein?*

Seufzend ging sie in die Küche und setzte den Wasserkessel auf. *Ohne Kaffee tue ich jetzt erst mal gar nichts. Und dann eine Dusche. Vielleicht sind bis dahin meine grauen Zellen aufgewacht.*

***

Scheiße!« Nora saß an ihrem PC und fluchte laut vor sich hin.

Ihre Kollegin blickte um die Ecke in ihr Zimmer. »Was ist denn los? Seit einer Stunde höre ich dich nur fluchen.«

»Ach, es funktioniert einfach nicht. Scheiß-Programmiererei!«

»Du weißt doch, wie es ist: Wenn man es zwingen will, geht es erst recht nicht. Warum machst du nicht einfach mal Pause? Geh ein bißchen spazieren. Etwas frische Luft befreit die Gehirnzellen.« Ihre Kollegin lächelte wohlwollend.

Nora verließ das Bürogebäude. An der nächsten Straßenecke war ein Café. *Ich glaube, ich werde auf die frische Luft verzichten. Wer weiß, ob das überhaupt gesund ist? An Kaffee ist mein Körper wenigstens gewöhnt.* Die Serviererin im Café kannte sie. Nora frühstückte meistens hier. Kaum saß sie an ihrem Stammplatz, stand der Kaffee auch schon vor ihr. Nora nippte daran und stellte die Tasse wieder hin, um sie abkühlen zu lassen.

Warum ruft sie nicht an? Seit einer Woche hatte sie nichts mehr von Ellen gehört. Konnte sie nicht anrufen oder wollte sie nicht? Nora nahm fatalistisch an, daß sie nicht wollte. Ob es Ellens Gewohnheit war, ihre Liebhaberinnen so hängen zu lassen? Wollte sie damit den Reiz erhöhen? *Also bei mir hat sie das nicht nötig. Ich finde sie auch so schon reizvoll genug!* Nora trank den Kaffee und dachte weiter darüber nach, was wohl der Grund sein könne. Ihre Gedanken drehten sich im Kreis. Sie kam zu keinem Ergebnis. Sie wußte einfach zu wenig über Ellen. Vielleicht war das ja auch schon alles gewesen: diese eine Woche, die sie miteinander verbracht hatten. Das war eine Alternative, über die Nora absolut nicht weiter nachdenken wollte. Sie winkte der Kellnerin und zahlte.

Zurück in ihrem Büro setzte sie sich an ihren PC und rief das Programm auf, das sie zuvor bearbeitet hatte. Jetzt war es fast wieder eine willkommene Abwechslung, weil sie lieber nicht an alle Möglichkeiten denken wollte, die mit Ellen zusammenhingen. Sie fluchte erneut, weil das Programm einfach nicht laufen zu wollen schien. Immer und immer wieder versuchte sie etwas Neues, aber immer wieder bekam sie ein trockenes *‚error'* zur Antwort. Als sie gerade das Gefühl hatte, sie wäre auf dem richtigen Weg, klingelte das Telefon.

Nachdem sie sich gemeldet hatte, war es ruhig in der Leitung. Ein Rauschen zeigte an, daß der Anruf entweder von weiter her kam oder daß es eine schlechte Leitung war. »Hallo? Ich kann Sie nicht hören!«

»Hallo Nora. Ich bin es, Ellen.« Ellens Stimme war ganz weit entfernt.

»Ellen! Endlich! Ich warte schon seit Tagen auf deinen Anruf!«

»Tut mir leid. Ich konnte nicht anrufen.«

»Wieso nicht? Ist irgend etwas passiert?« Ellen antwortete nicht. Nora war verwirrt. »Ist die Tagung später zu Ende gegangen? Ich hatte bei dir im Hotel angerufen, aber ich hörte, du seist noch nicht zurück.«

»Ja, das war ich auch nicht. Nora ...«

Was war das denn für eine zittrige Stimme? Das konnte doch nicht Ellen sein! »Was ist los?« Ellen antwortete nicht. Nora hörte ihren schweren Atem durch die rauschende Leitung. »Ellen! Was hast du? Was ist passiert?«

»Sie ist tot.«

Nora glaubte, nicht richtig verstanden zu haben. »Die Leitung ist so schlecht. Was hast du gesagt?«

Ellen wiederholte, »Sie ist tot.«

»Tot? Sagtest du: tot? Wer ...?«

»Loretta.« Ellens Stimme schien immer leiser zu werden.

»Loretta? Wer ist Loretta?«

»Meine ...« Ellens Stimme brach ab.

In Nora entstand ein grauenhaftes Gefühl von Hilflosigkeit und Verwirrung. Sie verstand überhaupt nichts mehr. Aber eines war klar: Irgend etwas war mit Ellen nicht in Ordnung. Sie mußte sie sehen! »Ellen! Ellen, bist du noch da? Wo bist du denn, um Himmels Willen?«

»Ich bin in Köln. Ich war bei ihr, das heißt, ich wollte zu ihr, aber ...« Jetzt war endgültig nur noch das Rauschen der Leitung zu vernehmen.

»Ellen! Kann ich dich irgendwo erreichen? Oder kommst du her?« Nora rief in die Leitung, als ob sie die Entfernung ohne Telefon überwinden müsse.

»Ich darf die Stadt vorläufig nicht verlassen.«

»Was? Was ist denn da los, zum Teufel? Wer kann dir das denn verbieten?«

»Die Polizei.«

»Die Polizei? Was hast du denn mit der Polizei zu tun?« Noras Verwirrung wuchs immer mehr.

»Sie denken ..., sie vermuten ... sie glauben, es war vielleicht Mord. Und ich habe ..., ich habe die ..., ich habe sie gefunden!« Ellen brach in eine Art Schluchzen aus. Nora war fassungslos. Das mußte ein böser Traum sein! Doch Ellens Stimme brachte sie in die Wirklichkeit zurück. »Nora, ich brauche dich! Kannst du kommen?«

»Ja. Ja, natürlich. Ich muß nur noch ein paar Sachen ordnen.« Die Situation kam Nora völlig phantastisch vor. So etwas passierte einfach nicht! Die Leitung rauschte immer lauter.

»Ellen, hörst du mich noch?«

»Ja.« Ganz schwach kam Ellens Stimme aus dem Hörer.

»Sag mir, wie ich dich erreichen kann. Wo bist du?«

»Ich bin in einem Hotel.«

Nora schrieb die Adresse auf. »Ich komme, sobald ich kann. Ich fahre gleich los.«

Ellen antwortete nicht. Nora bekam Angst. Ihre Stimme wurde beschwörend. »Ellen, hör mir zu. Ich bin bald da. Warte einfach auf mich. Bleib im Hotel, hörst du?«

»Komm bald. Bitte, beeil dich!« Ellens Furcht war sogar durch den Hörer zu spüren. Nora lief es kalt den Rücken herunter.

»Ja, Ellen. Ich bin schon unterwegs. Beruhige dich. Bitte.« Nora hatte fürchterliche Angst, daß Ellen etwas passieren könnte, wenn sie auch nicht wußte, was. Sie wiederholte, »Sei ganz ruhig. Ich komme.« Ellen schien sich tatsächlich beruhigt zu haben. Sie verabschiedeten sich voneinander.

Nora stürzte in das Büro ihres Chefs. Er war nicht da. Oh nein! Sie konnte jetzt nicht auf ihn warten! Sie raste zurück in ihr Büro. Ihre Kollegin sprach gerade mit jemand. Nora unterbrach sie rücksichtslos. »Ich muß weg! Ich weiß noch nicht, wie lange. Vielleicht ein paar Tage.«

»Wie, du mußt weg? Was soll das heißen?« Ihre Kollegin war völlig überrumpelt. Sie wußte gar nicht, wie ihr geschah.

»Ich nehme ein paar Tage Urlaub. Kannst du es dem Boß sagen?«

»Ein paar Tage Urlaub? Jetzt gleich?« Ihre Kollegin schaute sie völlig verdattert an.

Nora wurde ungeduldig. »Ja, jetzt gleich. Sagst du es ihm?«

»Aber ..., aber morgen haben wir doch Projektteamsitzung. Und du bist die Projektleiterin. Du kannst doch nicht einfach ...« Ihre Kollegin konnte es immer noch nicht fassen.

»Doch, ich muß. Du kannst mich ja vertreten. Ich mache dich hiermit offiziell zu meiner Stellvertreterin. Reicht das?« Nora wollte weg. Ihr erschien die Diskussion über das Thema mehr als müßig.

»Ich? Dich vertreten? Als Projektleiterin? Bist du des Wahnsinns? Wie soll ich das denn machen? Ich habe doch nicht die geringste Ahnung! Du bist doch die einzige, die sich auf dem Gebiet auskennt!«

Nora wandte sich zu ihrem PC um und schaltete ihn ab. »Der Mensch wächst an seinen Aufgaben«, rief sie schon aus der Tür fegend über die Schulter zurück. Sie erhaschte noch einen kurzen Blick auf das völlig entgeisterte Gesicht ihrer Kollegin, dann war sie draußen. Sie rannte am Lift vorbei und die Treppe hinab in die Tiefgarage.

***

Die Fahrt auf der Autobahn schien endlos zu dauern. Laster überholten sich gegenseitig und machten es Nora unmöglich, so schnell zu fahren, wie ihre Sorge sie trieb. Dennoch holte sie heraus, was herauszuholen war. Sie vollführte riskante Überholmanöver, hupte die vor ihr Fahrenden an und drängte die Langsameren so lange, bis sie ihr die linke Spur freigaben. Alles das, was sie sonst an anderen Fahrern so haßte.

Ein Laster überholte. Sie trat voll auf die Bremse und fluchte. Beinahe wäre sie in ihn hineingefahren. Sie schlug mit der Hand ungeduldig auf das Lenkrad. »Komm schon, mach, daß du wegkommst! Immer diese Elefantenrennen! Die sollen doch auf der rechten Spur bleiben!« Endlich gab er die Überholspur frei. Sie trat auf das Gaspedal und der Wagen schoß nach vorne.

Jetzt mußte sie schon wieder bremsen! Eine Ente bog vor ihr auf die Autobahn ein und setzte gleich darauf zu einem Laster-Überholmanöver an. Nora versuchte, der Entefahrerin zu signalisieren, daß sie überholen wollte. Die reagierte nicht darauf. Kein Wunder, Leute, die Ente fahren, müssen sich ein dickes Fell zulegen. Nora ließ den Motor aufheulen. Die Ungeduld machte sie rasend. Endlich bog die Ente wieder auf die rechte Spur ein und Nora beschleunigte, so schnell sie konnte.

Normalerweise brauchte Nora für die Strecke 5-6 Stunden, je nach Verkehrslage. Diesmal sah sie schon nach knapp 4 Stunden den Kölner Dom aus der Dunstglocke der Kölner City aufsteigen. Nur noch über den Rhein, dann war sie da!

Das Hotel lag in der Nähe des Bahnhofs. Dort würde sie keinen Parkplatz finden. Rasch überlegte sie. Vielleicht am Eigelstein. Sie bog nach links ab und hatte Glück. Vor einem Sex-Shop wurde gerade ein Parkplatz frei. Schnell fuhr sie hinein. Sie knallte fast mit einem anderen Wagen zusammen. Der Fahrer schimpfte und drohte ihr mit obszönen Gesten. *Knöpf deine Hose ruhig erst noch mal zu,* dachte sie mit hämischer Freude. Sie stellte den Wagen notdürftig ab, ohne ihn richtig einzuparken. Der andere Fahrer drohte ihr noch immer. Sie zeigte ihm ihren Mittelfinger, dann wandten sich ihre Gedanken sofort wieder Ellen zu. Während des Stresses auf der Fahrt hatte sie nicht viel Gelegenheit gehabt, darüber nachzudenken. Was war denn nur passiert? Und dann – weshalb hielt die Polizei Ellen in der Stadt fest? Sie wäre für eine Zeugenaussage doch auch an ihrem Wohnort erreichbar gewesen. Das war alles sehr merkwürdig.

Sie betrat das Hotel und steuerte auf die Rezeption zu. Die Empfangsdame musterte sie schon von weitem abschätzend. Wahrscheinlich sah sie völlig aufgelöst aus. Aber das hatte ja jetzt keine Bedeutung. Die Hüterin der Schlüssel hatte mit professionellem Blick erfaßt, daß Nora wahrscheinlich nicht immer so aussah und vielleicht sogar eine Kreditkarte besaß. Sie setzte ihr *Wenn-du-nicht-bist-was-ich-erwarte-geh-lieber-gleich*-Lächeln auf. In ihrem adretten Blazer-und-Halstuch-Outfit wirkte sie wie ein Bollwerk gegen alle chaotischen Umtriebe.

»Was kann ich für sie tun?«

Nora lächelte – wie sie hoffte – vertrauenerweckend und fragte nach Ellen.

Die Rezeptionsdame schaute auf das Schlüsselbord. »Sie ist nicht auf ihrem Zimmer.«

Nora bekam einen Schreck. Ellen hatte versprochen, im Hotel zu bleiben. Wo konnte sie sein, in ihrem Zustand?

Die Empfangsdame sah sie berufsmäßig aufnahmebereit an. »Möchten sie eine Nachricht hinterlassen?«

»Ja ... nein ..., lieber doch nicht. Wissen Sie vielleicht, wohin sie gegangen ist?«

»Die Hotelgäste pflegen sich nicht bei mir abzumelden«, sagte die Portiersdame indigniert über diese Anmaßung bezüglich der Verletzung der Privatsphäre. Unwillig fuhr sie fort, »Ich glaube, sie sagte etwas von ‚Frische-Luft-schnappen'.« Sie sah damit ihre Pflichten offenbar als erfüllt an und blätterte im Empfangsbuch, als ob sie die Eintragungen kontrollieren müsse.

Nora beugte sich vor. Sie mußte sich beherrschen, damit ihre Stimme nicht vor unterdrückter Anspannung zitterte. »Wie lange ist sie schon weg?«

Die Verkörperung der professionellen deutschen Serviceleistung blickte irritiert hoch. »Äh – haben Sie eine Ahnung, wie viele Menschen hier so in der Stunde rein- und rausgehen? Da kann man sich doch nicht –«

Nora fiel ihr ins Wort. »Frau Dervatius geht es nicht sehr gut. Ich habe vor ein paar Stunden noch mit ihr telefoniert. Es ist wichtig, daß Sie sich erinnern.« Nora versuchte verzweifelt, sich im Zaum zu halten und einigermaßen freundlich zu bleiben, obwohl sie diese gleichgültige Art rasend machte. »Also, wann ist sie gegangen?«

Die Rezeptionistin atmete tief durch, aber sie erinnerte sich offenbar daran, daß sie die Pflicht hatte, zuvorkommend zu sein. Wenn ihr das im Moment auch einiges abverlangte. Um ihr Mißfallen kundzutun, reduzierte sie die Freundlichkeit aber auf ein Minimum: »Frau Dervatius ging kurz nach dem Schichtwechsel, und das ist ungefähr eine Stunde her.«

Eine Stunde? Ellen hatte doch gewußt, daß Nora so schnell nicht da sein konnte! Warum war sie weggegangen? Was konnte in einer Stunde alles passiert sein?! Nora wandte sich von der Rezeption ab und ließ ihren Blick durch die Halle schweifen. Sollte sie hier warten? *Nein, das kann ich nicht! Wo würde ich hingehen, wenn ich so verwirrt wäre? Nirgendwohin, ich würde im Zimmer bleiben und die Tür abschließen! Ach, komm schon, nun überleg' doch mal richtig, streng dich ein bißchen an!* »Ist sie zum Rhein runtergegangen?« Den Gedanken zu fassen und sich gleichzeitig mit der Frage heftig zur Rezeption hinzuwenden war eins.

Die Angesprochene fuhr erschreckt zusammen und machte beinahe einen Satz nach hinten, so scharf und laut hatte Nora gesprochen. »Ich weiß es nicht. Was wollen Sie denn noch alles wissen? Das kann ich ihnen nun wirklich nicht sagen, wir sind schließlich nicht für die Freizeitgestaltung unserer Gäste verantwortlich. Wie ich schon sagte –«

Nora unterbrach sie ungeduldig. »Haben Sie sie beim Rausgehen gesehen oder nicht?« Sie beugte sich so weit über die

Anmeldung, daß die Rezeptionistin mit dem Oberkörper etwas zurückwich.

Sie klang, als würde sie nun fast alles tun, um die aufdringliche Nora loszuwerden, als sie antwortete.

»Na ja, es könnte sein, daß sie zum Rhein hinuntergegangen ist, aber wir spionieren unseren Gästen nicht nach.« Es sah so aus, als ob sie sich ein abschätziges »Pff!« gerade noch so verkneifen würde, weil Nora nun doch etwas bedrohlich wirkte.

Sie blickte Nora ungeduldig abwartend an, ob sie nun endlich zu ihrer Arbeit zurückkehren konnte oder mit einer weiteren Unterbrechung ihrer Tätigkeit zu rechnen haben würde.

Nora drehte sich auf dem Absatz um und rannte zum Hoteleingang hinaus. Draußen wandte sie sich in Richtung Rheinpromenade. Sie rannte weiter. Keuchend blieb sie an der nächsten Ampel stehen. *Warum renne ich eigentlich so? Gibt es dafür einen vernünftigen Grund?* Sie reduzierte ihre Geschwindigkeit auf ein zügiges Gehtempo. Langsam wurde ihr Atem wieder gleichmäßiger.

Sie hatte die Promenade erreicht und bog nach rechts ab. Einige Tauben kamen ihr erwartungsvoll entgegen in der Hoffnung, in ihr eine dumme Touristin zu finden, die haufenweise Brotleckerbissen vom Frühstückstisch ihres Hotels für sie klaute und an sie verteilte. Nora sprach sie automatisch an, wie sie es schon als Schülerin getan hatte, wenn sie am Rhein auf die Abfahrt ihres Zuges der Rheinuferbahn wartete. »Ihr braucht gar nicht so zu gucken. Von mir kriegt ihr nichts. Ich kenne euch noch von früher. Ich weiß, was ihr so einschmeißt pro Tag.«

Sie ignorierte die hackenden Schnäbel und schaute die Promenade entlang. Es war ziemlich leer, wenn auch nicht ausgestorben. Immer wieder kamen Leute vorbei, einige geschäftig und mit Taschen beladen, andere offensichtlich auf dem Feierabendspaziergang. Die Uferbänke waren vereinzelt besetzt. Nora ging die schnurgerade Promenade entlang. Ihr Blick suchte die Weite ab.

In einiger Entfernung sah sie eine Figur allein auf einer Bank sitzen. Ihr Atem beschleunigte sich. Das könnte sie sein! Sie begann wieder zu laufen. Als sie näher kam, sah sie, daß es tatsächlich Ellen war. Sie bewegte sich nicht. Nora lief schneller. Ellen hatte sich immer noch nicht gerührt. Nora wollte rufen, aber sie bekam keine Luft. Endlich war sie angekommen. Sie keuchte. Ihre Lungen brannten und sie hatte Seitenstiche. Sie hielt sich die Seite und rang nach Luft.

Ellen sah hoch. Ihr Blick war verhangen.

»Meine Güte, Ellen!« keuchte Nora. »Ich dachte, du wärst ...«

»Tot?« vollendete Ellen tonlos.

Nora sah sie entgeistert an. Ellen wirkte wie weggetreten, nicht ganz da. Sie weckte in Nora das Bedürfnis, sie in den Arm zu nehmen und zu beschützen. Sie strich über Ellens Gesicht.

Ellen saß mit steifem Nacken da und starrte auf den Rhein. Nach einer Weile drehte sie ihren Kopf zu Nora. »Entschuldige, ich bin ein bißchen mitgenommen. Es ist schön, daß du gekommen bist. Danke.«

Nora nickte nur. Sie konnte das alles nicht begreifen, aber zumindest konnte sie jetzt von Angesicht zu Angesicht mit Ellen sprechen. Das beruhigte sie etwas.

Ellen faßte sich wieder ein wenig. Sie griff sich mit der Hand an die Nase. »Ich habe kein Taschentuch.«

»Hier.« Nora zog ein Päckchen aus ihrer Hosentasche. »In den entscheidenden Momenten deines Lebens hattest du nie ein Taschentuch«, sagte sie lächelnd.

»Was?« Nun sah sie Ellen entgeistert an.

»Ach nichts, nur ein Zitat aus *'Vom Winde verweht'*.«

»Ach so.« Aber Ellen sah immer noch so aus, als hielte sie Nora für nicht ganz dicht.

»Mach dir keine Gedanken darüber. Mir fallen dauernd so Sachen ein. Erstens habe ich ein gutes Gedächtnis und zweitens habe ich den Film schon mindestens fünfzehnmal gesehen.«

»Fünfzehnmal?« Ellen war vielleicht sogar noch mehr entgeistert als zuvor, aber Nora bemerkte erleichtert, daß dieses zufällige Zwischenspiel sie abgelenkt hatte. Ihr Gesicht hatte wieder Farbe angenommen.

»Früher. In meiner Jugend.«

»In deiner Jugend?«

Nora konnte sich nicht zurückhalten, zu bemerken: »Falls du die Absicht hast, weiterhin alles zu wiederholen, was ich sage, will ich dich nicht davon abhalten, aber findest du das nicht ein bißchen albern?« Ellen öffnete den Mund, aber Nora kam ihr zuvor. »Und jetzt sag nicht: albern?, sonst schreie ich.« Nora fühlte sich fast versucht, zu kichern, was in Anbetracht der Situation sicher mehr als unpassend war, aber sie wünschte sich ein Ventil, das ihr half, die Spannung loszuwerden, die sich immer mehr in ihr aufbaute. Nicht zu wissen, was eigentlich los war, hatte sie schon immer zutiefst verunsichert.

Ellen schloß den Mund wieder. Sie schüttelte den Kopf, als wolle sie etwas loswerden.

Nora brannten tausend Fragen auf der Zunge, aber sie wollte Ellen nicht damit überfallen. So schloß sie sich Ellens Blickrichtung an und betrachtete nervös den ruhig vorbeiziehenden Rhein, der ihr die in ihrem Innern herrschende Spannung noch mehr zu Bewußtsein brachte. Warum konnte es jetzt nicht blitzen und donnern? Das wäre angebrachter gewesen!

Nach einer Weile drehte Ellen sich um und sah sie an. »Nora, es ist etwas passiert.«

Was für eine Überraschung! Wieder kroch das Kichergefühl in Nora hoch, aber sie wußte, daß es nur Kompensation war. Die Spannung in ihrem Körper erhöhte sich erheblich, als sie versuchte, es zu unterdrücken. Das alles erschien ihr wie ein absurdes Theaterstück. Sie sah die Kulisse, aber die Schauspieler äußerten nur inhaltsleere Sätze und nichts schien einen Sinn zu ergeben. Ihr schwirrte das Wort ›tot‹ im Kopf herum. Fragen drängten sich ihr auf. Wer war Loretta?

Kaum hatte sie das gedacht, fuhr Ellen fort. »Ich habe ... ich habe dir doch erzählt, daß ich eine Weile hier gelebt habe, in Köln.« Nora erinnerte sich, als Ellen es nun erwähnte. Das Gespräch schien eine Ewigkeit her zu sein.

Ellen sammelte sich einen Moment, dann ergänzte sie: »Ich habe damals mit Loretta zusammengelebt.«

Loretta! Das war's! Das war der Name, den Ellen schon am Telefon erwähnt hatte und der Nora bislang nur wie ein Fragezeichen erschienen war. Anscheinend konnte Ellen für den Augenblick nicht weitersprechen. Nora erinnerte sich, was sie noch gesagt hatte. »Und Loretta ist ... gestorben?«

Ellen zuckte zusammen und nickte dann. »Ja, sie ist tot.«

Nora griff nach Ellens Hand. »Ellen, das tut mir leid.«

Ellen lachte bitter auf. »Es muß dir nicht leid tun. Ich könnte sie umgebracht haben.« Ellens Tonfall war so ruhig, als redete sie über das Wetter.

Nora riß die Augen auf »Das ist doch nicht dein Ernst!«

»Nein, meiner nicht. Aber der der Polizei.« Ellen behielt ihren ruhigen Tonfall bei, als hielte sie die Rede eines Ghostwriters, deren Inhalt sie nichts anging.

Nora war erschüttert. Das konnte doch alles nicht wahr sein! Trieb Ellen einen makabren Scherz mit ihr? Nora sah zu ihr hin. Ellen war ganz ruhig. Sie wartete auf Noras Reaktion.

Nora starrte Ellen eine Weile völlig entgeistert an, während ihr tausend Assoziationen durch den Kopf schossen, völlig absurdes Zeug, das mit der momentanen Situation überhaupt nichts zu tun hatte. Dann endlich konnte sie einen etwas klareren Gedanken fassen. »Aber ... aber wie kommen sie denn darauf?«

»Ich war anscheinend die letzte, die Loretta lebend gesehen hat.« Ellen antwortete, als ob das alles selbstverständlich wäre.

»Aber das ist doch kein Grund!« Nora fand sich überhaupt nicht mehr zurecht. Ellen versorgte sie aber auch nicht gerade mit ausreichenden Informationen. Noras Verwirrung wuchs eher, als daß sie sich verflüchtigte, je länger sie versuchte, eine Erklärung zu finden.

Ellen schauderte plötzlich neben ihr zusammen. »Ich friere. Können wir ins Hotel zurückgehen?«

Sie fror? Es waren mindestens 25 Grad! Nora bekam ein schlechtes Gewissen. Ellens Zustand war ihr völlig entfallen, während sie darüber nachgrübelte, was eventuell passiert sein könnte. Nora stand sofort auf und reichte Ellen die Hand. »Ja, komm. Wir gehen ins Hotel.«

Ellen ergriff Noras Hand und stand ebenfalls auf. Es schien, als ob sie sich nur mühsam beherrschte. Plötzlich schluchzte sie auf und warf sich in Noras Arme. »Nora, ich bin so froh, daß du da bist!« Nora strich ihr beruhigend über den Rücken und hielt sie fest. Ellen wischte sich die Tränen mit Noras Taschentuch ab. »Du glaubst nicht, was ich die letzten Tage hier durchgemacht habe, die Verhöre und alles. Ich weiß bald nicht mehr, wie ich heiße.«

Nora fühlte sich hilflos. Was konnte sie Ellen zum Trost sagen? Ihr selbst war diese Situation genausowenig vertraut wie Ellen. Beruhigend strich Nora über Ellens Gesicht. Ellen faßte sich ein wenig und hängte sich bei Nora ein. Wie ein altes Ehepaar gingen sie so zum Hotel zurück.

Als sie die Hotelhalle betraten, war es sehr ruhig. Nicht einmal die Dame an der Rezeption war zu sehen. Nora wandte sich an Ellen. »Hast du ein Einzelzimmer?«

»Wie?« Ellen war schon wieder nicht mehr ganz bei der Sache.

»Hast du ein Einzel- oder ein Doppelzimmer?«

»Ein Doppelzimmer«, erwiderte Ellen fast automatisch.

»Gut, dann brauche ich mir ja kein Zimmer zu nehmen.« Nora sah Ellen besorgt an.

An der Rezeption verlangte Nora den Schlüssel, nachdem die Rezeptionistin wieder aufgetaucht war. Als die Angestellte feststellen mußte, daß sie es noch eine Weile mit dieser Besucherin würde aushalten müssen, spiegelte sich eine gewisse Ohnmacht in ihrem Gesichtsausdruck wider. Am liebsten hätte sie Nora des Hotels verwiesen, aber die Kunden sind nun mal Könige, zu dumm aber auch ...

Sie aßen im Hotelrestaurant, auch wenn Ellen nur mit ihrer Gabel im Essen herumstocherte und Nora vor lauter Anspannung kaum einen Bissen herunterbekam. Als sie im Zimmer waren, sagte Ellen, »Ich bin so müde. Bist du sehr böse, wenn ich schlafe?«

Nora schüttelte den Kopf. Vermutlich war das ohnehin das beste nach all den Aufregungen. Auch sie selbst fühlte sich müde von der Fahrt. Und morgen wären sie beide einigermaßen erholt, um über das weitere Vorgehen nachzudenken.

Nora konnte lange Zeit nicht einschlafen, weil ihr vieles so unverständlich erschien. Sie konnte sich einfach keinen Reim darauf machen, was eigentlich passiert war. Unruhig wälzte sie sich hin und her und starrte dann aus dem Fenster. Während sie im blassen Mondlicht eine Antwort suchte, die sie nicht finden konnte, hörte sie ein Geräusch neben sich.

Ellen wimmerte leise vor sich hin. Nora rutschte zu ihr hinüber und nahm sie in die Arme. Ellen klammerte sich an sie und ihr Wimmern wurde zu einem krampfhaften Schluchzen. Nora streichelte sanft ihren Rücken. Ellen murmelte etwas.

»Was? Ich habe dich nicht verstanden.« Nora brachte ihr Ohr näher an Ellens Mund.

»Sie hing an der Decke.« Nora erschrak. Sprach sie von der Leiche? Ellen schrie auf »Sie baumelte hin und her!«

»Sch, sch, sch.« Nora nahm sie so fest in die Arme, wie sie konnte. »Nicht. Du mußt jetzt nicht daran denken. Du bist jetzt hier. Und ich bin bei dir. Sei ganz ruhig.«

Ellens Schluchzen wurde leiser und Nora bettete Ellens Kopf an ihre Schulter. Ellen kuschelte sich ganz eng an sie an. Nora hörte nicht auf, sie beruhigend zu streicheln. Nach einer Weile wurden Ellens Atemzüge gleichmäßiger, ruhiger und tiefer. Nora lag noch eine Weile wach. Dann schlief auch sie ein.

***

Nora stand am Fenster und sah auf den Dom hinaus. Was konnte friedlicher sein als dieses Bild? Die Türme ragten in den sonnigen blauen Himmel hinein und schienen leicht zu schwanken.

Sie war schon lange nicht mehr hiergewesen und wunderte sich über das Heimatgefühl, das sie überkam. Plötzlich erinnerte sie sich an Dinge, die sie schon längst vergessen geglaubt hatte.

Ellen gab einen erstickten Laut von sich. Schnell drehte Nora sich um und ging zum Bett. Ellen lag auf der Seite und hatte beide Hände um die Bettdecke gekrampft, als müsse sie sich daran festhalten, um nicht abzustürzen. Sie zuckte. Nora berührte sanft ihre Schulter, um sie nicht zu erschrecken. »Ellen, wach auf.«

Ellen schlug dennoch verstört die Augen auf. Sie blickte desorientiert um sich und atmete schwer. Dann erkannte sie Nora. »Du bist es.« Ihr Blick blieb auf Noras Gesicht haften.

»Ja, Ellen.« Nora sah sie forschend an. Wie weit hatte sie sich in der Nacht durch den Schlaf erholt? Sie versuchte, aufmunternd zu lächeln. »Möchtest du frühstücken?«

»Frühstücken?« Ellen war offensichtlich noch nicht ganz wach.

»Ja. Oder baden. Oder spazierengehen. Oder irgend etwas anderes. Wir haben ja den ganzen Tag Zeit.«

Ellens Gesicht verschloß sich. »Nein, haben wir nicht.«

Nora war überrascht. »Warum nicht?«

»Ich ... ich muß heute nachmittag ins Polizeipräsidium.« Sie zögerte, dann fuhr sie fort, »Zur Vernehmung.«

Ellen blickte durch das Zimmer und aus dem Fenster auf den Dom. Dann stand sie auf, kam auf Nora zu und schmiegte sich an sie. Nora schlang ihre Arme um sie. »Ich bin so froh, daß du da bist. Du glaubst gar nicht, wie sehr«, sagte Ellen leise an ihrer Schulter.

Nora überkam wieder dieses Gefühl der Hilflosigkeit, wie bereits am Tag zuvor. Es hatte sie immer schon verstört, wenn sie nicht wußte, was vorging, aber besonders nun, da eine ihr so nahestehende Frau wie Ellen betroffen war. Sie mußte mehr erfahren, und wenn es nur dazu diente, ihre eigene Unsicherheit zu bekämpfen. »Ellen?«

»Ja?«

»Meinst du ... kann ich dich fragen ...« Nora wollte vermeiden, Ellen an ihren nächtlichen Angsttraum und dessen Ursache zu erinnern. Sie machte einen leichten Rückzieher. »Natürlich nicht, wenn es zu viel für dich ist ...«

Ellen schaute jedoch recht gefaßt. Sie schüttelte ein wenig den Kopf. »Nein, ich muß es ja tun. Ich möchte dir gern alles erzählen. Ich *muß* es einfach jemand erzählen. Es ist nur so ...« Sie schauderte. Nora hielt sie fest und sagte nichts. Sie wartete, bis Ellen von selbst anfing.

»Nachdem ich von dir weggegangen war, bin ich nach Köln gefahren, wie vorgesehen. Zuerst war alles ganz harmlos. Ich traf ein paar Kollegen, führte Fachgespräche, nahm an Vorträgen teil, wie das halt so ist.« Sie machte eine Pause, um sich von den Erinnerungen zu lösen. »Ich hatte mir schon vorher vorgenommen, auch Loretta zu besuchen. Wir hatten uns nicht im Bösen getrennt. Wir telefonierten in größeren Abständen miteinander. Ich verabredete mich mit Loretta und wir trafen uns an einem

Nachmittag. Es war sehr nett. Wir tranken Kaffee zusammen, sie erzählte mir den neuesten Tratsch von gemeinsamen Bekannten und wir redeten über Gott und die Welt.« Sie sah zu Nora auf, als ob sie ihre Reaktion abschätzen wolle. Nora konnte sie gut verstehen. Auch sie hatte mit manchen ihrer Ex-Freundinnen ein besseres Verhältnis gehabt, nachdem sie sich getrennt hatten, als es je während ihrer Beziehung der Fall gewesen war.

Ellen hatte das Mienenspiel auf Noras Gesicht verfolgt. Sie senkte den Kopf. »Als wir uns verabschiedeten, fiel mir gar nicht auf, daß ich meine Jacke nicht mitnahm. Es war so warm. Als ich es etwas später auf dem Weg ins Hotel merkte, ging ich zurück zu Lorettas Wohnung. Ich klingelte, aber sie machte nicht auf. Ich dachte, sie wäre nur kurz weggegangen. Aber ich hatte noch einen Schlüssel von früher. Also schloß ich auf und ging hinein. Ich wollte meine Jacke holen und ihr einen Zettel schreiben, daß ich dagewesen war. Als ich die Wohnung betrat, war alles still. Ich wollte zu ihrem Schreibtisch gehen wegen der Nachricht ...« Sie machte eine Pause. »Und dann fand ich sie ...« Das Entsetzen schüttelte sie. Dennoch fuhr sie fort. »Sie hing an der Decke und sie hatte ... einen Plastikbeutel über dem Kopf, so eine Tragetasche, wie man sie überall bekommt. Ich konnte ihr Gesicht nicht sehen, und ich bin dankbar dafür. Es war auch so schon schrecklich genug. Nachdem ich meinen Schock überwunden hatte, rief ich die Polizei an. Und offensichtlich verdächtigen sie mich des Mordes, wenn sich denn herausstellen sollte, daß es Mord war. Sie wissen von unserer Beziehung und von unserer Trennung und sie haben meine Fingerabdrücke in der Wohnung und den Schlüssel, den ich immer noch hatte. Das scheint genug für sie zu sein.«

»Oh Ellen!« Nora war erschüttert. Mit so etwas hatte sie nicht gerechnet. Sie hielt Ellen tröstend in den Armen.

Ellen schüttelte den Kopf an Noras Schulter. »Ich ... Sie haben mich jeden Tag verhört, und ich konnte einfach nicht glauben, daß sie wirklich denken, ich wäre es gewesen, aber mit der Zeit bekam ich immer mehr den Eindruck. Und dann ... dieses Traumgefühl. Ich sah mir von außen zu, ich sah mich dort in dem Verhörraum sitzen, sah, wie sie mir zusetzten. Manchmal dachte ich, das wäre ich gar nicht. Es war wie ein Film im Kino.« Sie lachte wieder bitter. »Wie *Das Schweigen der Lämmer*, nur schlimmer.«

Nora hielt sie immer noch fest. Sie war verwirrt von all dem, was Ellen ihr eben erzählt hatte. Sie mußte Ellen doch irgendwie helfen können! Aber ihr fiel einfach nichts ein, was sie tun konnte. Sie war weder Rechtsanwältin noch Polizistin –

Polizistin! Ja, das war's! Renni war doch Polizistin. Sie wußte bestimmt, was zu tun war. »Ich werde Renni anrufen«, verkündete sie erleichtert.

»Renni?« Ellen sah sie erstaunt an, so als ob sie den Namen noch nie gehört hätte.

»Ja, Renni. Erinnerst du dich an den Morgen, als wir im Seecafé gefrühstückt haben? Da haben wir sie getroffen.«

»Ja, sicher, aber ...« Ellen war jetzt doch etwas verwirrt, das sah Nora ihr an.

Nora lächelte wie erlöst in Ellens Gesicht. »Renni ist Polizistin. Sie wird wissen, was zu tun ist.«

»Polizistin?« Ellen schien nicht so erleichtert, wie Nora es war. Aber das war ja auch kein Wunder. Sie kannte Renni schließlich nicht und hatte jetzt andere Dinge im Kopf.

»Ja, sie ist bei der Kripo.« Nora war immer begeisterter von ihrer Idee. »Ich werde sie jetzt sofort anrufen. Das ist das beste.«

Ellen schien nicht überzeugt, aber Nora schob sie vorsichtig von sich und hatte gleich darauf den Telefonhörer in der Hand.

Ey, Schneyder, Telefon für dich!«

Es gab Kollegen, die hatte ich schon vom ersten Augenblick an gefressen. Dieser hier gehörte dazu. Wenn er sich nicht ganz gut in acht nahm, würde er sich irgendwann noch mal eine fangen. Ich hatte ihm schon x-mal gesagt, daß er mich nicht durch den ganzen Raum anbrüllen sollte, wenn er etwas von mir wollte, aber er trieb es auf die Spitze.

Ich sah ihn gefährlich an. »Dann leg es doch auf meinen Apparat.« Das hätte er gleich tun sollen, aber er versuchte einfach immer wieder, meine Grenzen zu testen. Er grinste unverschämt und drückte ein paar Knöpfe auf seinem Telefon. Gleich darauf klingelte es bei mir und ich meldete mich. »Schneyder.«

»Hallo Renni, hier ist Nora.«

Ich fiel fast vom Stuhl vor Überraschung. »Nora?« Sonst war immer *ich* es gewesen, die sie angerufen hatte. Der umgekehrte Fall war noch so gut wie nie vorgekommen. Meine Phantasie suchte nach einer Erklärung und wie sich das für eine gute Polizistin gehört, hatte ich auch gleich ein Szenario parat: Wenn ich das richtig einschätzte, war Melanie nicht mehr aktuell. Also wenn Nora nun auf den Gedanken gekommen war, daß ich ab jetzt dann mit ihr und ihrer blonden Tussi spazierengehen würde, hatte sie sich geschnitten. Eine quasi verheiratete, aber unglückliche Nora hatte ich ja noch einigermaßen ertragen können, wenn auch schwer, aber eine verliebte Nora? Das war zu viel! Das konnte sie sich abschminken!

Noras Stimme wirkte etwas unsicher, als ob sie nicht genau wüßte, was sie sagen sollte. »Ja. Ich ... ich brauche deine Hilfe.«

Hmm. Das hörte sich gar nicht nach einer Einladung zu einem Spaziergang an. Mein Herz schlug schneller. Nora brauchte mich? Das hatte ich mir immer sehnlichst gewünscht. Das letzte Mal, als sie mich brauchte, waren wir 12 Jahre alt gewesen. Danach schien immer alles in Ordnung zu sein. Ich hatte zwar immer nach einer Gelegenheit gespäht, etwas für sie tun zu können, aber sie alles im Griff zu haben. Mehr oder weniger jedenfalls. Und jetzt auf einmal rief sie mich an? Das konnte nur etwas Ernsthaftes sein. Wegen einer Kleinigkeit würde sie das nicht tun. »Ja, Nora? Um was geht es denn?«

Sie druckste ein bißchen herum. »Eigentlich ... na ja, eigentlich geht es nicht um mich. Es geht um Ellen.«

Ellen? War das nicht die blonde Tussi, mit der ich sie im Seecafé gesehen hatte? Ich erinnerte mich dunkel. Ich war nicht gerade daran interessiert gewesen, mir ihren Namen zu merken. Ihr Aussehen hatte mir schon gereicht. Ihr Gesicht hätte ich vermutlich überall wiedererkannt. Namen hatten in meiner Branche sowieso keine große Bedeutung. Die wechselten die Jungs und Mädels, mit denen ich zu tun hatte, wie die Hemden oder das Blüschen, öfter vermutlich. Aber wenn es Nora glücklich machte, würde ich sogar ihrer Tussi helfen. »Und?« Ich hatte immer noch keinerlei Vorstellung, was Nora von mir wollte. Das mußte sie mir schon erklären.

»Also ich bin gestern hier in Köln angekommen und –«

»In Köln? Du bist in Köln?«

Das konnte ja heiter werden. Die Kollegen würden sich schieflachen über mich, wenn ich jetzt schon mein zweites Versetzungsgesuch einreichte, wieder zurück nach Köln! Aber vielleicht zog ich auch viel zu voreilige Schlüsse. Ich räusperte mich. »Ähm, was machst du denn da?«

Nora war ein bißchen verschüchtert von meinem unpassenden Ausbruch. Sie zögerte eine Sekunde, aber dann sprach sie weiter. »Es ist ... es ist ein bißchen kompliziert. Ich weiß nicht, ob ich das richtig erklären kann. Also Ellen ist ... sie hat ... sie hat eine Leiche gefunden und jetzt denkt die Polizei hier, sie hätte es getan!« Noras Entsetzen war deutlich zu hören.

Und? Hat sie? hätte ich am liebsten gefragt, aber das konnte ich Nora nicht antun. Sie liebte diese Ellen schließlich. Also ging ich professionell vor. »Das ist schlimm. Nur, ich weiß im Moment nicht, was ich da tun soll. Das ist Sache der Kollegen in Köln. Ich kann mich da nicht einmischen. Ich habe gar keine Befugnis dazu.«

Noras Enttäuschung war selbst durch den Telefonhörer zu hören. »Ach, ich dachte ... ich hätte gedacht, daß du uns da auf jeden Fall irgendwie weiterhelfen könntest. Aber wenn nicht ...«

Uns wollte ich schon mal gar nicht weiterhelfen! Das bezog sich eindeutig auf Ellen. Aber für Nora hätte ich nun mal so ziemlich alles getan, also überlegte ich. »Eine Rechtsanwältin wäre doch eigentlich viel nützlicher als ich.«

»Meinst du? Aber ich kenne niemand hier in Köln.« Nora war immer noch enttäuscht, aber zumindest nahm sie den Hoffnungsschimmer auf, den ich ihr bot.

»Aber ich. Ich weiß da noch jemand aus meiner Zeit in Köln.« Mir war sofort Margreth in den Sinn gekommen. Sie hatte damals während ihres Jurastudiums ein Praktikum bei uns im Polizeipräsidium absolviert. Dadurch hatten wir uns kennengelernt. Ich hielt sie sofort für eine Lesbe, aber während der kurzen Zeit, in der sie in meiner Nähe arbeitete, hatte ich leider keine Gelegenheit, das zu überprüfen. Später dann traf ich sie des öfteren in der Szene oder auf der Disco bei den wenigen Versuchen, die ich in dieser Richtung unternahm. Also hatte ich recht gehabt. Wir sprachen manchmal miteinander und trafen uns auch ein paar Mal, allerdings nur zum Kaffee. Sie lebte in einer festen Beziehung und schien sehr glücklich mit ihrer Freundin zu sein. Daraus hatte sich eine lose, aber sehr nette Freundschaft entwickelt, solange ich in Köln lebte. Als ich weggezogen war, war diese Freundschaft allerdings ziemlich eingeschlafen.

Noras Stimme riß mich aus meinen Erinnerungen. »Willst du ... ich meine, kannst du ...?« Sie war offensichtlich in einer Hinsicht zumindest genau wie ich. Um Hilfe zu bitten, fiel ihr schwer. Sie war zu schüchtern.

Ich nahm ihr die Antwort auf die nicht gestellte Frage ab. »Ja, ich kann sie anrufen.«

Nora schien noch etwas auf dem Herzen zu haben. Sie brauchte eine halbe Minute, bis sie damit herauskam, eine Ewigkeit an einem schweigenden Telefonhörer. »Äh ... es gibt da ein kleines Zeitproblem. Ellen braucht schon heute nachmittag Unterstützung. Sie muß zur Vernehmung ins Polizeipräsidium.«

»Heute nachmittag?« Na, da hatte ich mir ja etwas Schönes gewünscht! *Einmal* bat sie mich um Hilfe und dann war es noch nicht mal für sie und mußte außerdem sofort sein. Schöner Mist! »Warum ist es denn so dringend?«

»Ellen ist ... sie ist schon völlig mit den Nerven fertig von den ganzen anderen Vernehmungen. Ich weiß nicht, ob sie das noch lange durchhält allein.« Nora schien äußerst besorgt zu sein.

War diese Frau das wert? Aber ich wußte es ja selbst: Wo die Liebe hinfällt ... Nichts wünschte ich mir sehnlicher, als daß Ellen es getan hätte und man es ihr auch beweisen könnte. Dann wäre sie aus dem Weg, und Nora würde sich vielleicht endlich mir zuwenden, nun, wo die Beziehung zu Melanie anscheinend nicht mehr im Wege stand. Aber gleich darauf schämte ich mich für meine eifersüchtigen Gedanken. Denn nichts anderes war es. Ob Ellen schuldig war oder nicht, war mir völlig egal. Ich wollte einfach nur, daß sie verschwand und Noras Liebe nicht mehr von ihr in Anspruch genommen würde. Ich riß mich am Riemen und versuchte das Ganze einigermaßen objektiv zu betrachten. »Also gut, ich werde Margreth anrufen und schauen, was sich tun läßt. Versprechen kann ich natürlich nichts. Ihr Terminkalender ist meistens ziemlich voll.«

»Ja, das sehe ich ein. Aber trotzdem danke. Ich bin froh, daß du jemand kennst. Ich kam mir so hilflos vor.« Nora war wirklich erleichtert, das konnte ich hören.

Nora hilflos und ich war nicht da, um sie in den Arm zu nehmen und zu trösten! Warum? Warum mußte ich so weit weg in einer anderen Stadt sein? Eine einmalige Chance und ich konnte sie nicht nutzen! Ich seufzte, aber nur innerlich. Dann erledigte ich den organisatorischen Teil. »Also paß auf. Entweder meldet sich Margreth dann gleich bei dir - das ist die Rechtsanwältin - oder ich rufe dich noch mal an. Gib mir deine Nummer und sag mir, wo du in Köln bist.«

***

Rechtsanwaltskanzlei Mergentheim und Partner.«

»Hallo, Margreth, ich bin's, Renni.«

»Renni! Daß du dich auch mal wieder meldest!«

Ich nahm den Telefonhörer von einer Hand in die andere. »Ja, ich weiß. Ich wollte dich die ganze Zeit schon anrufen, aber ...«

»Na, macht ja nichts. Wie geht's dir denn?« Margreth hatte keine Zeit für überflüssige Entschuldigungen, sie ging immer direkt auf die Sache los. Das mochte ich so an ihr.

»Mir geht's eigentlich ganz gut, aber eine Freundin von mir hat Probleme. Das heißt, es ist noch nicht mal sie selbst, sondern ihre Freundin.«

Margreth lachte herzhaft. »Die Freundin einer Freundin? Na, das sind ja komplizierte Verhältnisse! Und was ist? Hat sie ein Knöllchen gekriegt?«

Ich mußte schmunzeln. Margreths ansteckend gute Laune hob selbst meine. »Nein. Es ist ein etwas größeres Problem. Anscheinend hat Noras Freundin eine Leiche gefunden, und sie scheint auch darin verwickelt zu sein, denn sie gehört zu den Mordverdächtigen.«

»Oh-oh, das klingt nicht gut.« Margreth war mit einem Schlag professionell. »Ich nehme an, das Ganze hat sich bei mir hier in der Gegend abgespielt, oder? Sonst würdest du mich sicher nicht anrufen aus deinem Nest da unten im Süden.« Sie lachte laut auf. Es war wirklich fast unmöglich, sie von ihrer guten Laune abzubringen. Sie als Anwältin zu haben, mußte selbst in einer fast hoffnungslosen Situation ein Glücksfall sein.

Wollte ich das für diese Ellen überhaupt? Nein, sicher nicht. Ihr hätte ich den griesgrämigsten und unfähigsten Anwalt gewünscht, den es überhaupt gab. Aber Nora ... »Ja, stimmt. Es ist ein Kölner Fall. Deshalb kann ich auch eigentlich gar nichts machen. Ich habe überhaupt nichts damit zu tun, dienstlich.«

»Na gut, das kann man nicht ändern.« Margreth überlegte. »Und du bist auch nicht hier, nehme ich an?«

»Nein, ich bin immer noch in meinem Nest im Süden.« Ich mußte grinsen.

Margreth grinste sicher auch, so wie ich sie kannte. »Okay, dann muß ich mich mit denen mal treffen. Sie sollen mich am besten anrufen, dann können wir einen Termin vereinbaren. Ist es dringend?«

»Ja, ziemlich. Anscheinend ist heute nachmittag eine Vernehmung, und da wäre dein Beistand offenbar sehr gefragt.« Ich wartete auf ihre Reaktion.

Und die kam auch prompt. »Heute nachmittag?!«

Es war dieselbe Frage, die auch ich Nora nach ihrer Auskunft gestellt hatte, aber Margreth stellte sie einige Grade lauter. Ich hielt den Hörer etwas von meinem Ohr weg. »Ja, ich weiß, aber ich habe es auch eben erst erfahren.«

»Heute nachmittag.« Margreth blätterte anscheinend in ihrem Kalender. »So einfach ist das nicht. Ich habe da schon Termine.« Ich wartete, weil ich wußte, daß sie eine Lösung finden würde. Und das tat sie auch. »Na ja, also gut. Für einen Mord kann ich meine Termine schon mal verschieben, meinst Du nicht?« Sie lachte herzhaft.

Ich mußte auch lachen. »Ja, das könnte man als einen Grund betrachten, glaube ich auch.« Vermutlich wäre ich kaum so fröhlich gewesen, wenn der Verdacht Nora selbst betroffen hätte, aber in diesem Fall ...

Margret war schon beim nächsten Schritt. »Sie sind beide in Köln?« fragte sie.

»Ja.«

»Dann gib mir mal die Nummer. Ich werde sie anrufen.«

»Danke, Margreth. Das ist wirklich sehr nett von dir.«

»Ach was, nun mach schon mit der Nummer!« Das konnte sie irgendwie nicht gut vertragen, wenn man sich bei ihr bedankte. Auch zwischen ihr und mir gab es einige Ähnlichkeiten, stellte ich fest, und ich mußte erneut grinsen.

***

Nora lief unruhig im Hotelzimmer auf und ab. *Warum bin ich bloß nicht mitgegangen? Es hätte ja doch nichts genützt! Ich wäre wahrscheinlich jedem Polizisten an die Gurgel gesprungen, der Ellen beschuldigte, und hätte dadurch alles nur noch viel schlimmer gemacht.* Ständig wiederholten sich ihre Überlegungen.

Sie nahm einen von Ellens Schals in die Hand und hielt ihn sich ans Gesicht. Tief atmete sie Ellens Geruch ein. Sie dachte an ihre gemeinsam verbrachten Tage und Nächte. Sie dachte daran, wie sie unter ihren Händen gebebt hatte, wie sie unter ihrer Zunge zusammengefallen war. Sie dachte daran, wie Ellens Hände sie liebkost hatten, wie ihre Finger und ihr Mund sie vor Lust hatten vergehen lassen. Wie sie beide wohlig und zufrieden miteinander eingeschlafen waren.

Ich will nicht, daß ihr etwas passiert! Ja, ich weiß, es ist wahrscheinlich purer Egoismus. Ich will nicht, daß es zu Ende ist, bevor es überhaupt angefangen hat!

Die Tür ging auf und Nora fuhr herum. Margreth und Ellen betraten das Zimmer. Ellen sah erschöpft aus, aber nicht so mitgenommen, wie Nora es erwartet hatte. Margreth war offensichtlich in ihrem Element. Sie lachte, »Siehst du, ich habe sie dir heil und gesund wiedergebracht!«

Nora war erleichtert. Sie lief auf Ellen zu und umarmte sie. Ellen ließ sich in ihre Arme fallen und atmete tief durch.

»Und - wie ist es gelaufen?«

Nora sah Margreth an, aber Ellen antwortete. »Zuerst wollten sie sie nicht reinlassen.« Sie deutete mit dem Kopf auf Margreth.

Margreth gab einen verächtlichen Schnaufer von sich. »Das versuchen sie immer.«

Nora blickte erstaunt. »Aber sie hat doch ein Anrecht auf einen Rechtsbeistand.«

Margreth schüttelte den Kopf. »Das ist ein weitverbreiteter Irrtum. Die Leute sehen zu viele amerikanische Krimis im Fernsehen. Bei einer polizeilichen Vernehmung hast du keinerlei Anrecht auf einen Rechtsbeistand. Nur bei einer richterlichen Vernehmung oder wenn Anklage erhoben wird. Vorher bist du ganz darauf angewiesen, ob sie es dir erlauben oder nicht.«

Ellen kicherte. »Du hättest sie mal erleben sollen! Sie hat sie fertiggemacht, ich kann dir sagen!«

Nora lachte auf, die Spannung fiel ein wenig von ihr ab. »Das kann ich mir lebhaft vorstellen!«

Margreth tat harmlos. »Wozu habe ich schließlich jahrelang studiert und gearbeitet? Ein paar Tricks sollte ich da schon auf Lager haben.«

»Heißt das, Ellen kann sich wieder frei bewegen?« fragte Nora gleichzeitig ängstlich und hoffnungsvoll. Daß sich ein Problem so von selbst erledigen sollte, konnte sie nicht glauben.

Margreth seufzte. »Nicht ganz. Sie wollen noch ein paar Abklärungen treffen, aber so schlimm sieht es gar nicht aus. Sie haben nicht wirklich etwas in der Hand. Nur ihre Fingerabdrücke und der Schlüssel reichen nun wahrhaftig nicht! Keine Indizien und vor allem kein Motiv. Nach dem, was sie haben, könnte es genausogut Selbstmord sein. Das ist kein Fall, das ist ein Witz. Mich wundert, daß sie das überhaupt so lange untersucht haben. Ich habe ja gleich gesagt, daß es nicht hoffnungslos ist. Es wäre nur einfacher gewesen, wenn du bis jetzt noch nichts gesagt gehabt hättest.«

»Ich wußte ja am Anfang nicht, daß sie mich verdächtigen. Ich bin gar nicht auf den Gedanken gekommen.« Ellen schluckte. »Bis ich das merkte, war es schon zu spät.«

»Ja, dieser Kommissar versteht sein Handwerk, das muß selbst ich ihm lassen. Allerdings in diesem Fall –« Margreth schnaubte wieder verächtlich, »hat er sich wohl hauptsächlich von seiner Homophobie leiten lassen.« Sie sah Nora an. »Das erste, was er mir sagte, war, daß er Ellen sofort festnehmen würde, wenn er könnte. Wenn er nur ein einziges brauchbares Indiz finden würde. Er ist extrem homophobisch. Es war unglaublich. Er hat permanent durchblicken lassen, daß er sie allein deshalb schon gern einsperren würde, weil sie lesbisch ist.«

»Das kann doch nicht wahr sein!« Noras Entsetzen drückte sich in ihrer Stimme aus.

»Doch, bedauerlicherweise ist es so.« Margreth schüttelte den Kopf. «So extrem habe ich das noch nie erlebt. Er hat ihr wortwörtlich ins Gesicht gesagt ...« Sie sah Ellen an und brach ab. »Ich möchte das eigentlich nicht wiederholen.«

»Er hat gesagt, ihm seien solche perversen Praktiken zuwider, und daß er sich nicht vorstellen könne, daß es irgendeinem anständigen Menschen anders geht. Und wenn er die Wahl hätte zwischen einem Schwulen und einem Verbrecher, wüßte er genau, wen er bevorzugen würde. Aber leider hätte er nicht die Wahl und müßte solche Perversen theoretisch auch noch vor den anderen beschützen.« Ellen blickte wutentbrannt zu Nora hoch. »Bei dem Wort ›theoretisch‹ hat er die Arme vor der Brust verschränkt und gegrinst. Er würde keinen Finger rühren, wenn irgendwelche Skinheads Schwule auf der Straße zusammenschlagen!« Ellen war empört.

Nora war immer noch zu entsetzt, um empört zu sein. »Das hat er gesagt?« fragte sie fassungslos.

Margreth nickte bestätigend. »Hat er. Er hat die ganze Zeit nur darauf gewartet, Ellen endlich verhaften zu können. Sie haben die Wohnung jeden Tag durchsucht und immer wieder gehofft, daß etwas Neues dabei herauskommt. Das war eigentlich der einzige Grund, warum es so lange gedauert hat. Und Ellen hatte einen Schlüssel. Die Hinweise auf Selbstmord hingegen haben sie völlig ignoriert.«

»Aber wieso sollte Ellen ...?« Nora konnte in den Gedankengängen keine Logik erkennen. Im Moment war sie allerdings ohnehin nicht sehr gut zu logischem Denken in der Lage.

»Ja, das Motiv. Das war ihr größtes Problem.« Margreth zuckte die Schultern. »Deshalb haben sie versucht, irgendwelche Indizien zu finden, Hinweise auf eine Feindschaft oder ähnliches.«

»Aber selbst wenn es so gewesen wäre, dafür bringt man doch niemand um! Und außerdem ist das doch pure Spekulation!« Nora konnte sich immer noch nicht beruhigen.

»Pfft!« Margreth stellte ihren Aktenkoffer auf den Tisch.

Bevor sie etwas sagen konnte, antwortete Ellen gefährlich ruhig, »Er glaubt, daß wir Perversen noch für viel weniger einen Mord begehen könnten.«

»Mein Gott, Ellen!« Nora ging auf Ellen zu und blieb hilflos vor ihr stehen.

Margreth hob bedauernd die Schultern. »So ist die Welt. Damit müssen wir leben.«

»Aber das mit dem Selbstmord ... Hatte Loretta denn Grund dazu? Hat sie irgendwas gesagt?« Nora sah Ellen fragend an.

»Na ja, nicht direkt. Aber irgendwie kam sie mir schon komisch vor. Ich hätte nicht sagen können, was es ist. Dennoch: Die ganze Zeit, während wir uns unterhielten, hatte ich das Gefühl, daß sie mir etwas sagen wollte oder daß sie etwas verbarg. Aber ich habe so selten mit ihr gesprochen in letzter Zeit. Natürlich, sie hat mal das eine oder andere erwähnt ...«

Margreth winkte ab. »Das ist nicht unser Problem, sondern das der Polizei. Wahrscheinlich werden sie es als Selbstmord zu den Akten legen, wenn sich kein Mörder finden läßt.« Dann rieb Margreth sich ein wenig die Hände und grinste. »Aber die Hauptsache ist, daß sie gegen Ellen nichts gefunden haben. Das heißt, daß sie eben noch ein bißchen suchen müssen!« Margreth lachte und damit entspannte sie die Situation. Sie packte ihre Aktentasche, die eher einem Pilotenkoffer glich, mit festem Griff. »Also ich muß jetzt wieder in die Kanzlei zurück.« Zeitverschwendung war offensichtlich nicht ihre Sache. Mit einem letzten kurzen Nikken in Ellens und Noras Richtung rauschte sie aus dem Zimmer.

»Meine Güte!« Nora hatte schon bei Margreths erstem Auftritt gestaunt, wie effizient sie war. Das war am Nachmittag gewesen, als sie Ellen abgeholt hatte, um sie ins Präsidium zu begleiten. Nur ein paar kurze Fragen und dann ein knappes: »Das kriegen wir schon hin!«, das war alles gewesen, bevor sie gegangen waren. Und jetzt war es nur ein paar Stunden später, und der ganze Spuk schien fast vorbei. Konnte das wirklich wahr sein? Die letzten beiden Tage erschienen Nora, wie wenn sie sie an einer Formel-1-Rennstrecke verbracht hätte. Die Autos – oder in diesem Fall die Ereignisse – rauschten an ihr vorbei und waren in Null-Komma-Nichts schon wieder verschwunden.

»Ja, nicht wahr?« Ellen lachte Nora an, wie Nora es sich seit ihrer Ankunft hier gewünscht hatte. Das Bedrückende, Bedrohliche, das Nora die ganze Zeit gespürt hatte, schien verschwunden. »Sie ist schon ein Unikum.« Ellen lachte noch immer. Plötzlich wurde sie ernst. »Was für ein Glück, daß es jetzt vorbei ist. Auch wenn ich es noch nicht ganz glauben kann.«

»Ich auch nicht. Es ging alles so schnell. Aber auf Margreth können wir uns verlassen, glaube ich.« Nora war ebenso erleichtert wie Ellen. »Puuh! Jetzt bin ich richtig erschossen! Und dabei habe ich doch gar nichts getan!« Nora ließ sich in einen Sessel fallen.

»Doch, hast du.« Ellen kam zu ihr herüber und beugte sich über sie. »Du hast sogar sehr viel getan.« Sie küßte Nora leicht auf den Mund. »Ich weiß gar nicht, wie ich dir dafür danken soll.«

Nora wurde verlegen. Sie wiederholte, »Ich habe doch gar nichts getan«, während sie verzweifelt versuchte, sich von Ellens blauen Augen zu lösen, die sie unverwandt betrachteten.

Ellen legte ihr die Arme um den Nacken. »Wie du meinst. Dann danke ich dir eben für das, was du nicht getan hast.« Ihr Blick sank von Noras Augen auf ihren Mund. Sie küßte sie. Es war ein sanfter und inniger Kuß, der die Leidenschaft nur andeutete. Nora schloß die Augen und genoß Ellens Lippen an ihrem Mund. Ellen zog sich vorsichtig zurück. Sie blickte forschend in Noras Gesicht. Nora öffnete die Augen und sah sie sanft an. »Komm«, sagte Ellen. Sie schliefen ruhig und zärtlich miteinander, so, wie es ihnen die ungezügelte Leidenschaft bisher noch nie erlaubt hatte.

Ellen lag in Noras Armbeuge und seufzte tief. Nora streichelte sie. »Was ist?«

Ellen rollte sich auf die Seite und stützte sich auf. »Ach, eigentlich gar nichts. Ich glaube, ich habe jetzt den ersten Schock überwunden. Ich kann langsam wieder klar denken.« Ellen sah auf die Uhr auf dem Nachttisch. »Es ist schon spät. Wir sollten jetzt wirklich schlafen.«

Nora nickte müde. »Du hast recht. Vielleicht können wir morgen ja schon wieder zurückfahren, wenn alles erledigt ist. Hat Margreth was darüber gesagt?«

Ellen nickte ebenfalls. »Ja, schon, sie meinte auch, daß es morgen oder übermorgen erledigt sein müßte. Die Polizisten haben zwar säuerlich geguckt, aber anscheinend konnten sie nichts dagegen einwenden.«

Nora lächelte. »Na dann –«

Ellen blickte fragend. »Oder wolltest du noch hierbleiben?«

»Auf keinen Fall!« Nora rollte sich zu ihr hin und versuchte sie zu greifen und zu küssen.

Ellen tat entrüstet. »Ich habe gesagt: wirklich schlafen, und das meinte ich auch.« Sie stieß Nora spielerisch von sich fort. Nora erwischte sie trotzdem und küßte sie mit beginnender Leidenschaft. Ellen ging nicht darauf ein. Sie schob sie sanft von sich weg. »Heb' dir noch was für morgen auf«, sagte sie zärtlich.

Nora seufzte resigniert. »So sind sie, die Frauen - erst Versprechungen machen und dann ...« Sie kuschelte sich an Ellens Schulter. »Schlaf gut.«

Ellen strich ihr übers Haar. »Du auch.«

***

Als Margreth mich am nächsten Tag im Büro anrief, war ich nicht überrascht zu hören, daß alles erledigt war. »Sie sind gerade eben ins Auto gestiegen und abgefahren«, beendete sie ihren Bericht.

»Na, dann ist ja alles gut gegangen. Entschuldige, Margreth, daß ich dich so damit überfallen habe.« Ich wollte mich fast schon verabschieden und war ganz erstaunt, daß Margreth es noch nicht getan hatte, als Margreth sich räusperte. So kannte ich sie gar nicht. Wenn eine Sache abgeschlossen war, ging sie normalerweise ruck-zuck zur nächsten über. Mit vergangenen Dingen beschäftigte sie sich eigentlich gar nicht. Aber anscheinend war etwas für sie noch nicht abgeschlossen.

Sie zögerte einen Moment, aber dann kam sie doch damit heraus, was sie beschäftigte. »Ich weiß nicht, Renni, irgendwie habe ich ein ungutes Gefühl bei der Sache. Ich hab sie rausgehauen, aber irgendwas stimmt da nicht. Irgendwas stimmt da nicht ...« Vermutlich schüttelte sie jetzt stirnrunzelnd den Kopf. Auch wenn ich sie durch den Telefonhörer nicht sehen konnte, kam es mir so vor.

»Und was?« Ich wußte nicht, was Margreth eventuell im Lauf ihrer Gespräche mit der Polizei erfahren hatte. Ich persönlich wußte ja so gut wie gar nichts. Nur das, was mir Nora am Telefon erzählt hatte.

»Eben das ist ja so komisch. Ich weiß es nicht. Wie ich schon sagte. Es ist nur so ein Gefühl. Und du weißt, was ich auf Gefühle gebe ...«

Sie wirkte verunsichert, und das war etwas, was ich noch nie bei ihr erlebt hatte. Ich wußte, daß Gefühle im Zusammenhang mit rechtlichen Fragen für sie ein Unding waren. Für sie zählten nur Fakten und Tatsachen.

»Nun ja.« Sie hatte sich offensichtlich entschlossen, den Fall doch zu den Akten zu legen. »Der Fall ist für mich abgeschlossen, und die Polizei wird weiter nach dem Mörder suchen. Das geht uns alle nichts mehr an. Tschüß Renni und melde dich mal wieder. Kommst du demnächst mal nach Köln oder in die Gegend?«

»Ja, das hatte ich vor. Wahrscheinlich sehr bald.«

»Na, wunderbar! Dann besuch uns doch. Tschüß bis dann!« Sie legte auf.

Ich saß da und grübelte mit dem Hörer in der Hand, nachdem der schon lange still war. Was hatte Margreths Verdacht erregt? Das kam doch nicht von ungefähr. Eigentlich hatte ich auch gar nicht vorgehabt, demnächst nach Köln zu fahren. Aber irgendwie hatte ich das Gefühl, es müßte sein. Was war das nur? Eine Rechtsanwältin und eine Polizistin bekamen plötzlich Gefühle? Undefinierbare Verdachtsmomente? Und das bei uns beiden? Das war alles sehr merkwürdig. Ich hatte bislang meine ganzen Überlegungen für pure Eifersucht gehalten, aber nun ... Margreth war sicherlich nicht eifersüchtig auf Nora oder Ellen. Sie lebte in einer glücklichen Beziehung. Also war ihr Verdacht völlig anders begründet als meiner. Es mußte etwas dran sein.

***

Ich ließ mir Zeit bis zum nächsten Morgen. Mein Grübeln hatte mich nicht weitergebracht, was kein Wunder war, da ich ja eigentlich keinerlei Informationen besaß. Es hatte mich in der Tat nur eine schlaflose Nacht gekostet.

Ich nahm im Laufe des Vormittags mehrmals den Telefonhörer in die Hand, um Nora anzurufen, aber ich legte ihn jedes Mal wieder hin. Was wollte ich sie eigentlich fragen? *Du, ist deine Geliebte nicht doch eine Mörderin?* Das konnte ich wohl kaum tun. Als ich schon auf die Uhr sah und überlegte, ob ich lieber jetzt zum Essen in die Kantine gehen sollte oder später, klingelte das Telefon noch einmal und Nora nahm mir die Entscheidung ab, ob ich sie anrufen solle oder nicht. Sie schäumte fast über vor Freude. »Renni, Renni, ich bin ja so glücklich! Ich wollte dir nur noch mal danken, daß du uns so schnell geholfen hast!«

Dieses *uns* schon wieder! Konnte sie das nicht lassen? Hätte es nicht gereicht, wenn sie sich für sich selbst bedankt hätte? Ich versuchte, meine schlechte Laune nicht zu zeigen. »Gern geschehen.

Es war ja nicht sehr schwer. Ich mußte eigentlich gar nichts tun. Margreth hat doch alles gemacht.«

»Nein, nein!« Nora war so guter Laune und das alles nur, weil ich ihr ihre Tussi erhalten hatte. Ich war doch ein Trottel! »Ohne dich hätte ich echt nicht gewußt, was ich tun soll. Ich war so hilflos. Aber du hast sofort erkannt, was zu tun war. Und dann ging alles so schnell, daß ich es kaum mitgekriegt habe. Vielen Dank!«

»Ja, ja schon gut.« Ich brummelte so, daß sie mich sicher kaum verstehen konnte. Für sie war es abgeschlossen, für mich - und für Margreth, hoffte ich - jedoch noch nicht.

»Ellen möchte dir auch noch persönlich danken«, jubelte Nora nimmermüde. Ein Geräusch sagte mir, daß sie den Telefonhörer weitergab. Ach du liebe Güte! Wahrscheinlich saßen sie gerade zusammen im Bett, waren vor kurzem nach einer Nacht der leidenschaftlichen Umarmungen aufgewacht, ich wollte mir nicht vorstellen, was noch alles. Warum nur, warum mußte ich das jetzt auch noch mitbekommen?

In mir verbündeten sich alle Abwehrreaktionen zu einer einzigen. *Nein, ich will nicht mit ihr sprechen!* Bildlich gesprochen stellten sich mir alle Haare auf. Aber es war schon zu spät.

»Hallo Renni, ich möchte dir für alles danken, was du getan hast«, säuselte eine mir fast unbekannte Stimme, die wohl zu Ellen gehören mußte.

Für alles? Wohl kaum, wenn sie wüßte, was ich dachte. Ihre Stimme war mir unangenehm. Sie klang wie die einer Nachrichtensprecherin: wohlakzentuiert, volltönend, als ob sie eine Ausbildung gemacht hätte, und dennoch distanziert, fast mechanisch. Ich wußte, daß ich diese Stimme unter anderen Umständen wahrscheinlich erotisch gefunden hätte, aber das blendete ich aus. Das wäre ja noch schöner! »Ich habe nichts getan«, wiederholte ich steif. Warum machte sie nicht einfach Schluß?

Sie lachte. Es klang verführerisch. Ich wußte, warum Nora sie mochte. Wenn meine Eifersucht und meine Vorurteile nicht gewesen wären, hätte ich das auch sehr anziehend gefunden. Ihre Stimme klang vielversprechend und unter anderen Umständen hätte es mich vielleicht gereizt, herauszufinden, ob sie dieses Versprechen auch einlöste.

»Das ist nicht wahr, und das weißt du auch«, sagte sie jetzt. »Wie wäre es, wenn wir uns einmal treffen und den Erfolg gemeinsam feiern?«

Oh Gott, nein! Nicht auch das noch! Ich hörte Noras Stimme im Hintergrund. »Oh ja, das ist eine wunderbare Idee! Was denkst du, Renni?«

Ellen wiederholte, »Ja, was denkst du, Renni?« Ich hatte den Eindruck, daß ein hämischer Unterton mitschwang, so, als ob sie wüßte, daß ich sie nicht leiden konnte, und welche Qual es für mich bedeuten würde, eine Zeit gemeinsam mit ihr und Nora zu verbringen. Aber was sollte ich schon tun?

»Ja, eine wunderbare Idee.« Ich hätte kotzen können, alles in mir sträubte sich dagegen, aber immerhin würde das meine Bekanntschaft mit Ellen vertiefen, und vielleicht bekam ich dadurch ein paar zusätzliche Informationen, wie qualvoll die Beschaffung auch immer sein mochte.

Ellen sprach offenbar mit Nora. »Sie hat ›ja‹ gesagt.«

Ich hörte erneut Noras begeisterte Stimme in der Entfernung. Warum zum Teufel mußte ich jetzt mit Ellen reden und nicht mit ihr? »Fein!« Nora freute sich tatsächlich.

Ellen sprach wieder in den Hörer. »Wie wäre es mit heute abend?«

Hm. Das ging aber schnell. Wollte sie sich ihrer Verpflichtung entledigen, um mich dann möglichst schnell wieder los zu sein? Das konnte sie vergessen! Wenn ein alter Polizeihund erst mal Lunte gerochen hat, bringt ihn niemand so schnell wieder von der Fährte ab! »Ja, warum nicht?« erwiderte ich gedehnt.

Es war, als ob Ellen einen Moment zögerte. Vermutete sie, daß hinter meiner Zusage etwas anderes steckte als nur das Interesse an einer gemeinsamen Siegesfeier? »Ich gebe den Hörer mal an Nora zurück«, sagte sie dann. »Ich kenne mich hier ja nicht aus. Am besten, ihr einigt euch auf ein Lokal, wo wir zusammen essen gehen können. Bis dann!«

Im nächsten Moment hörte ich Noras Stimme. »Das ist ja prima, daß wir uns dann heute abend sehen, Renni. Wo sollen wir uns treffen?«

Wir einigten uns auf ein ziemlich ambitioniertes Lokal, das teurer war, als ich es mir eigentlich erlauben konnte. Aber ein einziges Mal und schließlich ging es um Nora ...

Als wir aufgelegt hatten, beschloß ich in Anbetracht des üppigen mehrgängigen Abendessens, das mich erwartete, auf das Mittagessen in der Kantine zu verzichten. Stattdessen würde ich überlegen, was ich tun konnte, um an mehr Informationen im Fall Ellen heranzukommen. Wen kannte ich im Kölner Polizeipräsidium gut genug, um ihn oder sie fragen zu können? - Gisela!

Ich rief sie an. Sie war etwas überrascht. »Seit du nicht mehr hier wohnst, höre ich ja gar nichts mehr von dir.« Ihre pikierte Stimme erinnerte mich daran, warum wir nicht länger hatten zusammenbleiben können.

»Ja, ich weiß.« Ich tat so, als ob ich ein schlechtes Gewissen hätte, wenn das auch eigentlich nicht der Fall war. Aber ich wußte, daß Gisela es mochte, sich als die Stärkere zu fühlen. Also vermittelte ich ihr das Gefühl. Schließlich wollte ich etwas von ihr. »Es tut mir leid, aber ich hatte so viel zu tun.«

»Sind die Frauen da unten so einnehmend?« fragte sie süffisant.

Ich hatte nie eine einnehmendere Person als Gisela gekannt. Sie hätte mich am liebsten zu Hause eingesperrt, um mich von allem anderen fernzuhalten. Aber wie die meisten Leute sah sie eher den Splint im Auge des anderen als den Holzbalken im eigenen. Ich nahm mich da nicht aus. Die eigenen Schwächen waren halt immer am schwersten zu erkennen. Ich versuchte, charmant zu sein. »Wie sollten sie mit dir konkurrieren können?«

Dem hatte sie nie widerstehen können. Ich merkte an ihrer Stimme, daß ich sie sanfter gestimmt hatte. »Du lügst«, sagte sie, aber es klang geschmeichelt. Sie seufzte. »Aber jetzt erzähl mir nicht, daß du nur anrufst, um mir zweifelhafte Komplimente zu machen. Du willst doch sicher irgend etwas.«

Das ist der Nachteil, wenn man eine Weile zusammen war: Man kennt sich gegenseitig zu gut. »Ja, du hast recht. Ich will gar nicht drumherum reden. Bist du mir jetzt böse?« Wenn ich ihre Unterstützung wollte, mußte ich mich mit ihr wenigstens so weit verständigen, daß sie nicht aus persönlichen Gründen ablehnte.

»Natürlich«, sagte sie. »Das weißt du doch.«

Sicher wußte ich das! Deshalb gab ich mir ja so viel Mühe. Die kleinste Unstimmigkeit und sie würde auflegen. Ich versuchte, das Ganze auf eine sachlichere Ebene zu ziehen. »Es geht um etwas Dienstliches, Gisela. Ein Fall bei euch in Köln.«

»Aha. Und warum gehst du dann nicht über den Dienstweg?« Man konnte Gisela vieles vorwerfen, aber sicher nicht, daß sie dumm war. Sie erkannte den entscheidenden Punkt sofort.

»Weil ich eigentlich nichts mit dem Fall zu tun habe, dienstlich.« Es hatte keinen Sinn, ihr nicht die Wahrheit zu sagen. Nur wenn ich ihr reinen Wein einschenkte, würde sie sich dazu bereit erklären, mir zu helfen - vielleicht.

»So. Wenn du also dienstlich nichts damit zu tun hast, was ist es dann? Privat?« Gleich schäumte sie. Ich mußte das abbiegen.

»Es ist ein bißchen kompliziert. Bei euch in Köln ist eine Tote gefunden worden, der Mörder ist noch nicht bekannt, und ich würde gern wissen, wie der Stand der Dinge ist, weil ich vielleicht neue Verdachtsmomente habe.« Ich wußte, daß sie sich damit nicht zufriedengeben würde, aber ich würde ihr freiwillig nur so viel sagen, wie sie selbst erriet.

»Und woher weißt du überhaupt von dem Fall, wenn er hier bei uns passiert ist?« fragte Gisela äußerst mißtrauisch.

Sie war eben Polizistin, genau wie ich. Sie ließ sich nicht so leicht aufs Glatteis führen. »Die Frau, die zuerst verdächtigt wurde, ist eine Bekannte einer Bekannten von mir.«

»Aha!« Darauf hatte sie gewartet! Es war ihr ein Genuß, den letzten Schluß selbst zu ziehen. »Heißt die ›Bekannte‹ zufällig Nora?«

Sollte ich es ihr sagen oder nicht? Sie war immer schon eifersüchtig auf Nora gewesen, und das ja auch nicht ohne Grund. Auch wenn nicht wirklich etwas stattgefunden hatte zwischen Nora und mir, hatte sie doch immer zwischen uns gestanden. Aber wie meine Großmutter schon sagte: Lügen haben kurze Beine, und bevor ich mich in ein Lügengespinst verstrickte und dann doch am Ende verriet, was ich nicht verraten wollte, konnte ich Gisela auch gleich die Wahrheit sagen. Falls sie sich dann weigerte, mir zu helfen, mußte ich eben eine andere Lösung finden. »Ja«, bestätigte ich deshalb ergeben. Es hatte gar keinen Sinn, so etwas anzufügen wie ›Aber darum geht es nicht‹, denn Gisela wußte genau, daß es darum ging. Ich konnte nur hoffen, daß sie darüber hinweg war.

»Hab ich's mir doch gedacht!« bemerkte sie triumphierend. Dann schwieg sie.

»Wirst du mir trotzdem helfen?« fragte ich nach einer mir lang erscheinenden Weile, wahrscheinlich waren es in Wirklichkeit nur zehn Sekunden gewesen oder so. Ich hatte Gisela Gelegenheit geben wollen, ihren Triumph auszukosten und deshalb gewartet. Das würde sie sicher milder stimmen, wie ich sie kannte. Die Genugtuung, mich in der Hand zu haben, mußte sie sehr befriedigen. Das war während unserer Beziehung nicht sehr oft vorgekommen, obwohl Gisela sich stets darum bemüht hatte.

»Da hast du aber Glück«, fuhr sie – für mich völlig unerwartet – ziemlich aufgeräumt fort.

Da war ich mir noch nicht so sicher! So schnell gab sie nach? »Warum?« fragte ich etwas argwöhnisch.

Giselas Stimme wurde vertraulich. »Es gibt auch noch andere interessante Frauen außer dir in Köln.« *Das* hätte ich ihr vorher sagen können! »Ich habe eine davon kennengelernt.« Offenbar war sie allein im Büro, sonst hätte sie über so etwas niemals am Telefon gesprochen. In der Tat konnte ich mein Glück kaum fassen. Gisela war frisch verliebt und deshalb für ihre Verhältnisse sanft wie ein Lamm. Das hätte ich mir gar nicht besser wünschen können! Dennoch konnte sie sich einen Hieb gegen mich nicht verkneifen. »Und du? Bist du denn nun endlich mit deiner geliebten Nora zusammen, nachdem du ihretwegen schon da runter gezogen bist ans Ende der Welt? - Oder zumindest Deutschlands.« Oh, wie sie jetzt grinste! Dazu brauchte ich keine Videoverbindung, um das wahrzunehmen.

»Nein.« Das würde sie sicher noch mehr befriedigen. »Die zuerst Verdächtigte ist Noras neue Freundin.«

Ich hätte mich nicht gewundert, wenn ich jetzt Giselas Stuhl polternd hätte umfallen hören, weil sie vor Freude einen Luftsprung machte. Allerdings hörte ich tatsächlich nichts. Gisela war wahrscheinlich völlig perplex. Mehrere Sekunden war die Leitung still. Dann prustete sie los: »Sie hat eine neue Freundin!?« Sie lachte sich fast einen Ast. »Du bist wirklich mehr als blöd!«

Da konnte ich ihr kaum widersprechen. Dasselbe dachte ich ja auch. Aber es verletzte mich trotzdem, daß Gisela sich so über mich lustig machte.

Einen Vorteil hatte das Ganze allerdings. Als sie sich wieder beruhigt hatte, fühlte sie offensichtlich mütterliche Gefühle in sich angesichts meiner bedauernswerten Situation. »Ach, du Arme!« Ich hörte unterdrücktes Kichern. Wahrscheinlich hielt sie sich die Hand vor den Mund, um nicht wieder vor Schadenfreude herauszuplatzen. »Was wolltest du mich eigentlich fragen?« Ihre plötzliche Bereitschaft entschädigte mich nur schwer für die lediglich mühsam beherrschte Belustigung in ihrer Stimme.

Am besten, ich konzentrierte mich auf mein eigentliches Anliegen. »Na ja, die Ermittlungen laufen ja sicher noch. Und die Akte kann ich von hier aus nicht einfach einsehen. Also dachte ich - vielleicht - wenn du Zeit hast -«

»Warum interessiert dich das so sehr? Du sagtest doch, Noras Freundin sei entlastet.« Sie war immer noch mißtrauisch. Das war ja schließlich auch eine Grundvoraussetzung für die Polizeiarbeit. Niemand - und schon gar keine Frau - ging zur Polizei, wenn sie nicht ein grundsätzliches Mißtrauen gegen die Welt hegte. Außerdem war sie natürlich auch aus ganz privaten Gründen neugierig.

»Ja, aber nicht endgültig. Wie gesagt, ich habe da einen Verdacht -« Das stimmte ja auch. Solange der Fall nicht abgeschlosssen war, konnte man Ellen durchaus immer noch als Verdächtige betrachten, auch wenn es durch meine und Margreths Mitwirkung zweifelhaft war, daß die Kölner Polizei sie noch einmal vorladen würde. Und einen Verdacht hatte ich ganz entschieden. Wenn er auch im Moment durch nichts begründet war als schwammige ›Gefühle‹, was mir selbst am wenigsten gefiel.

Gisela verlor Gott sei Dank das Interesse an weiteren Nachfragen. »Na gut. Wenn du unbedingt deine masochistische Ader pflegen willst, möchte ich dich nicht davon abhalten.« Das wollte sie ganz gewiß nicht! Es bereitete ihr ganz bestimmt gros-ses Vergnügen, von meinen Leiden zu wissen und sie sich auszumalen. »Ich kann dir die Akte kopieren, wenn du willst.«

»Das ist sehr nett von dir, Gisela. Und die weiteren Ermittlungen -?«

»Ja, ja!« Jetzt wurde sie ungeduldig. »Ich werde dich auf dem Laufenden halten.«

»Danke.«

»Bitte!« Sie warf den Hörer auf die Gabel, daß ich es bis hierhin hören konnte. Sie ärgerte sich, daß sie sich hatte überreden ıssen, mir einen Gefallen zu tun. Aber da sie es nun versprochen hatte, würde sie es auch einhalten. Da war sie eisern, und wenn es sie noch so sehr wurmte.

***

Nora legte den Hörer auf und sah Ellen an. »Ist sie nicht nett?«

»Renni? Ja.« Ellen ließ sich in die Kissen zurückfallen, die sie zum Frühstück im Bett gestapelt hatten. Mittendrin war Nora plötzlich der Gedanke gekommen, Renni anzurufen. Bei Ellens Anblick an ihrer Seite war ihr zu Bewußtsein gekommen, daß der heutige Tag ganz anders - einsam oder in Angst - hätte verlaufen können, wenn Renni nicht gewesen wäre.

Ellen schien etwas in Gedanken versunken, was Nora sofort in Besorgnis versetzte. »Fühlst du dich nicht wohl? Sollen wir für heute abend lieber absagen?« Vielleicht war der Entschluß zu einer gemeinsamen Siegesfeier ja etwas verfrüht gewesen. Möglicherweise war Ellen von den Ereignissen der letzten Tage noch so erschöpft, daß sie es gar nicht so ernst gemeint hatte mit der Einladung an Renni. Vielleicht hatte sie nur höflich sein wollen und eigentlich eine Absage erwartet. Nora malte sich die verschiedenen Möglichkeiten aus. Hätte Ellen nicht eigentlich viel fröhlicher sein müssen? Gestern, bei der Rückfahrt, war sie fast *zu* aufgedreht gewesen. Jetzt schwang das Pendel vielleicht zurück.

»Nein, nein.« Ellen lächelte Nora an. »Ich habe nur ein bißchen über die vergangenen Tage nachgedacht. Es war doch etwas viel. Aber ein Abendessen mit euch beiden wird mich sicher ablenken. Es ist ja auch vorbei jetzt. Und Renni würde ich auch gern sehen. Sehr gern sogar –« Sie blickte in die andere Richtung zum Fenster hinaus.

Nora fühlte sich ein bißchen überflüssig. Ellen war offensichtlich immer noch mit ihren Gedanken beschäftigt. Und wenn sich Nora nicht täuschte, zuckten ihre Mundwinkel ein wenig. Vielleicht wollte sie ihre Erleichterung hinausweinen, und Nora störte sie nur dabei. Rücksichtsvoll machte Nora sich auf den Weg ins Bad.

Als sie zurückkam, war Ellen bereits angezogen. Sie sah Nora an. »Es kommt mir wie eine Ewigkeit vor, daß ich in meinem Zimmer war. Ich werde mal hingehen, baden und mich für heute abend umziehen.«

Nora war etwas überrascht und zudem auch enttäuscht. Sie hatte angenommen, daß sie den Tag gemeinsam verbringen würden, aber wahrscheinlich brauchte Ellen nach den angespannten Tagen einfach ihre Ruhe. Deshalb lächelte sie und nickte. »Ja, natürlich. Ich bring dich hin. Es dauert nur eine Minute, dann bin ich angezogen.«

Ellen schüttelte den Kopf. »Nein, ich nehme ein Taxi.« Sie grinste. »Sonst wechseln wir nur das Bett, glaubst du nicht auch?«

Nora grinste ebenfalls. »Das könnte schon sein.«

Nachdem Ellen die Wohnung verlassen hatte, begann Nora ganz automatisch, das Frühstück wieder in die Küche zu räumen, das Bett von Krümeln zu reinigen und aufzuschütteln, und zum Schluß holte sie den Staubsauger und begann zu saugen. Plötzlich stellte sie ihn ab. *Was tue ich hier eigentlich?* dachte sie ganz erschrokken. *Es ist ja, als wolle ich alle Spuren von Ellens Anwesenheit beseitigen.* Sie ließ den Staubsauger stehen, wo er stand und ging in die Küche und von dort aus auf den Balkon. Sie sah sich um. Der weite Blick über den See vermittelte ihr ein Gefühl von Vertrautheit. Merkwürdig, in Köln war sie aufgewachsen, aber hier fühlte sie sich zu Hause. Es hatte zwar ein paar Jahre gedauert, bis sich dieses Gefühl einstellte, aber nun registrierte sie den Unterschied deutlich. Wenn sie den Kölner Dom bei der Einfahrt in die Stadt auftauchen sah, waren es deutliches Wiedererkennen und auch Freude, die sie spürte. Aber schon nach ein paar Tagen in der Stadt - und spätestens nach dem ersten vom Smog verursachten Hustenanfall - sehnte sie sich nach der ländlichen Idylle des Südens. Sie genoß es, zurückzufahren und ab einer gewissen Kilometermarke die Landschaft immer grüner werden zu sehen. Wenn sie dann ausstieg, atmete sie die klare Luft tief ein und merkte, wie ihre Großstadtkopfschmerzen verschwanden, die sich automatisch nach kurzer Zeit in der Stadt einstellten. Dann wunderte sie sich jedes Mal, wie sie diese schlechte Luft und dieses Gewimmel von Menschen, den Dreck und den Krach hatte so lange aushalten können. Aber irgendwie liebte sie es auch. Schließlich war sie dort aufgewachsen. Sie liebte die Kinos und die Theater, die Oper, die vielen verschiedenen Kneipen und die so unterschiedlichen und bunten Menschen. Das hatte sie in der Kleinstadt nicht. Dennoch konnte sie sich nicht mehr vorstellen, auf Dauer in dem Streß und der Hektik der Großstadt zu leben. Sie lächelte in sich hinein. *Ich werde wohl alt! Aber was soll's? Das ist nun mal der Lauf der Welt. Ich liebe Köln und ich liebe das Land, jedes auf seine Weise und zu seiner Zeit.*

Sie sah wieder über den See. Das Beruhigende des Wassers hatte sie schon immer geliebt, ob es in Köln der Rhein war oder hier der See. An einem Ort zu leben, wo es kein Wasser gab, konnte sie sich nicht vorstellen. Ob Ellen -? Nein, das war zu früh. Solche Gedanken sollte sie sich besser noch nicht machen.

Sie merkte, daß sie anfing, zu zittern. Es war ja relativ warm, aber splitterfasernackt auf dem Balkon zu stehen, war vielleicht doch nicht empfehlenswert. Sie ging hinein, um sich etwas anzuziehen.

Ich wartete schon eine Weile vor dem Lokal, als Nora und Ellen endlich eintrafen.

»Entschuldige bitte, Renni, wir haben es nicht ganz geschafft!« Nora lächelte entschuldigend und Ellen streckte mir die Hand zur Begrüßung hin. Es widerstrebte mir fast, sie zu nehmen, weil ich mich an die Elektrizität erinnerte, die ich das letzte Mal gespürt hatte. Ich mußte es aus Höflichkeitsgründen natürlich trotzdem tun und war überrascht, wie warm und weich sich ihre Hand diesmal anfühlte.

Ich lächelte dennoch nur Nora an. »Ich weiß ja, daß Pünktlichkeit nicht gerade eine deiner Stärken ist. Das war ja schon auf der Schule so.« Und Ellen ist genau eine von diesen Frauen, bei denen man zwei Stunden im Ankleidezimmer verbringen muß, bevor man mit ihnen ausgehen kann, fügte ich in Gedanken hinzu. Das Schlimme war, daß ich mir vorstellte, daß ihre Verspätung weniger auf Anziehen als auf Ausziehen beruhte - und dessen Folgen.

Ich schüttelte die Gedanken ab. Ich sah Ellen kurz an und nickte dann beiden zu. »Also dann, der Tisch ist reserviert, meine Damen!«

Das Restaurant lag in einem Wasserschloß, und wir mußten erst die Brücke über den Wassergraben überqueren, bevor wir den Schloßhof betreten konnten. Das Wasser sah nicht sehr gefährlich aus, aber ich überlegte, ob Ellen wohl schwimmen konnte. Ein kleiner Schubs und schon ... Ich rief mich innerlich zur Ordnung. Das ging nun wirklich zu weit!

Die Bedienung führte uns an unseren Tisch, und wie selbstverständlich setzte Nora sich neben Ellen. Mir blieb nichts anderes übrig, als an der anderen Seite des Tisches Platz zu nehmen. Natürlich hätte ich lieber neben Nora gesessen, aber diese Sitzanordnung hatte einen großen Vorteil: Ich saß Ellen gegenüber und konnte sie so gut beobachten. Nora zu beobachten war hoffnungslos. Sie himmelte Ellen nur verliebt an, genau wie das letzte Mal, als ich die beiden getroffen hatte. Das den ganzen Abend mit anzusehen würde nicht einfach werden für mich.

Ich konzentrierte mich auf die Karte. Da ich normalerweise nicht so vornehm essen ging und mir auch ehrlich gesagt nicht viel daraus machte, war ich von den Menüs und der Weinauswahl etwas erschlagen. Seitenlang Bordeaux und Beaujolais mit den Namen irgendwelcher Schlösser, von denen ich noch nie gehört hatte. Ich beschloß, mich auf Mineralwasser zu beschränken. Das war ohnehin besser, wenn ich noch fahren mußte.

Ellen war dagegen offenbar völlig in ihrem Element. Sie blätterte durch die Karte, als ob *ihr* die Namen der Schlösser schon etwas sagen würden. Nora hatte keine Zeit, die Karte richtig zu studieren, weil sie hauptsächlich Ellen anschauen mußte, also fixierten wir sie beide.

Ich hatte mich schon für ein Menü entschieden, einfach, weil es das billigste war - allerdings hätte ich für denselben Preis in meinem Stammlokal etwa zehn Tage hintereinander essen gehen können -, und als die Bedienung kam, um unsere Bestellung aufzunehmen, hatte ich das schnell erledigt. Bei Ellen und Nora war das etwas anderes. Ellen diskutierte mit der Frau Oberkellnerin die verschiedenen Weinsorten und ließ dann auch noch den Besitzer kommen, um sich beraten zu lassen. Sie hatte sich für diesen Wein zum ersten Gang und für jenen zum zweiten Gang entschieden, und welchen Jahrgang er denn eher empfehlen würde? Es war wie in einem Film. Zum Schluß brachte er eine Flasche, sie begutachtete das Etikett und probierte dann einen Schluck, den sie lange im Mund prüfte. Dann nickte sie gnädig, und der Besitzer lächelte erfreut und schenkte uns allen ein.

Ich wußte nicht, ob sie sich wirklich auskannte oder nur so tat, aber auf jeden Fall sah es beeindruckend aus. Und es war ihr deutlich anzumerken, daß sie es genoß. Sie liebte offensichtlich den Luxus und die Umgebung.

Als uns alle dienenden Geister für den Augenblick wieder verlassen hatten, um in der Küche unser köstliches und teures Mahl zu bereiten - oder zumindest zu bestellen - hob Ellen ihr Glas, um einen Toast auszubringen.

»Auf den glücklichen Ausgang!«

Wir stießen miteinander an und prosteten uns zu. Für Nora und Ellen war die Sache offensichtlich abgeschlossen, aber für mich nicht. Das sagte ich natürlich nicht, aber das Gespräch kam trotzdem darauf.

»Es ist doch jetzt wirklich vorbei, oder, Renni?« Es war Nora, die diese etwas schüchterne Frage stellte, aber Ellen blickte mich ebenso interessiert die Antwort abwartend an.

»Das weiß ich nicht. Ich habe ja nichts mit dem Fall zu tun.« Ich würde den Teufel tun und irgend etwas andeuten!

»Aber du bist doch Polizistin, Renni, du kannst doch sicher sagen, wie es normalerweise verläuft.« Nora wollte eine Bestätigung, und während sie mich fragte, griff sie nach Ellens Hand. Es war kaum mit anzusehen, wie besorgt sie war.

Ich sah auf mein Glas, als hätte ich da etwas ganz Interessantes entdeckt. Dann blickte ich wieder in Noras Richtung. »Sagen wir mal so: Statistisch betrachtet werden Mordfälle, die nicht nach spätestens einer Woche aufgeklärt sind, selten aufgeklärt. Die Spuren verwischen immer mehr, Zeugen sind nicht mehr aufzutreiben oder können sich nach längerer Zeit nicht mehr so gut erinnern, und die Chancen, den Fall aufzuklären, werden mit jedem Tag kleiner. Also werden solche Fälle sehr oft irgendeines nicht allzufernen Tages unaufgeklärt zu den Akten gelegt.«

Nora runzelte die Stirn. »Und die Theorie mit dem Selbstmord?«

Ich stutzte. »Das haben sie gesagt? Daß es auch ein Selbstmord sein könnte?«

»Anscheinend ja.« Sie blickte Ellen an. »Nicht wahr, Ellen?«

Ellen nickte. »Ja, am Anfang hatten sie das sogar als das Wahrscheinlichere angesehen, weil es viele Selbstmörder gibt, die sich auf diese Art umbringen - hat mir einer der Polizisten gesagt.« Sie schauderte zusammen und Nora strich ihr beruhigend übers Knie.

Meine Güte, mußte ich mir das denn unbedingt ansehen? »Aber der Kommissar in Köln hätte anscheinend gern einen Mord daraus gemacht, erzählte mir Margreth.« Mich auf die polizeilichen Ermittlungen zu konzentrieren, war die einzige Möglichkeit, mich abzulenken. Aber es fiel mir zunehmend schwerer. Und dann ein Sieben-Gang-Menü! Das konnte ein langer und für mich sehr frustrierender Abend werden!

»Ja, stimmt.« Nora wurde ganz still. Anscheinend erinnerte sie sich an etwas.

Ellen brach das Schweigen. »Jetzt aber Schluß mit den traurigen Gedanken! Laßt uns von etwas anderem reden!«

Im gleichen Augenblick kam die erste Vorspeise. Ich war sehr froh darüber, denn so war ich der Pflicht, mich mit Ellen unterhalten zu müssen, für den Moment enthoben. Leider ist eine Vorspeise in einem so aufwendigen Menü immer nur ein Happen - nichts für hungrige Mäuler - und damit kamen wir schnell wieder an den Punkt, daß die Teller leer, die Gläser voll und eine Unterhaltung unvermeidbar war.

»Ich habe mich immer noch nicht richtig persönlich bei dir dafür bedankt, daß du uns so schnell geholfen hast«, bemerkte Ellen, kaum, daß der letzte Teller abgeräumt war. Sie hob ihr Glas, beugte sich über den Tisch und sah mir tief in die Augen.

Ihre Augen blitzten stahlblau mit einem Anflug von meergrün darin, was für manche Leute auch blau ist. Ich sah an ihrem Haaransatz, daß sie zwar offensichtlich naturblond war, aber nicht so sehr, wie sie es wohl gern hätte. Der Rest des Haares war erheblich heller getönt. Ich mußte innerlich grinsen, weil ich mich daran erinnerte, daß eine sehr hellblonde Frau mir mal erklärt hatte, ihre Haare seien nicht gefärbt, sondern getönt, weil ihre dunkelblonde - ich hätte vielleicht eher gesagt: hellbraune - Naturfarbe die Grundlage sei. Ich war sofort überzeugt, daß Ellen sicherlich dasselbe behaupten würde.

Sie war zweifelsohne eine attraktive Frau und ebenso zweifellos wußte sie das auch. Und sie setzte es ein. Mir war nicht klar, was sie von mir wollte, als ich merkte, daß sie mich wesentlich länger als nötig fixierte. »Haben wir eigentlich schon richtig Brüderschaft -« sie lachte, »- oder in unserem Falle wohl eher: Schwesternschaft getrunken?«

Das war ja wohl nicht ihr Ernst! Das bedeutete, daß ich sie küssen mußte! Mir wurde allein bei dem Gedanken schlecht. Die Frau zu küssen, auf die ich im Moment nur brennend eifersüchtig war -

Nora blickte begeistert. »Au ja, das ist eine gute Idee!«

Dachte *sie* vielleicht! Mir wurde ganz heiß. Ellen sah mich an, und ich meinte, ein herausforderndes Blitzen in ihren Augen zu entdecken. Aber wahrscheinlich war es nur Einbildung. Ich hätte ihr in meiner Eifersucht einfach alles unterstellt, wenn es sie in meinen Augen herabsetzte. Es war mir schlicht unmöglich, ihr objektiv gegenüberzustehen.

»Wir duzen uns doch schon«, widersprach ich schwach.

»Aber wir sehen uns heute eigentlich das erste Mal als Freundinnen, oder nicht?« Ellen sah mich immer noch an und wartete auf meine Zustimmung.

Wahrscheinlich gehörte sie zu den Frauen, die es einfach nicht ertragen können, wenn eine andere Frau nicht auf sie abfährt. *Nein, nein, nein!* Ich mußte mit diesen Unterstellungen aufhören, sonst würde ich mir selbst den ganzen Abend noch zusätzlich vergiften. Aber als Freundinnen? Davon konnte sie noch nicht mal träumen! Sie hatte mir Nora weggenommen! *Aber sie weiß es doch nicht - und Nora auch nicht.* Na ja, gut, das ist ein Argument.

Nora sah schon ganz irritiert in meine Richtung. Daß ich so lange zögerte, eine schöne Frau zu küssen, war ihr sicher absolut unerklärlich. Ich hob mein Glas. »Also dann –« Ich griente etwas unsicher. Ellen schob ihren Arm durch meinen und wir nippten an unseren Gläsern. Schon dadurch kam ich ihr gefährlich nahe. Ich roch ihr Parfüm, und ihre Körperwärme schlug mir wie eine Welle entgegen. Ich schloß kurz die Augen und versuchte mir vorzustellen, daß es Nora wäre. Als Ellen mich küßte, preßte ich meine Lippen zusammen und zuckte fast zurück vor der Berührung. Sie tat so, als hätte sie es nicht bemerkt, aber ich war überzeugt, sie hatte ...

Als wir unser Ritual beendet hatten, sagte Nora. »Ich glaube, wir können dir gar nicht genug danken, Renni, daß du uns in diesem Fall geholfen hast. Wir waren wirklich völlig hilflos. Ich weiß nicht, was wir ohne dich getan hätten.«

Wir, wir, wir - uns, uns, uns! Konnte sie denn nicht mehr in der Einzahl sprechen? Für *wir* und *uns* hatte ich gar nichts getan, sondern ganz allein für sie, Nora.

»Dem kann ich mich nur anschließen. Ich bin dir sehr dankbar.« Aha, zumindest Ellen existierte offensichtlich noch im Singular.

Ich konnte es jedenfalls nicht mehr länger hören. »Können wir das jetzt mal beenden? Es gibt doch sicher noch andere interessante Dinge, über die wir sprechen könnten, oder nicht? Was gibt es Neues in der Computerszene?« Ich wandte mich ostentativ an Nora. Ellens Blick machte mich nervös.

»Ach, da gibt es ständig was Neues. Im Moment beschäftige ich mich hauptsächlich mit dem Internet, weil wir das in der Firma jetzt für alle einführen wollen.« Nora lachte. »Firmen sind halt etwas langsam. Die Manager bei uns halten das immer noch für ein Spielzeug.«

»Du aber nicht?« fragte Ellen. Sie sah eigentlich wie eine Frau aus, die sich nicht sehr für Technik interessierte, aber worauf konnte man sich heute schon verlassen? Ich hatte Kolleginnen, die angezogen waren, als wären sie gerade einem Modemagazin entsprungen, und dann knallten sie mit ihrer Dienstwaffe zehnmal hintereinander in die Mitte der Schießscheibe, besser als die meisten Männer. Ellens Frage löste bei Nora wieder diesen verliebten Blick aus, auf den ich - zumindest an diesem Abend - gut hätte verzichten können.

»Nein, natürlich nicht. Ich bin schließlich vom Fach. Ich weiß, was das Internet bedeutet.«

Das interessierte mich auch. Die Fahndung hatte sehr viel gewonnen durch die globale Vernetzung, auch wenn die unterschiedlichen Rechtssysteme die Ausführung einer Strafverfolgung im Moment oft noch sabotierten. »Für uns bedeutet es vor allem, daß wir Fahndungsdaten inklusive Photos oder Unterlagen innerhalb von Sekunden an Kollegen in aller Welt weiterleiten oder von dortigen Kollegen bekommen können.«

»Aber die Gangster machen das doch auch, nicht? Ist das dann überhaupt ein Vorteil für euch?« Nora stieg sofort ein. Bei dem Thema Computer brauchte man sie nicht lange zu bitten.

Ich zuckte die Achseln. »Zumindest ist es erstmal kein Nachteil. Die Verbrecher sind ja schon lange vernetzt. Wir hinken da immer noch hinterher.« Ich grinste in Noras Richtung. »Vor allem, da wir uns solche Spezialistinnen wie dich kaum leisten können.«

Schüchtern, wie sie war, nahm Nora das Kompliment nur zum Teil an. »Ach, so eine tolle Spezialistin bin ich doch gar nicht.«

Ich zog die Augenbrauen hoch. »Na, was du mir da so alles in der letzten Zeit erzählt hast, hört sich aber nun auch nicht gerade nach Anfängerin an.« Ich lächelte sie an, aber ich hatte keine Chance gegen Ellen.

Sie lehnte sich gegen Nora und sagte leise, »Eine Anfängerin bist du wirklich nicht, das kann ich bestätigen.«

Nora wurde knallrot. Weder ihr noch mir war die Anspielung entgangen. Wenn Ellen Nora schon etwas zusäuselte, konnte sie es dann nicht wenigstens so leise tun, daß ich es nicht mitbekam? Aber vielleicht wollte sie auch, daß ich es mitbekam. Nora war vielleicht naiv, aber Ellen wirkte nicht so. Sie konnte ganz sicher Eifersucht erkennen, wenn sie sie sah.

Die zweite Vorspeise kündigte sich genau in diesem Moment durch eine vielarmige Kellnerin an, die auf unseren Tisch zusteuerte. Ach nein, sie hatte nur zwei Arme, aber die Teller waren so geschickt darauf gestapelt, daß sie wie eine der indischen Götterstatuen wirkte, die mit vier oder sechs Armen die Welt erschreckten.

Ellen setzte sich wieder ordentlich auf ihren Stuhl, Noras Rot nahm ab und ich hatte wieder eine kleine Verschnaufpause, in der ich mich aufs Essen konzentrieren konnte.

»Das ist praktisch, wenn ich mal Probleme mit meinem Computer habe«, sagte Ellen, nachdem wir auch diesen kleinen Snack auf dem riesengroßen Teller verspeist hatten. – Zumindest war die Dekoration nett, wenn man sich daran auch nicht satt essen konnte. – »Dann kann ich dich ja fragen.« Ellens Augenaufschlag, mit dem sie Nora verwöhnte, war wirklich bühnenreif. Und ich mußte mir das noch fünf weitere Gänge mit ansehen!

Ich versuchte, mir vorzustellen, ich hätte Ellen einfach so kennengelernt und sie hätte nichts mit Nora zu tun. Eine der herausragendsten Eigenschaften einer guten Polizistin war schließlich Unvoreingenommenheit. Jeder Mensch hatte das Recht, so objektiv wie möglich beurteilt zu werden. Ich erinnerte mich an den Ausbilder, der uns das eingebleut hatte. Es fiel mir schwer, aber ich mußte nach einer Weile zugeben, daß ich Ellen ohne die Verbindung mit Nora vermutlich gar nicht so unsympathisch gefunden hätte.

Sie wirkte intelligent, war aufmerksam und freundlich und gab mir keinerlei Grund, an ihren guten Absichten zu zweifeln. Vielleicht war es auch nur meine Erfahrung mit Kriminellen, die oft hinter all ihrer Freundlichkeit nur ihren miesen Charakter versteckten, die mich dazu bewog, sie trotzdem argwöhnisch zu begutachten. Dann hätte ich zumindest die Entschuldigung gehabt, daß ich eben einfach eine gute Polizistin war, die immer im Dienst ist. Aber in erster Linie war es wohl meine Eifersucht. Und dafür gab es keine Entschuldigung. Das war allein mein Problem, mein privates. Es hatte nichts mit meinem Beruf zu tun.

Ich versuchte, den Rest des Abends freundlich zu sein. Es gelang mir nicht ganz. Ich beobachtete mich immer wieder selbst dabei, wie ich Ellen beobachtete. Wie ich jede kleinste Äußerung, Bewegung, Betonung von ihr analysierte, um etwas Negatives dahinter zu entdecken. War ihr Tonfall gegenüber Nora da nicht etwas ironisch gewesen, oder sah sie mich ein anderes Mal nicht irgendwie merkwürdig an, als ob sie abschätzen wollte, wieviel ich wußte oder vermutete? Aber was denn? Es gab nichts zu vermuten, wenn ich ehrlich war.

Irgendwann nach Mitternacht ging auch dieser anstrengende Abend zu Ende. Ich verabschiedete mich von den beiden und fuhr nach Hause. Um zur Ruhe zu kommen, schaltete ich den Fernseher ein. Inspektor Columbo löste gerade in der x-ten Wiederholung einen Fall, den ich auch schon mindestens zweimal gesehen hatte. Trotzdem setzte ich mich hin und sah ihm zu. Ich fand es faszinierend, wie er von Anfang an eine Spur verfolgte und sich zum Schluß dann alles zusammenfügte. Das war in der Realität, die ich kannte, oft nicht so, deshalb konnte ich solche Dinge am Fernsehen völlig unvoreingenommen verfolgen. Es war reine Unterhaltung, mit Kriminalistik hatte es nur wenig zu tun. Je nach Drehbuchautor, der für die Columbo-Folge verantwortlich zeichnete, war die Logik mehr oder weniger überzeugend – faszinierend fand ich vor allen Dingen, daß dem Inspektor immer am Anfang sofort das entscheidende Indiz in die Hände fiel. Das sollte mir mal in der Realität passieren! Auch die Jungs und Mädels von der Spurensicherung beklagten sich oft nach solchen Krimis, daß es in Wirklichkeit gar nicht möglich wäre, daß der Fernsehkommissar noch herumliegende Beweisstücke finden kann, nachdem sie einen Raum durchkämmt hatten. Sie fühlten sich dann jedes Mal in ihrer Berufsehre gekränkt. Und meistens zu recht. Ich fand bei einem Fall kaum jemals ein Indiz am Tatort, das tat die Spurensicherung. Ich bekam das Ganze dann nur noch präsentiert. Daß sie bei ihrer Erfahrung etwas übersehen konnten, war höchst unwahrscheinlich. Es war in meiner ganzen Berufspraxis nur einmal vorgekommen, aber damals hatte ein Anfänger die Spurensicherung durchgeführt.

Inspektor Columbo ging zur Tür, und der Mörder atmete auf. Da drehte sich Columbo noch einmal mit seiner komischen Handbewegung um und sagte, »Ach übrigens, ich habe da noch eine Frage. Entschuldigung, ich bin ein bißchen vergeßlich, seit meine Frau mir morgens den Kaffee verboten hat.«

Es war wirklich unnachahmlich. Die Leute, die sich die Figur ausgedacht hatten, waren richtig gut.

»Was haben Sie eigentlich mit der Schreibmaschine gemacht?« fragte Columbo jetzt den versteckt schwitzenden Mörder. Versteckt natürlich nur für Columbo. Uns ZuschauerInnen zeigte die Kamera netterweise jede einzelne Schweißperle in Großaufnahme. Und alle wußten sofort: Jetzt hat er ihn! Die Kamera schwenkte auf eine Schreibmaschine, die in der Ecke stand und nun die Blicke beider, sowohl des Mörders als auch Columbos, auf sich zog. Die Musik setzte ein, und der Abspann lief über Columbos von der Kamera eingefrorenes, zufrieden lächelndes Gesicht. Wieder ein Mörder gefaßt.

Ich stand auf und schaltete den Fernseher aus. Wenn in der Realität doch auch immer alles so einfach wäre!

Ellens Umzug konnte in den nächsten Tagen vonstatten gehen und Nora war sich nicht sicher, ob sie dabei eine große Hilfe war. Ellen schien eher mit sich selbst beschäftigt. Nora traute sich kaum, sie anzusprechen. Fast schien es so, als ob Ellen durch die körperliche Aktivität die nervliche und geistige Anspannung auslöschen wollte, die sie in Köln so mitgenommen hatte. Nora ließ sich nicht entmutigen und wartete den Umzug ab. Als Ellen endgültig all ihre Sachen in der neuen Wohnung hatte, sah es zwar noch etwas chaotisch aus, aber Nora war froh, es hinter sich zu haben.

Sie lagen abends das erste Mal in Ellens Bett. »Ein Glück, daß du nicht so viele Sachen hast wie ich. Ich denke schon mit Horror daran, was ich alles beim Umzug mitnehmen müßte, wenn ich selbst umziehen würde.« Nora schüttelte sich.

»Ich mußte so oft umziehen in den letzten Jahren, daß sich das automatisch reduziert hat. Da ich ohnehin immer nur zwei Jahre in einer Stadt bleibe, miete ich Wohnungen, die schon möbliert sind. So erspare ich mir wenigstens den Umzug mit Möbeln. Und der Rest ... eigentlich braucht man wirklich nicht viel. Die Bücher, aber sonst? Eigentlich fast nichts.«

Nora erschrak bei der Erwähnung der zwei Jahre. Das bedeutete, daß Ellen auch diese Stadt – und damit sie, Nora – in spätestens zwei Jahren wieder verlassen würde. Keine schöne Aussicht. Auch wenn diese zwei Jahre von heute aus gesehen noch lang erschienen, Nora wußte, wie schnell die Zeit verfliegen konnte, wenn man sich gerade erst kennengelernt hatte. Sie hatte Angst davor.

»Worüber denkst du nach?« Ellen hatte sich über sie gebeugt und betrachtete sie aufmerksam.

»Ach, gar nichts.« Nora war es immer peinlich, wenn man sie bei ihren Gedanken ertappte, was Ellen zugegebenermaßen gut konnte. Sie hatte sich nun anscheinend doch wieder von den

Kölner Vorfällen erholt. Der Umzug hatte sie sicher abgelenkt. Nora lächelte. »Es freut mich, daß es dir wieder besser geht. Und daß der Umzug vorbei ist.«

»Darüber hast du aber sicher nicht so angestrengt nachgedacht. Du hast ja richtig die Decke durchbohrt mit deinem Blick.« Ellen war zu intelligent, um nicht zu merken, wenn Nora log.

Nora sah sie an. Jetzt fühlte sie sich von Ellens Blick ebenso durchbohrt. »Ich ... ich habe darüber nachgedacht, was in zwei Jahren ist«, sagte sie leise.

Ellen lachte. »Darüber würde ich jetzt nicht nachdenken. Mich würde allerhöchstens interessieren, was in zwei Minuten ist.« Sie schob sich auf Nora und küßte sie. »Was meinst du? Könntest du darüber irgendwelche Aussagen machen?«

Nora war verwirrt. Sie verspürte noch immer die gleiche Angst wie zuvor und eigentlich hätte sie gern mit Ellen darüber gesprochen, aber Ellens erotische Avancen erzeugten auch ohne Noras bewußtes Zutun sofort eine Reaktion bei ihr. Sie spürte, wie ihre Brustwarzen sich aufrichteten.

Ellen bemerkte es auch, als sie mit ihrer Hand darüberstrich. Sie beugte sich wieder über Nora und küßte sie erneut. »Du mußt nichts sagen«, flüsterte sie an Noras Mund. »Ich spüre es auch so.« Langsam wanderte ihr Mund zu Noras Brüsten.

Zwei Tage lang saß ich morgens schon sehr früh fast fiebernd im Büro, weil ich hoffte, daß Gisela mir die kopierte Akte schicken würde. Am dritten Tag kam sie dann. Ich rief Gisela an und bedankte mich für die schnelle Lieferung.

»Tja, ich weiß auch nicht, womit du das verdient hast. Durch dein Verhalten mir gegenüber jedenfalls nicht«, warf sie mir als Antwort pikiert vor.

Ich konnte mich nicht darüber beklagen, denn ich brauchte sie noch. Sie wußte das, und würde es so lange wie möglich ausnutzen. Feine Sache - für *sie*! Ich schluckte meinen Ärger herunter und stellte die Frage, die mich am meisten interessierte. »Du Gisela, hattest du vielleicht Gelegenheit, etwas über den aktuellen Stand zu erfahren?« Schließlich hatte sie mir auch Informationen aus diesem Bereich zugesagt und daran würde sie sich - wenn auch zähneknirschend - erinnern.

»Du bekommst nie genug, nicht wahr?« So einfach wollte sie es mir auf keinen Fall machen, ich sollte sie immer und immer wieder bitten. Das liebte sie.

Aber bei mir war damit irgendwann Schluß. »Gisela, du hast es mir versprochen!«

»Ja, ja, ich weiß, leider.« Sie seufzte theatralisch. »Soll ich dir was sagen? Ich habe eine wunderbare Nacht hinter mir und deshalb will ich mich jetzt nicht lange mit dir rumstreiten. Aber ich könnte dir Dinge erzählen ...«

Ja, bitte erzähl mir was! Aber nicht über die Nacht. Dennoch wußte ich, daß sie erwartete, daß ich fragte. »Also gut. Wer ist sie?« Es war schließlich ein Dienstgespräch, und ich konnte damit rechnen, daß sich ihre Informationsbereitschaft so vergrößern würde.

Sie nahm den Ball, den ich ihr nur pro forma hingeworfen hatte, mit Elan auf. Da sie wußte, daß Nora mir im Moment vermutlich schon Qualen verursachte, weil sie ganz frisch mit einer anderen zusammen war, wollte sie unbedingt noch eins draufsetzen. »Sie ist Staatsanwältin, ist das nicht großartig?«

»Ja, sicher«, brummelte ich.

Gisela merkte meinen Unwillen und fuhr zu Höchstform auf. »Und sie ist eine phantastische Liebhaberin. Sie läßt mich nicht die halbe Zeit am ausgestreckten Arm verhungern.« Das war eine Anspielung darauf, daß ich den Sex mit Gisela nie so besonders berauschend gefunden und deshalb lieber öfter darauf verzichtet hatte.

»Ich weiß, Gisela, das war nicht nett von mir. Aber ich freue mich für dich, daß du jetzt eine Frau gefunden hast, die besser zu dir paßt als ich.« Darauf konnte sie natürlich nicht sehr viel sagen. Sie hatte mich ja eigentlich provozieren wollen.

»Ja, das tut sie«, bestätigte sie deshalb trotzig. »Sie ist wunderbar und sie liest mir jeden Wunsch von den Augen ab.«

»Wie schön für dich. Hat sie vielleicht etwas mit dem Fall zu tun, wegen dem ich dich gefragt habe?« Eventuell konnte ich sie so auf die gewünschte Fährte zurücklocken.

»Nein, hat sie nicht, der ist ja noch gar nicht so weit.« Das war immerhin eine Auskunft! Sie merkte auch sofort, daß sie sich hatte ins Bockshorn jagen lassen. »Du bist ekelhaft!« fauchte sie.

»Ja, ich weiß, und ich gebe dir auch vollkommen recht. Aber wie weit sind sie mit den Ermittlungen? Du hast es mir –«

»Ja, ja!« Sie unterbrach mich so schnell, daß ich kaum Luft holen konnte. »Ich habe es dir versprochen. Ich muß wirklich gehirnamputiert gewesen sein in dem Moment.«

Vielleicht ja, vielleicht nein. Wieviel Gehirn sie hatte, sollte sie selbst entscheiden. Aber das, was sie hatte, sollte sie jetzt gefälligst mal in Aktion setzen! Ich spielte meinen letzten Trumpf aus. »Haben sie es schon als Selbstmord zu den Akten gelegt zwischenzeitlich?«

Gisela schnappte nach Luft. Sie hatte mir das sicher erst nach einer ausführlichen Schilderung ihrer letzten Nacht präsentieren wollen, wenn ich am Boden lag und vor Liebesentzugspein schnaufte. Das hatte sie sich so vorgestellt!

»Sie erwägen es«, bestätigte Gisela schnippisch. Ich hatte ihr ihre hübsche Inszenierung verdorben. Sie tat mir fast ein wenig leid.

»Ernsthaft?« hakte ich nach. Ich ließ nicht locker.

»Ja, ernsthaft. In der Tat hat mir der Kollege heute morgen im Vertrauen gesagt, daß sie eigentlich schon von einem Selbstmord überzeugt sind. Für einen Mord finden sie einfach keine Beweise. Ein Selbstmord ist auch verwaltungstechnisch viel einfacher.«

Das war vermutlich das Entscheidende. Typisch Beamte! Na, wie kam ich denn darauf? Ich war doch auch Beamtin! Aber nicht so eine, beruhigte ich mich selbst. Ich nahm meine Arbeit wirklich ernst und saß meine Zeit nicht nur am Schreibtisch ab. Wenn ich auch viel zu oft zu Schreibtischarbeit gezwungen war.

Wenn der Fall erst einmal abgeschlossen war, konnte man ihn nicht wieder so leicht aufrollen. Besser war, die Zeit vorher zu nutzen. Aber wie? Während meine Gedanken schon in alle möglichen Richtungen wanderten, hatte ich vergessen, daß Gisela noch am Telefon auf eine Antwort von mir wartete.

»Bist du noch da?« fragte sie wieder in ihrem typischen pikierten Ton, den sie immer anschlug, wenn sie sich vernachlässigt fühlte.

»Ja.« Ich mußte sie zumindest ein wenig mir wohlgesonnener stimmen. Ich brauchte sie vielleicht noch mal. Also trat ich den Gang nach Canossa an. »Gisela, ich weiß, ich bin furchtbar und du kannst wirklich froh sein, daß du jetzt etwas Besseres gefunden hast.«

»Bin ich auch!« fauchte Gisela dazwischen.

»Eben. Aber ich möchte dir wirklich für deine Mithilfe danken. Du hast mir sehr geholfen.«

»Ich weiß wirklich nicht, warum!« Sie war zwar etwas besänftigt, aber sie wußte genau, daß ich mehr von der ganzen Angelegenheit profitiert hatte als sie. Und das paßte ihr gar nicht. Das hatte ihr noch nie gepaßt, sie wollte immer das größere Stück vom Kuchen. Nur bekam sie es selten.

»Mach's gut und danke noch mal.«

Sie legte auf, ohne zu antworten. Wahrscheinlich malte sie sich aus, was sie mir noch alles hätte antun können, wenn es besser für sie gelaufen wäre. Aber das war ja das Problem mit den Treppenwitzen: Hinterher schlagfertig und schlau zu sein brachte gar nichts. Dann würde sie dazu übergehen, sich auszumalen, was sie mir das nächste Mal antun konnte, wenn ich etwas von ihr wollte. Und das würde sie dann mit Sicherheit trösten.

Jedenfalls hatte ich das, was ich wollte. Ich mußte schnell handeln.

***

Renni, das ging aber flott! So rasch hatte ich nun wahrlich nicht mit dir gerechnet!« Margreth war etwas überrascht, als ich sie am nächsten Tag anrief und ihr mitteilte, daß ich bereits auf dem Weg nach Köln sei. »Was treibt dich denn so schnell her?«

»Es ist immer noch dieselbe Sache. Die Geschichte, bei der du letztens so kurzfristig eingesprungen bist.«

»Hm. Das heißt, es geht dir genauso wie mir? Ich habe immer noch ein ungutes Gefühl, wenn ich daran denke.« Sie wirkte selbst am Telefon nachdenklich.

»Ja, ich auch. Und ich würde gern mal mit dir darüber sprechen. Wenn ich in Köln ein Hotel gefunden habe, rufe ich dich an. Vielleicht könnten wir ja dann zusammen essen?« Ich war mit meinen Gedanken schon bei den Diskussionen *nach* dem Essen – über den Fall.

»Was heißt hier Hotel? Komm doch zu uns! Und was das Essen betrifft: Lilo ist eine hervorragende Köchin, und sie würde sich sicher freuen, mal eine gestandene Frau abzufüttern und nicht immer so ein Klappergestell wie mich!« Sie lachte herzlich.

Lilo war ihre Freundin, wie ich wußte, aber ich kannte sie nur flüchtig von einem Discobesuch her. Es war mir etwas unangenehm. Vielleicht war Lilo gar nicht so begeistert wie Margreth, da sie mich ja schließlich auch nicht kannte. »Ich weiß nicht. Störe ich euch denn nicht?«

»Ach was! Ich rufe Lilo gleich an. Ich kann mir nicht vorstellen, daß sie etwas dagegen hat.«

Vielleicht hatte sie Margreths Elan einfach nichts entgegenzusetzen? Ich wußte ja nicht, was für eine Art Beziehung die beiden führten. Aber es kam meinen Wünschen natürlich sehr entgegen, wenn ich mich gleich bei Margreth einquartieren konnte. Ich hatte mir ihre Hilfe ohnehin gewünscht, wenn auch nur bei dem Fall. Ich würde es mir einfach ansehen. Umziehen konnte ich dann immer noch. »Gut. Wenn du meinst.«

»Ja, sicher, ich meine. Komm doch in meiner Kanzlei vorbei, sobald du da bist. Unser Haus liegt etwas außerhalb, da ist es einfacher, du fährst gleich mit mir mit. Wenn du mit dem Zug kommst, ist das ja sowieso praktischer für dich.« Margreth hatte die Dinge echt im Griff, das mußte ich zugeben.

Ich stimmte zu. Mein Handy gab den üblichen Piepton von sich, als ich auflegte. - Zumindest sah das Symbol auf dem Knopf, den ich drückte, so aus, als ob ich auflegen würde. Manchmal irritierte mich das noch immer. - Ich sah die Landschaft am Zug vorbeirasen und sinnierte vor mich hin. Dann nahm ich die Akte heraus, die Gisela mir kopiert hatte. Ich wußte, daß mir beim ersten Durchlesen etwas aufgefallen war, was mich kurz stutzig gemacht hatte, was war das nur gewesen?

Margreth war in der üblichen hektischen Stimmung, als ich ankam. »Setz dich doch kurz hin. Ich bin in fünf Minuten fertig.«

Natürlich brauchte sie mehr als eine halbe Stunde, aber dann konnten wir die Kanzlei tatsächlich verlassen. Margreth fuhr ziemlich rasant durch die Kölner Vororte, bis wir den Stadtrand erreicht hatten. »Jetzt weiß ich, warum du sofort an ein Knöllchen gedacht hast, als ich dich das erste Mal wegen dieser Sache mit Ellen anrief«, bemerkte ich lachend. »Du bekommst wahrscheinlich so viele!«

Margreth grinste. »Na ja, so schlimm ist es auch wieder nicht. Wie sähe das denn aus, wenn eine Rechtsanwältin permanent wegen Geschwindigkeitsüberschreitung belangt würde? Ich kenne nur die Stellen, wo ich einigermaßen unbehelligt fahren kann.«

Das war etwas, was Margreth zusätzlich sympathisch machte: Sie hielt sich nur dann an die Regeln, wenn es auch sinnvoll war. Bei einer Juristin war das schon etwas Besonderes.

Wir kamen an, und tatsächlich schien Lilo erfreut zu sein, mich zu sehen. Sie begrüßte mich herzlich. »Das war ja eine Überraschung, als Margreth mich vorhin anrief und sagte, daß du heute abend schon kommst.« Sie schüttelte mir kräftig die Hand. Eine zupackende Frau, wahrhaftig! »Ich hoffe, du hast Hunger mitgebracht. Ich habe mich auf Margreths Versprechen verlassen, daß du eine gute Mahlzeit zu schätzen weißt.«

»Ja, ganz sicher.« Ich grinste. Es war offensichtlich, daß Lilo wirklich gern kochte, und nicht nur eine Mahlzeit mehr für einen Gast auftaute, wenn jemand kam.

Margreth seufzte. »Ich wünschte, ich könnte auch zu Hause arbeiten wie Lilo. Das ist viel einfacher.«

Lilo schüttelte den Kopf. »Ach was, erzähl doch nichts, du willst mitten in der Stadt sitzen und du hast selbst gesagt, es würde dich nerven, wenn du im selben Haus Büro und Wohnung hättest.

Du tust immer nur so.« Sie lächelte liebevoll in Margreths Richtung. Offenbar diskutierten sie das Thema nicht zum ersten Mal.

»Du hast ja so recht, Liebling.« Margreth ging auf Lilo zu und gab ihr einen zärtlichen Kuß auf die Wange, dann drehte sie sich um und erklärte, »Wir haben dieses Haus gekauft, weil Lilo gern auf dem Land sein wollte, auch bei der Arbeit, aber ich habe trotzdem immer noch meine Kanzlei in der Stadt, am selben Ort wie früher. Es stimmt schon, ich bin gerne in der Stadt.« Sie drehte sich wieder zu Lilo um und sah ihr liebevoll in die Augen. »Und ich komme abends gerne nach Hause.«

Ich beneidete die beiden. Sie wirkten so verliebt wie am ersten Tag. Dabei waren sie schon mindestens zehn Jahre zusammen, wenn nicht länger.

»Also dann auf und an die Töpfe!« Lilo winkte uns zu, ihr zu folgen. »Aber ich werde euch nur zum Essen Gesellschaft leisten. Danach muß ich noch arbeiten. Ich gehe dann rüber ins Büro.« Sie drehte sich um und grinste schelmisch. »Dann störe ich euch auch nicht beim Spülen.«

Margreth lachte. »Eine eiserne Regel bei uns: Wer gekocht hat, braucht nicht zu spülen und aufzuräumen.« Sie beugte sich zu mir und flüsterte mir ins Ohr: »Aber keine Angst, wir haben eine Spülmaschine!«

Ich mochte die beiden auf Anhieb noch mehr, so liebevoll, wie sie miteinander umgingen.

Während des Abendessens sprachen wir kein Wort über den Fall. Mitten im Essen brach Margreth plötzlich in lautes Gelächter aus. »Weißt du noch, Lilo, damals im Studentenwohnheim? Als du für die ganze Bagage gekocht hast?«

Lilo hatte gerade einen Bissen genommen und war offensichtlich versucht, in der Erinnerung loszuprusten, mußte sich aber beherrschen, weil sie dann ihr Essen über den ganzen Tisch verteilt hätte. Sie lief rot an, in dem Bemühen, gleichzeitig das Herausplatzen zu unterdrücken und zu kauen. Als sie es endlich geschafft hatte, nickte sie lachend und bestätigend. »Ja, ich erinnere mich!«

Margreth wandte sich an mich. »Das ist eine sehr lustige Geschichte.« Sie warf einen Blick in Lilos Richtung. »Willst du lieber erzählen, Schatz? Es war ja eigentlich deine Idee damals.«

Lilo schüttelte kurz den Kopf. »Nein, mach nur, du kannst das sowieso viel besser.«

Daraufhin wandte Margreth sich wieder an mich. »Lilo hat damals für zwanzig Personen im Studentenwohnheim gekocht.« Anscheinend konnte sie nicht weitersprechen, weil sie natürlich den Ausgang der Geschichte schon wußte und sofort wieder darüber lachen mußte. Ich kannte ihn nicht und sah sie irritiert fragend und gespannt an.

Margreth beruhigte sich wieder und fuhr fort: »Also das war ein spezieller Anlaß, für den Lilo da ihre Kochkünste zur Verfügung stellte. Eine unserer Mitstudentinnen hatte Geburtstag. An diesem Abend –« Schon wieder konnte sie nicht weitersprechen. Sie wiederholte, »An diesem Abend – hatte Lilo eine Idee.« Lilo grinste bereits über beide Ohren.

Ich hoffte, daß Margreth in der Lage sein würde, die Geschichte in absehbarer Zeit zu Ende zu bringen, sonst würde ich vor Spannung sterben. Margreth erzählte zwischen Lachen und Essen weiter. »Dazu mußt du wissen, daß Lilo sich mit der Gastgeberin abgesprochen hatte, nur bestimmte Leute einzuladen. Sie hat nur die Schüchternen eingeladen. Die, die sonst nie den Mund aufgemacht haben. Und deren Angebetete.«

Ich begriff den Zusammenhang nicht ganz. »War das nicht fürchterlich langweilig? Wenn kaum einer geredet hat?«

»Ja – na ja – die Zeit während des Essens war nicht unbedingt sehr unterhaltsam, aber danach –«

Sie dehnte das letzte Wort so, daß ich einfach fragen mußte. »Was war denn danach?«

Margreth und Lilo grinsten jetzt beide dermaßen, daß ich mir ziemlich blöd vorkam. »Danach«, fuhr Margreth genüßlich fort, »war die Nacht noch lange nicht zu Ende.«

Ich konnte mir bei dieser Anspielung schon vorstellen, worauf es so ungefähr hinauslief, aber was war tatsächlich geschehen? »Mein Gott, jetzt spannt mich doch nicht so auf die Folter. Das ist ja furchtbar!«

»Ja, nicht?« Margreth grinste wirklich wie ein Folterknecht. »Also, der Gag war, daß Lilo etwas ins Essen getan hatte.«

»Was denn?« Lilo hatte die ganze Belegschaft ja wohl kaum vergiftet.

»Du bist doch Polizistin, kommst du nicht von selbst drauf?« Margreth sah mich aufmunternd feixend an. »Also noch mal das Szenario: Am Tisch sitzen alles Leute, die entweder ineinander oder zumindest in eine oder einen der Anwesenden verknallt sind. Sie trauen sich nicht, ihre Liebesobjekte anzusprechen. Also hat Lilo dem nachgeholfen und –«

Jetzt endlich fiel bei mir der Groschen. »– und ein Aphrodisiakum ins Essen getan?«

»Genau. Und das Allerschärfste war, es hat wohl nicht bei allen gleichermaßen gewirkt. Noch bis spät in die Nacht - ach, was sage ich? - bis zum frühen Morgen hast du im ganzen Haus die Jungs vor den Türen heulen und kratzen hören. Es war ein Mordsspaß!« Beide brachen in prustendes Gelächter aus, dem ich mich nach kurzer Zeit anschloß, als ich mir die Szene so richtig plastisch vorstellte. Die armen Jungs, die an der Tür baten und flehten und die Schamhaftigkeit der Mädchen, die ihnen trotz eines wahrscheinlich vorhandenen triebhaften Bedürfnisses verbot, die Tür zu öffnen. Welche Qual auf beiden Seiten! Wir lachten, bis uns die Tränen in den Augen standen.

»Wie war es denn am nächsten Tag?« fragte ich interessehalber.

Lilo antwortete. »Es war nicht nur am nächsten Tag, sondern noch sehr lange eine gewisse Peinlichkeit nicht zu übersehen, wenn sich manche der Beteiligten trafen. Aber – und das muß ich zu meiner Ehrenrettung hinzufügen – es haben sich auch ein paar dadurch gefunden!«

»Die die Tür dann doch aufgemacht haben?« wollte ich glucksend wissen.

»Nicht nur. Auch ein paar, die erst dadurch erfahren haben, daß der oder die andere auf sie stand. Als sie es dann wußten, entdeckten sie plötzlich ihre Gemeinsamkeiten und daß die Zuneigung gegenseitig war. Zwei der Paare sind noch heute verheiratet.«

»Dann warst du ja fast eine richtige Samariterin.«

Lilo lachte. »Ja, genau.« Dann wurde sie für einen Moment ernst. »Aber ich fürchte, nicht alle haben das so gesehen. Es gab schon einige, bei denen die Erkenntnis, daß ausgerechnet *diese* Person in sie verknallt war, eher einen Horror ausgelöst hat. Zum Beispiel auch eine Frau, die dadurch erfuhr, daß eine andere Frau aus dem Wohnheim in sie verliebt war. Das war eher traurig. Entweder sie war wirklich so stockhetero oder sie war latent lesbisch und hat es deshalb so abgelehnt. Jedenfalls mußte die andere Frau dann ziemlich unter ihrer Liebe zu ihr leiden. Die andere hat es immer wieder versucht. War wohl eine große Liebe von ihrer Seite aus.«

Wir waren einen Moment still. Solche Erlebnisse hatten wir vermutlich alle mal gehabt.

»Schon allein deshalb würde ich so was heute natürlich nie wieder tun. Aber damals – wir waren alle so jung –« schloß Lilo.

»Ja, eben.« Margreth versuchte, das Thema wieder auf das aktuelle Essen zu lenken. »Du ißt gar nichts, Renni. Schmeckt es dir nicht?«

Das entsprach absolut nicht den Tatsachen, denn ich hatte mir ganz schön den Bauch vollgeschlagen, und Lilos Kochkunst war wirklich ein Genuß. Aber gegen Margreth ... Trotz des anhaltenden Lachens und der Unterhaltung hatte ich während der ganzen Zeit staunend bemerkt, daß Margreth ihren Teller mindestens doppelt so oft wie ich füllte und leerte. Ich schmunzelte. »Also ich glaube, ich habe in letzter Zeit selten so viel und so gut gegessen. Aber gegen dich bin ich fast eine Waise, das stimmt. Ich weiß wirklich nicht, wo du das alles hintust. Du hast dieselbe Figur wie vor Jahren.«

»Na ja, das hat mir ja dann auch den Titel Bohnenstange eingetragen. Damit haben mich früher viele zur Weißglut gebracht.« Margreth blickte strafend auf Lilo, aber sie blinzelte dabei.

Lilo musterte Margreths hagere Gestalt. »Du weißt doch, das war der pure Neid. Alle anderen redeten über nichts anderes als Diäten, und du konntest essen, was du wolltest.«

»So habt ihr euch damals auch schon aus der Affäre gezogen.« Margreth hatte offensichtlich Spaß an der alten Konfrontation. Sie strich sich über die Nase, wahrscheinlich, um ihr Grinsen zu verbergen. »Dabei habe ich dich immer so um deine Rundungen an den richtigen Stellen beneidet. Du mußtest deinen BH jedenfalls nicht ausstopfen.« Sie blinzelte von unten in Lilos Richtung.

»Nein«, sagte Lilo und sah grinsend an sich hinab. Dann schüttelte sie mißbilligend den Kopf. »Welche Unmoral. Solche Intimitäten beim Abendessen. Was soll Renni bloß von uns denken?«

»Sie denkt schon das Richtige«, gab Margreth lächelnd zurück. Dann erhob sie sich, ging zu Lilo hinüber und gab ihr einen dicken Kuß. »Wolltest du nicht noch arbeiten? Ich glaube, wir haben das Essen ganz schön in die Länge gezogen.«

Lilo sah auf die Uhr. »Oh ja, du hast recht. Gut, daß du es sagst. Es ist ja schon viel später, als ich dachte!«

Sie stand auf und gab Margreth einen Klaps auf den Po. »Also dann: viel Spaß beim Spülen!« Lachend ging sie zur Zimmertür hinaus und in ihr Büro gleich nebenan.

Margreth und ich trugen das Geschirr in die Küche und begannen, es in die Geschirrspülmaschine einzusortieren.

Margreth reichte mir einen Teller und fragte: »Hast du etwas Neues herausgefunden, daß du jetzt extra nach Köln gekommen bist?«

Das war ein etwas abrupter Einstieg ins Thema, aber auch meine Gedanken waren schon wieder auf dem Weg gewesen, dorthin zu wandern. Wahrscheinlich hatten sie den Weg auch gar nicht verlassen, sondern waren nur durch die amüsante Unterhaltung in den Hintergrund gedrängt worden.

»Ich habe die Akte der Kölner Polizei.«

»Oh, wow! Das ist ja klasse! Und? Steht was drin?« Margreth war ganz aus dem Häuschen. Akteneinsicht war eins vom Feinsten für sie.

»Nicht direkt. Aber irgendwas hat mich stutzig gemacht. Ich würde am liebsten mal die Wohnung besichtigen.«

»Meinst du, das könntest du schaffen? Die ist doch sicher versiegelt seit dem Todesfall.«

»Ja, ganz sicher sogar. Da komme ich so einfach nicht rein.« Selbst Gisela würde mir da kaum helfen können.

Ich wollte noch den letzten Teller in die Spülmaschine stellen und dann die Akte holen. Aber Margreth musterte mich nun aufmerksam.

»Sag mal, wieso bist du eigentlich so interessiert an dem Fall?« Sie legte den Kopf ein wenig schief und sah mich fragend an.

Ich konnte mir vorstellen, daß das im Gericht bei einer Verhandlung sehr gut wirkte. Einerseits ganz harmlos und unbedeutend, andererseits machte es die Zeugin oder den Zeugen garantiert nervös. Genauso wie mich jetzt. Margreth war ja nicht unbedingt eine enge Freundin von mir. Sie wußte relativ wenig über mich. Über meine Kindheit und die gemeinsame Schulzeit mit Nora zum Beispiel hatte ich ihr überhaupt nichts erzählt. Warum auch? Es war lange vorbei. »Ich weiß nicht. Wahrscheinlich eine Berufskrankheit. Das kennst du doch auch.«

»Ja, das kenne ich auch. Das ist sicher auch der Grund, warum ich ein ungutes Gefühl bei der Sache hatte. Aber ich hätte es jetzt sicher nicht weiterverfolgt. Ich glaube, du hast noch andere Gründe. Private.« Warum legte ich mich mit ihr an? Sie war es ebenso wie ich gewohnt, Leute zu beurteilen, ihre Glaubwürdigkeit festzustellen, Schlüsse aus Aussagen zu ziehen.

Ich nickte. »Es hat sicher keinen Sinn, dir etwas vorzumachen. Ich habe auch private Gründe, das stimmt.«

»Also komm, nun zier dich nicht so!« Jetzt wurde sie ungeduldig. »Ich weiß nicht, ob du wirklich willst, daß ich dir helfe, aber wenn du es willst, solltest du mir die Wahrheit sagen. Ist das nicht eine Selbstverständlichkeit für eine Polizistin?« Sie grinste auffordernd.

»Okay, okay!« Ich hob abwehrend die Hände. Ich war froh, daß sie nicht meine Gegnerin in einem Fall war. Das wäre ein harter Kampf geworden. »Ich weiß, daß ich eigentlich nichts in der Hand habe. Es ist nur ein Gefühl. Und ehrlich gesagt, der Hauptgrund ist Eifersucht.«

»Eifersucht?!« Margreth pfiff durch die Zähne. »So, so.« Jetzt grinste sie fast mit diabolischem Vergnügen. »Komm, wir setzen uns wieder hin. Ich glaube, das wird eine längere Geschichte.« Ich schüttelte fast schon den Kopf, da fuhr sie fort, »Jedenfalls *will* ich, daß es eine längere Geschichte wird! Selbst wenn du noch so maulfaul bist.«

Das zumindest wußte sie, daß ich keine große Rednerin war. Ich hätte das Ganze am liebsten in einem Satz abgetan. Aber ich fürchtete, das würde Margreth nicht zulassen.

Sie ging mir voraus hinüber in das Wohnzimmer, das mit einer Schiebetür mit dem Eßzimmer verbunden war, in dem wir zuvor gesessen hatten. Auf dem Tisch stand eine Flasche Rotwein. Sie nahm zwei Gläser aus dem Schrank und schenkte ein. »So, meine Liebe.« Sie ließ sich mit einem Glas in der Hand in den fast sofaähnlichen Sessel sinken.

Ich kam mir vor wie auf der Titanic. Einerseits die tiefen Sessel und anderseits hatte ich das Gefühl, mich auf einem sinkenden Schiff zu befinden. Über mein Privatleben zu sprechen war noch nie meine Sache gewesen. Ich hatte mehr Angst davor als einem Verbrecher mit einer geladenen Waffe gegenüberzustehen.

»Dann fang mal an.« Margreth blickte immer noch erwartungsvoll in meine Richtung.

»Ich weiß, wahrscheinlich bin ich nur eifersüchtig, und es steckt gar nichts dahinter.«

»Das sagtest du eben schon. Aber bevor wir zum Fall kommen, erzähl mir doch mal, warum du eifersüchtig bist. Hattest du mal was mit – wie heißt sie doch gleich? – «

Der Name fiel ihr anscheinend nicht ein. »Nora«, ergänzte ich.

»Ja, richtig – Nora. Was für ein bezeichnender Name.« Sie grinste wieder genüßlich. Es gefiel ihr, mich auszufragen. Ich wußte, warum sie ihren Beruf ergriffen hatte. Sie war einfach neugierig. »Wie schade, daß sie nicht ›Anna Karenina‹ heißt, dann wüßten wir, wer der Böse ist, nicht?«

»Ich bin nicht sehr beschlagen in Literatur«, sagte ich unbehaglich berührt.

»Ist ja auch nur ein Hobby von mir«, wiegelte Margreth ab. »Ich finde es manchmal ganz praktisch, literarische Figuren zum Vorbild zu nehmen. Es gibt fast kein Verbrechen und keinen menschlichen Charakter, der nicht schon einmal in der Weltliteratur beschrieben worden ist. ›Schuld und Sühne‹ zum Beispiel. Das ist doch ein Roman, der für unsere Berufe einiges bietet.«

»Wirklich?« fragte ich. Ich hatte nicht gewußt, daß Margreth so ein Literaturfan war. Aber ich wußte eigentlich genausowenig von ihr wie sie von mir.

»Gut, lassen wir das. Kehren wir von den trockenen Seiten der Bücher wieder zur lebendigen Realität zurück. Ist ja auch viel interessanter.«

Dem konnte ich nicht unbedingt zustimmen, denn offensichtlich meinte sie mit ›lebendige Realität‹ mich. Sie wartete ab und mit der Zeit wurde es mir so ungemütlich, daß ich einfach etwas sagen mußte. »Nora und ich sind zusammen zur Schule gegangen.«

»Ah, eine Sandkastenliebe!« Margreth hätte fast ihren Wein verschüttet vor lauter Begeisterung.

»Na ja, nicht direkt Sandkasten. Wir haben uns erst auf dem Gymnasium kennengelernt, mit elf oder zwölf.«

»Auch gut. Also nennen wir es eine Jugendliebe.« Margreth wollte anscheinend nicht wählerisch sein, was die Zuordnung betraf. Sie war nur an der Geschichte interessiert.

»Liebe kann man es eigentlich nicht nennen«, wehrte ich ab.

»Das heißt, ihr hattet nichts miteinander, willst du damit sagen.« Margreth hatte schon den ersten Schluß gezogen, und dabei hatte ich noch gar nicht viel erzählt. Ich würde ihr nichts verbergen können. Aber vielleicht wollte ich das ja auch gar nicht. Es war mir nur so zur Gewohnheit geworden, meine Liebe zu Nora zu verstecken, daß es mir schwer fiel, jetzt offen darüber zu reden. »Aber das hat deiner Liebe zu ihr offensichtlich keinen Abbruch getan, also kann man es wohl so nennen.« Sie ließ mir keinen Ausweg.

»Ja, wahrscheinlich«, gab ich zu.

Margreth nickte. »Nora wiederum ist fürchterlich verliebt in Ellen, das war eindeutig zu erkennen. Und da wir keine Teenager mehr sind, dürfte Ellen nicht gerade die erste sein. Also hast du schon ganz schön gelitten in den Jahren seit eurer Schulzeit, würde ich mal annehmen.«

Ich sagte nichts, aber das brauchte ich auch nicht. Margreth wußte Bescheid. »Du bist eifersüchtig auf Ellen und du hättest gern, daß sie schuldig ist. Ist es so?«

Ich nickte. »Ich weiß, daß es banal klingt. Wahrscheinlich sollte ich die ganze Untersuchung lassen. Du hast recht. Ich bin nur eifersüchtig. Ich werde morgen wieder nach Hause zurückfahren.« Ich erhob mich halb aus dem Sessel, um den Abend zu beenden und ins Bett zu gehen.

»*Du* bist eifersüchtig, aber ich nicht«, sagte Margreth.

Ja, das war mir auch schon aufgefallen. Aber ich hatte es fast schon wieder vergessen. Es ging ja hier nicht nur um meinen Verdacht, mein ›Gefühl‹, sondern auch um Margreths.

»Ehrlich gesagt –,« Margreth lachte ein bißchen, »– sind weder Nora noch Ellen mein Typ. Ich könnte mich in keine von beiden verlieben.« Ich sah sie sicherlich ein bißchen verletzt an, deshalb beschwichtigte sie sofort, »Das heißt ja nicht, daß Nora es nicht wert ist. Nur für mich eben nicht. Sie ist wirklich ganz süß.«

Wahrscheinlich behauptete sie das nur, um mein verliebtes Ego zu schonen, aber es war trotzdem sehr nett von ihr.

»Okay. Also du bist eifersüchtig, und ich bin eigentlich ziemlich unbeteiligt an der ganzen Sache. Und trotzdem haben wir beide ein ungutes Gefühl. Das ist zumindest Grund genug, darüber nachzudenken.« Sie kehrte auf die sachliche Ebene zurück und entlastete mich dadurch enorm.

Ich schaltete den liebeskranken Teil meines Gehirns aus und den Polizistinnenteil wieder ein. »Aber es gibt eigentlich keine Anhaltspunkte.«

»Keine Fakten vielleicht. Oder eventuell doch? Hol doch mal die Akte.«

Ich tat es, und wir studierten gemeinsam Seite um Seite. Als wir fertig waren, waren wir auch nicht viel schlauer als vorher.

»Es ergibt sich folgendes Bild.« Margreth zählte die Erkenntnisse an den Fingern ab. »Erstens: Ellens Fingerabdrücke sind in der Wohnung, aber nur da, wo sie auch bei einem zufälligen Besuch hingekommen sein könnten. An den Gläsern, auf dem Tisch, an den Armlehnen des Sessels, an der Tür und der Türklinke. Zweitens: Ellen behauptet, die Tür war abgeschlossen, als sie kam. Das kann niemand mehr überprüfen, aber falls es so war, könnte das auch auf Selbstmord hindeuten.«

Ich nickte. So unangenehm mir jede Möglichkeit war, die Ellen entlastete, mußte ich zugeben, daß ihre Aussage auch wahr sein könnte. In dubio pro reo - im Zweifel für den Angeklagten. Das war ein Rechtsgrundsatz und eigentlich normalerweise auch meiner - zumindest, wenn ich nicht persönlich beteiligt war.

Margreth fuhr fort: »Drittens deutet die Art, wie die Tote aufgefunden wurde - an der Decke hängend und mit einem Plastikbeutel über dem Kopf - auch eher auf Selbstmord hin. Erstens gibt es viele Selbstmörder, die diese Methode wählen, und zweitens - und das wiegt fast noch schwerer: Eine Frau würde Schwierigkeiten haben, eine Leiche so an der Decke zu befestigen. Selbst für einen einzelnen Mann wäre das nicht einfach. Normalerweise sind an so was mehrere beteiligt.«

»Mafia-Methoden«, sagte ich.

»Richtig. Aber ich glaube, das können wir hier mal ausschliessen, oder?« Sie sah mich fragend an.

»Das würde ich auch annehmen, ja.« Es sah wirklich eher wie eine Einzeltat aus, obwohl man das bei der Mafia nie so richtig wußte. Die waren schon sehr schlau. Nur: Dazu hätte Loretta etwas mit kriminellen Kreisen zu tun gehabt haben müssen, und darauf deutete nun absolut gar nichts hin.

Margreth beendete ihre Aufzählung und Beurteilung der Fakten: »Gut. Wenn das alles ist, was wir haben, ist das Ergebnis zwei zu eins. Für Selbstmord.«

Ich nickte wieder. Natürlich stimmte das. Auf einen Mord wies relativ wenig hin. Und auch die Kölner Polizei war ja schon zu diesem Schluß gekommen. »Es ist zu dumm, daß wir nichts über Loretta wissen. Alles, was in der Akte steht, deutet darauf hin, daß sie eine ganz normale Frau war. Es fehlt für beides das Motiv: sowohl für Mord als auch für Selbstmord.«

»Ellen hat erzählt, daß Loretta ihr gegenüber zumindest etwas in Richtung Depressionen angedeutet hätte«, warf Margreth ein.

»Ellen!« erwiderte ich abschätzig.

»Ja, sicher, wenn sie die Verdächtige ist, könnte es eine Lüge sein, aber wenn wir es einmal unvoreingenommen betrachten? Dann könnte es auch stimmen. Die einzige Möglichkeit, die wir haben, um das herauszufinden, ist, Leute zu befragen, die Loretta kannten.« Margreth konnte besser beim Ablauf der Ermittlungen bleiben als ich. Ihr Blick war weitaus ungetrübter.

Ich wollte mich dennoch noch nicht geschlagen geben. »Vielleicht finden wir ja auch ein paar, die Ellen kannten? Anscheinend haben die beiden ja eine Weile hier zusammen gelebt.«

»Ja, da gibt es sicher zumindest einige, die uns etwas über beide erzählen können«, stimmte Margreth zu.

»Ich werde gleich morgen in dem Haus anfangen, in dem Loretta gewohnt hat.« Mein Eifer trieb mich dazu, es sogar jetzt sofort zu tun, aber die BewohnerInnen des Hauses wären wohl nicht erfreut darüber gewesen, mitten in der Nacht aus dem Bett geworfen zu werden.

»Ich kann dich leider nicht begleiten, weil ich morgen bei Gericht bin. Ich würde das wirklich gern mal tun. Als Anwältin bin ich sonst ja nicht so in die Ermittlungen einbezogen. Das wäre mal etwas anderes.« Margreth zuckte bedauernd die Schultern.

»Macht nichts. Ich fange auf jeden Fall mal an.«

Ich klappte die Akte zu und klemmte sie unter den Arm. Wenn ich morgen fit sein wollte, mußte ich jetzt schlafen.

Margreth stand ebenfalls auf. »Komm, ich zeige dir das Gästezimmer. Da bist du ganz ungestört.«

Nachdem sie mir das Zimmer gezeigt hatte, gingen wir beide zu Bett. Ich wollte unbedingt schlafen, um morgen ausgeruht zu sein, aber ich konnte nicht. Es gab immer mal wieder

Ermittlungen, die mich mehr beschäftigten als andere, aber diese hier war natürlich etwas ganz Besonderes. So etwas Persönliches hatte ich noch nie gemacht. In der Tat hätte ich den Fall als Polizistin auch aufgrund meiner persönlichen Betroffenheit abgeben müssen, wenn das vorgekommen wäre. Aber es war ja nicht mein Fall, beruhigte ich mich. Eigentlich agierte ich nicht viel anders als eine Privatdetektivin.

Mir gingen immer wieder die Fakten durch den Kopf, die Margreth so schön aufgezählt hatte. Bei allem, was wir bisher wußten, standen die Chancen für eine Bestätigung unseres Verdachtes mehr als schlecht. Aber vielleicht würde ich morgen ja mehr erfahren.

***

Die Frau Schmitz? Ja, is dat nich tragisch?« Die Augen der alten Dame blitzten allerdings so, als ob sie es eher hochinteressant als tragisch fände.

Sie war die Zehnte an diesem Morgen, die ich befragte. Die anderen neun waren wenig ergiebig gewesen. Das war halt so in diesem Mietshäusern in der Großstadt: Keiner kümmerte sich um den anderen. Ich hatte darauf gehofft, daß die alte kölsche Neugier mir bei meinen Ermittlungen behilflich sein würde, aber auch die war anscheinend schon fast ausgestorben in diesem Viertel.

Von den zwei Männern und sieben Frauen, die ich befragt hatte, hatte niemand etwas gesehen oder gehört, sie wohnten noch nicht so lange in diesem Haus, daß sie Loretta gekannt hätten, jedenfalls nicht besonders gut, und Ellen kannten sie überhaupt nicht.

Diese Nachbarin hier, die direkt neben Loretta wohnte, war gerade erst vom Einkaufen nach Hause gekommen - ältere Menschen gingen manchmal zu Zeiten einkaufen, bei denen ich noch nicht mal ans Aufstehen dachte - und versprach zumindest ein wenig Klatsch und Tratsch, aufgrund ihres Dialektes, aufgrund ihres Alters und aufgrund ihres spontanen Interesses, das mich hoffen ließ, sie wüßte etwas oder gehörte vielleicht zu den Leuten, die ›rein zufällig‹ immer alles mitkriegen, was bei den Nachbarn los ist.

»Ja, kommen Sie doch 'erein. Ein klein Täßchen Kaffee trinken Sie doch mit, oder nich'?«

Da konnte ich schlecht ›nein‹ sagen. Und außerdem war mein Frühstückskaffee auch schon ziemlich lange her. »Gern«, bestätigte ich deshalb lächelnd, und die alte Dame schloß die Tür zu ihrer Wohnung auf.

Sie freute sich sehr, mich als Gast zu haben - vermutlich kam das nicht sehr oft vor -, und ich hoffte, daß sich das auch positiv auf den Stand meiner Ermittlungen auswirken würde. Sie fing sofort an, den Filter ihrer kleinen Kaffeemaschine mit Kaffeemehl zu füllen und ließ ihre Einkäufe achtlos auf dem Boden der kleinen Küche stehen.

Die Wohnung sah wie ein 1-Zimmer-Appartement aus, aber es war deutlich zu erkennen, daß sich die Inhaberin hauptsächlich in der Küche aufhielt. So klein die Küche auch war, sie war mit allem möglichen Krimskrams überladen, von alten Küchengeräten bis hin zu Photos, die vermutlich ihre ganze Familie abbildeten. Auch kleine Häkeldeckchen auf dem Tisch und den Ablageflächen der Schränke deuteten darauf hin, daß die alte Dame sehr viel Zeit hatte. Als Polizistin hatte ich mir angewöhnt, immer zuerst auf solche Kleinigkeiten zu achten. Das sagte oft mehr über einen Menschen aus, als das, was er gezielt von sich gab.

Sie stellte zwei alte Sammeltassen auf den kleinen Tisch, an dem nur knapp zwei Personen Platz nehmen konnten. Es war die Art Sammeltassen, wie ich sie von meiner Großmutter her noch gekannt hatte. Nichts, was man heute noch hätte kaufen können - höchstens auf dem Flohmarkt.

Als sie das Gefühl hatte, daß nun alle meine Bedürfnisse für den Moment befriedigt seien, Kaffee, Milch, Zucker - nein danke, Kekse, oder vielleicht ein Brötchen? setzte sie sich endlich auch hin. »Ja, wissen Sie, dat war ja janz komisch. Ich heiße ja auch Schmitz - ich meine, wer heißt schon nich' so in Köln? –« Sie lachte. Es war ein angenehmes Lachen, das das Über-sich-selbst-Lachen mit einschloß, »aber wir waren natürlich nich' verwandt. Nur, manchmal hat sich der Postbote vertan, und dann landete ihre Post in mei'm Briefkasten oder umgekehrt. Und dann haben wir immer 'n bißchen geplaudert und uns auf die Art auch mit der Zeit 'n bißchen näher kennengelernt. Ich meine, sie war ja nich' viel zu Hause. Sie hat wohl ziemlich viel gearbeit't und abends war sie dann müd'. Allerdings, sie is' auch ziemlich oft ausjejangen, am Wochenende fast immer.«

Sie wußte offensichtlich sehr gut über Lorettas Tagesablauf Bescheid.

»Am Anfang hat ja noch eine andere Dame mit hier jewohnt. Aber die beiden haben sich oft gestritten. Und irgendwann war sie dann weg.« Sie beugte sich vertraulich zu mir. »Wissen Sie, die waren nich' nur Freundinnen, wie dat sons' so Freundinnen sin! Dat hat die Frau Schmitz mir dann auch später erzählt. Die waren so richtig miteinander zusammen, wie dat sons' nich' so üblich is' zwischen Frauen. Nur mit Männern.«

Sie schlug wegwerfend mit der Hand durch die Luft. »Aber ich saje immer: Die Männer machen uns Frauen sowieso nur Ärjer. Da wäre et eijentlich für viele Frauen die bessere Lösung, jleich mit 'ner Frau zusammenzujehen. Aber die meisten trauen sich wahrscheinlich nich'.« Sie nahm einen Schluck Kaffee. »Also ich will damit nix jejen die Männer sajen, ich hab mein Hubbertschen sehr jern jehabt bis zu seinem Tod, und er war auch immer ein juter Mann, hat für mich jesorgt und für die Kinder und sonst war er auf Arbeit, hat nich' viel Ärger jemacht, und dann isser ja auch bald nach der Pensionierung jestorben, aber wat ich manches Mal so sehe, wat die Frauen mit sich machen lassen, da muß ich doch sajen, da wären sie doch mit 'ner Frau vielleicht besser bedient. Da hat man auch den janzen Kladderadatsch nich' mit dem Kinderkriejen und so und muß auch nich' aufpassen oder auf sein Verjnüjen verzichten. Also ich fand jedenfalls, die Frau Schmitz war sehr nett. Mich hat dat nich' jestört, daß sie lieber mit Frauen zusammen war. Die sin' wenigstens nich' so laut und saufen auch nich' so viel wie die Mannsleut'.« Wieder machte sie eine kurze Pause - auch sie mußte wohl mal Luft holen - und fuhr dann fort, »Obwohl, ich weiß ja nich', am Ende waren ja dann doch manchmal welche dabei, da mußte man ja zweimal hinsehen, um zu sehen, daß dat 'ne Frau war. Dat weiß ich dann auch wieder nich', ob dat sein muß. Die sahen dann in ihren Lederjacken oft aus, als ob sie lieber ein Mann wären. Ich weiß ja nich', ob dat so is'. Ich meine, wenn ich mir dat hätte aussuchen können, wäre ich vielleicht manchmal auch lieber ein Mann jewesen. Aber so in Wirklichkeit - also nee, eijentlich doch nich'.«

Das war so typisch kölsch! Leben und leben lassen, aber auf die Vorurteile dann doch nicht verzichten. Dennoch: Im Vergleich zu anderen Regionen könnte man hier einigermaßen unbehelligt leben. Die Kölnerinnen und Kölner hatten schon immer die Freiheit des einzelnen hochgehalten. Ich wollte abwarten, bis der erste Redefluß verebbt war. Wahrscheinlich hatte sie einiges nachzuholen. Aber sie war noch nicht fertig.

»Also die Frau Schmitz war ja nich' so. Die sah ja sehr anständig aus.« Da waren die Vorurteile wieder. Aber darüber würde ich jetzt sicher nicht mit der alten Frau diskutieren. »Un' die andere

– die am Anfang noch da war –, die sah ja nun wirklich nich' so aus. Dat hätte man nie vermutet.«

Zu einem anderen Zeitpunkt hätte ich da sicher eingehakt, was sie denn unter ›so‹ verstand, aber jetzt war sie gerade an der richtigen Stelle angekommen, an der eine Frage nach Ellen nicht verdächtig erscheinen würde. »Aber sie hat nicht lange hier gewohnt?«

»Nee, warten Sie mal«, sie überlegte mit angestrengt gerunzelter Stirn. »Also jetzt lassen Sie mich nich' lügen ... ja, das waren höchstens zwei Monate, vielleich' drei. Also wo die einjezogen sin', dat war an dem Hubbertschen sein Tant seinem Jeburtstag. Un' dann war Schluß vielleicht so um Weihnachten 'erum. Also dat kommt unjefähr hin: so zweieinhalb Monate.«

Das sagte natürlich nichts darüber aus, wie lange Loretta und Ellen zusammen gewesen waren, oder ob ihre Beziehung danach beendet gewesen war. »Haben Sie diese Frau dann später noch mal gesehen?«

»Doch, die kam dann noch ab und zu. Aber meistens nachts.« Wahrscheinlich litt Frau Schmitz an Schlaflosigkeit, wie viele alte Leute. In so einem Haus mußte man sich vorsehen, selbst wenn man nur nachts zu Besuch kam.

Ich war immer wieder überrascht, was die Nachbarn so alles mitbekamen, aber ohne das hätten wir einen großen Teil unserer Aufklärungsarbeit vergessen können. Jedes Ding hat eben seine zwei Seiten.

»Un' manchmal jing et dann der Frau Schmitz nich' so jut am nächsten Tach. Also dat hat man jemerkt. Vielleicht hatte sie auch nur wat wenig jeschlafen. Man weiß es ja nich'.« Sie wußte es vielleicht wirklich nicht, oder vielleicht tat sie auch nur so.

Ein Anhaltspunkt, der etwas hergab, war das jedenfalls auch nicht. Es hörte sich an wie das ganz normale Leben eines Paares. Eine kleine Wohnung miteinander zu teilen war nicht jederfraus Sache, aber das hieß nicht, daß die Beziehung schlecht war. *Leider* hieß es das nicht, wie mein Innerstes sofort grummelte. Dann hätte ich doch Nora gegenüber wenigstens behaupten können, daß Ellen beziehungsunfähig war und Nora kein Glück mit ihr haben würde. Aber wann hätte ich das behaupten sollen? Nora würde mir nicht einmal zugehört haben geschweige denn glauben, so verliebt, wie sie war. Und außerdem hatte ich zu einer solchen Behauptung keinen Anlaß. Es war schon ein Kreuz!

»Aber einen anderen Grund hatte Frau Schmitz nicht? Daß es ihr schlecht ging, meine ich. Hat sie da mal irgendwas erwähnt?« Die Depressionen, die Ellen angedeutet hatte, blieben einer solchen Nachbarin wie der alten Frau Schmitz hier vielleicht auch nicht verborgen. Wenn sie denn tatsächlich existierten, was ich ja stark bezweifelte.

»Nee, erwähnt nich' direk'. Aber so wat merk' man natürlich schon.« Das war anscheinend kein Thema, über das sie sich so gern ausließ wie über Männer und Frauen im allgemeinen und deren Zusammenleben im Besonderen.

»Sie haben etwas gemerkt?« Sie hatte ganz sicher *alles* bemerkt, davon war ich überzeugt, aber daß Ellen da eventuell die Wahrheit gesagt haben könnte, ärgerte mich. Bis jetzt war ich immer davon ausgegangen, daß das nur eine Schutzbehauptung gewesen war. Ist ja auch so praktisch: Ich besuche ganz zufällig meine Ex-Freundin, und ganz zufällig erhängt sie sich am selben Tag, weil sie Depressionen hat.

»Ja, also, sie hatte da so Briefe - ich meine, wenn der Postbote sich vertan hat, und ich hab die jesehen - da war ein Absender drauf von einer Psychologin« - das Wort klang aus ihrem Munde wie »Schüscholojin« und ich hatte einige Mühe, es zu verstehen. - »Also wir in unserer Familie, wir haben ja mit so wat nie wat zu tun jehabt. Ich meine, ich weiß ja, daß die nich' alle verrück' sin', die in so eine -«, sie stockte, »- Therapie, heißt dat jlaub' ich, hab ich auch mal jehabt für mein Knie, aber dat war natürlich wat anderes, dat war ja wat Körperliches, ich bin ja nich' verrück'.

Also alle, die da hinjeh'n, sin' dat natürlich auch nich', aber wir hatten für so wat früher keine Zeit, also dat muß ich mal sajen, wir mußten arbeiten und konnten uns nich' dauernd 'ne Kopp machen über janz verquere Sachen, die uns jar nix anjehn.«

Zum Teil mußte ich ihr da sogar recht geben. Wir machten uns viel zu viele Gedanken über Dinge, die uns nichts angingen, zum Beispiel über die Lebensweise der anderen in der Wohnung nebenan. Aber ihre Neugier hatte für mich im Moment nur Vorteile, also würde ich sie sicher nicht darauf hinweisen. Außerdem war sie mir trotz all ihrer Klischees und Vorurteile sympathisch. Sie war auf eine gewisse Art kölsches Urgestein, das es so nicht mehr sehr oft gab. Wenn ich ihr in diesem Augenblick gesagt hätte, daß ich ebenfalls lesbisch war, hätte sie mir vielleicht nur tröstend auf die Schulter geklopft und mir versichert, daß ich sicher noch den richtigen Mann finden würde, einen netten, oder daß die Männer sowieso nichts wert seien, und daß man als Frau besser ohne sie klarkomme. Der Meinung war sie ja offensichtlich auch. Das war so in Köln: jeder kriegte sein Fett weg, nicht nur die eine Seite, und das machte die Leute dann wieder sympathisch.

»Also sie bekam regelmäßig Briefe von dieser Psychotherapeutin?« Das war ein Hinweis, den ich aufnehmen mußte, auch wenn ich das sicher anders sah als Frau Schmitz hier.

»Rejelmäßig, also rejelmäßig - dat kann ich natürlich so nich' sajen. Aber doch sehr oft, wenn die Briefe in meinem Kasten jelandet waren. Un' da kann man dann natürlich schon draus schließen, daß dat wahrscheinlich kein Zufall war.« Sie hätte Polizistin werden sollen! Mit einem Satz den Wahrscheinlichkeitsgehalt einer Information so abzuschätzen war genial. Allerdings konnte ihre Einschätzung auch auf der Erfahrung eines langen Lebens und dessen banalen Weisheiten beruhen, wie zum Beispiel: Wo Rauch ist, da ist auch Feuer - was zugegebenermaßen wahrscheinlicher war.

Loretta war also in psychotherapeutischer Behandlung gewesen. Das zumindest schien einigermaßen klar zu sein. »Sie wissen nicht mehr - ganz zufällig - wie der Name dieser Psychologin war?«

»Ja, ich weiß nich' - also Schmitz hieß sie nich'.«

Na, Göttin sei Dank! Eine Frau Schmitz in Köln zu suchen wäre ja wie die Suche nach der berühmten Nadel im Heuhaufen geworden. Schließlich hieß hier mindestens jede und jeder Zweite so.

»Ich war ja immer die beste in der Schule im Auswendiglernen. Da bin ich heute noch stolz drauf«, bemerkte Frau Schmitz etwas zusammenhanglos. Ich wartete. »Mein Jedächtnis is' natürlich nich' mehr so jut wie früher. So im Alter läßt dat ja alles nach. Aber es hatte irjendwat Adliges. Kaiser oder König - nee, dat war et nich'.« Ich hoffte, daß ihr Gedächtnis auch heute noch von dem guten Training in der Schule profitierte. »Hertzog! Dat war et: Hertzog - un' die Zarin.«

»Die Zarin?« Jetzt war ich etwas verwirrt.

»Ja, die Zarin. Katharina die Jroße. So hieß sie: Catharina Hertzog.«

Na, das war doch mal ein beeindruckendes Beispiel, wie Eselsbrücken helfen können! Heute wurde das Ganze ja unter einem viel wissenschaftlicher klingenden Namen als Mnemotechnik verkauft, aber eigentlich waren es die guten alten Eselsbrücken, die auch mich schon in der Schule vor dem einen oder anderen Fiasko bewahrt hatten.

Sogar bezüglich der Adresse fiel ihr noch etwas ein. »Also die Straße, die war in Nippes. Un' zwar is' dat so 'ne kleine Straße, die direk' da am ›Stüssgen‹ abjeht. Aber den Namen weiß ich nich' mehr. Dat is' schon lange her, dat ich da mal war.«

Nun, der Kölner Stadtteil Nippes war groß, und da gab es sicher auch mehr als ein »Stüssgen«-Lebensmittelgeschäft. Aber es war doch zusammen mit dem Namen schon eine gute Voraussetzung, die Psychologin zu finden.

Und was willst du sie fragen? Wolltest du nicht eigentlich beweisen, daß Ellen ein Motiv hatte, Loretta zu ermorden? Jetzt sieht es ja eher danach aus, daß du Ellens Selbstmordtheorie unterstützt.« Margreth hatte sich die Ausbeute meines Tages angehört und begann die Diskussion gleich am richtigen Punkt.

»Ich weiß, Margreth, aber über Ellen direkt wußte die Nachbarin nun mal nicht viel. Wo sollte ich da anfangen?«

»Ja, sicher, das ist alles, was wir haben. Nur ich sehe da ein Problem: Wenn du die Therapeutin befragen willst, wirst du nicht viel Glück haben. Die besteht ganz sicher auf ihrer Schweigepflicht.«

»Ja, daran habe ich auch schon gedacht. Die erlischt ja nicht mit dem Tod.«

»Und es gibt keine Möglichkeit, sie juristisch zum Reden zu zwingen. Wenn Loretta die Verdächtige wäre, wäre das etwas anderes, aber sie ist nun mal das Opfer.«

»Ja, das Opfer.« Und um die Opfer kümmerte man sich im allgemeinen am wenigsten in unserem Rechtssystem, das war mir auch klar. »Schade, daß Ellen keine Therapie gemacht hat«, seufzte ich.

»Das weißt du ja gar nicht. Vielleicht hat sie.« Margreth sank sinnend in ihren Sessel zurück. »Aber es nützt uns nichts, denn *ihre* Therapeutin finden wir sicher nicht ohne ihre Hilfe.«

»Ja.« Und Ellen konnte ich ja wohl schlecht fragen. Also blieb mir nur eines. »Kannst du mir mal das Kölner Telefonbuch geben?«

Margreth holte es. Wir suchten Catharina Hertzog und fanden sie auch. Es gab mehrere Einträge mit diesem Namen, aber nur eine Psychotherapeutin. Ich notierte mir die Telefonnummer und Adresse.

»Und was machen wir jetzt damit?« fragte Margreth. »Sollen wir zur Paarberatung gehen?« Sie lachte laut.

Ich lachte ebenfalls. »Wenn es unserer Zusammenarbeit dient, warum nicht?« Wir grinsten beide. »Ich werde es einfach auf die klassische Methode versuchen: eine ganz normale Polizeibefragung. Was bleibt mir anderes übrig?«

»Aber es ist nicht dein Fall«, wandte Margreth ein.

»Aber meine Polizeimarke«, sagte ich. »Sie wird kaum danach fragen, ob ich mit dem Fall betrautt bin.«

»Na hoffentlich«, erwiderte Margreth skeptisch. »Wenn sie sich hier in Köln erkundigt, kriegst du einen Mordsärger.«

»Hauptsache Mord«, besiegelte ich nüchtern die Diskussion. Was blieb mir auch anderes übrig, wenn ich weitermachen wollte?

Margreth sah mich an und schüttelte den Kopf. »Wenn du dich da nicht mal in was verrennst. Paß auf, daß es keine private Fehde wird. Sonst reitest du in zehn Jahren noch: wie die einsamen Helden in den alten Cowboyfilmen.«

Also eine Heldin war ich nicht gerade - jedenfalls sah ich mich nicht so, auch wenn ich schon manche brenzlige Situation im Polizeidienst überstanden hatte -, aber einsam: das stimmte. Und um diese Einsamkeit zu beenden, tat ich das ja schließlich auch alles, oder nicht? - Oder nicht?

***

Sie möchten einen Termin? Diese Woche habe ich nichts mehr frei. Vielleicht nächste?« Es war eine kleine Praxis, in der die Therapeutin ihre Sitzungen abhielt. Sie hatte keine Sekretärin, sondern vereinbarte ihre Termine selbst.

»Nein, das ist ein Mißverständnis. Ich bin von der Polizei.« Ich zog meine Marke heraus und zeigte sie ihr. »Und bis nächste

Woche habe ich leider keine Zeit. Ich arbeite an der Aufklärung eines Falles. Eine ihrer Patientinnen –«

»Klientinnen«, korrigierte sie mich sofort.

»– Loretta Schmitz ist tot.«

Sie sah mich an, als ob der Blitz eingeschlagen hätte. »Sie ist tot?« Sie drehte sich um und ging in ihren Behandlungsraum – oder wie immer man das bei Psychotherapeutinnen nannte, ich war da nicht so beschlagen. – »Bitte setzen Sie sich doch.«

Ich setzte mich in einen der beiden Sessel, die sich gegenüberstanden. Das war wahrscheinlich das Übliche bei einer therapeutischen Sitzung. Ich fühlte mich äußerst unwohl. Sonst bestimmte *ich* bei einer Vernehmung die Sitzordnung und ganz sicher hätte ich dafür keine solch tiefen Sessel gewählt. Dadurch war ich gezwungen, mein Gegenüber fast von unten herauf anzusehen. Das lag mir gar nicht.

»Was ist denn passiert?« fragte sie.

Auch das war ungewöhnlich. Normalerweise eröffnete *ich* die Unterhaltung mit einer Frage. Aber für eine Therapeutin war es vermutlich immer *ihre* Aufgabe, die erste Frage zu stellen. Sie verunsicherte mich. Die ganze Situation versetzte mich in einen fast kindlich-abhängigen Zustand, und das, obwohl ich eigentlich doch aus einem ganz anderen Grund hierhergekommen war. Ich überlegte, wie es dann erst den Patientinnen – ach nein: Klientinnen – gehen mußte, wenn sie voller Probleme und Verunsicherungen hierher kamen, um Hilfe zu finden. Hatte Loretta sich ebenso unsicher gefühlt? Weshalb war sie hierher gekommen?

»Das wissen wir noch nicht genau. Deshalb komme ich ja zu Ihnen. Wir möchten gern mehr über den Hintergrund von Frau Schmitz erfahren. Was für Probleme sie hatte, wen sie kannte, usw. Wir wissen ja bereits, daß Sie bei Ihnen in Behandlung war.« Das zumindest konnte sie nicht abstreiten.

»Hm.« Catharina Hertzog überlegte. »Also was ihre Probleme betrifft - das, was wir in unseren Sitzungen besprochen haben - kann ich Ihnen nichts sagen. Schweigepflicht.«

Das war zu erwarten gewesen. »Sie ist tot«, sagte ich noch einmal mit Betonung. »Und wir suchen ihren Mörder. Frau Schmitz können Sie nicht mehr schaden, wenn Sie uns etwas erzählen, aber Sie nützen ihrem Mörder, wenn uns dadurch Informationen fehlen.«

»Mörder? Sie vermuten, es war Mord?« Sie sah mich ganz erstaunt an. »Ich hatte eher an –« Sie brach ab. »Ich muß zugeben, ich hatte in eine andere Richtung gedacht, als Sie mir mitteilten, sie sei tot.«

»An Selbstmord?« fragte ich direkt.

Sie musterte mich aufmerksam. »Wie ist sie denn gestorben?«

Vernimm niemals eine Therapeutin! Es war wirklich mühsam. Ich wußte nie, was sie dachte, aber ich hatte die ganze Zeit den Eindruck, sie kannte jeden meiner geheimsten Gedanken. Und sie beantwortete meine Fragen nicht. Sie stellte einfach eine Gegenfrage. Wir befolgten offensichtlich das gleiche Prinzip: Informationen aus der anderen herauszuholen, ohne selbst welche preiszugeben. Aber wenn die Regeln vorschrieben, daß eine Informationen zu geben hatte und die andere sie bekam, waren wir die falschen Partnerinnen in diesem Spiel.

»Das unterliegt eigentlich auch der Schweigepflicht. Ich darf über laufende Ermittlungen nichts an Außenstehende weitergeben.« Vielleicht konnte ich einen Handel mit ihr abschließen? Ihre Schweigepflicht gegen meine?

Sie sah mich an. Wieder hatte ich das unangenehme Gefühl, daß sie wußte, was ich dachte. »Darf ich etwas vermuten? Sie hat sich erhängt.«

»Wie kommen Sie darauf?«

»Sie hat es geträumt. Und sie hatte Angst davor.«

›Geträumt‹ war nicht dasselbe wie ›beabsichtigt‹, aber dennoch – »Demnach hat sie tatsächlich mit dem Gedanken an Selbstmord gespielt?« Das war wirklich enttäuschend für mich. Damit fiel mein ganzes Kartenhaus zusammen.

»Gespielt? Nein. Sie hat es durchlebt. Immer wieder. Sagen Sie mir jetzt, ob sie so gestorben ist?« Sie sah mich an.

Ihre Frage hatte wenig von einer Bitte, es war mehr ein Befehl, allerdings mit einer sehr sanften Stimme vorgetragen. Das war eine teuflische Mischung. Ich war froh, wenn ich hier wieder raus war. »Ja, sie ist so gestorben«, gab ich zu. »Sie hatte Depressionen?« schloß ich gleich die nächste Frage an, bevor sie etwas erwidern konnte.

»Depressionen waren das Resultat, ja. Aber ihr eigentliches Problem waren ihre Ängste. Sie hatte Ängste, die nichts mit ihrer jetzigen Realität zu tun hatten. Sie war jahrelang bei mir in Behandlung, aber der Abbau ihrer Ängste ging nur langsam voran.«

Ob das an der Behandlung lag oder an dieser Therapeutin, die auch etwas Angsteinflößendes hatte? Aber wahrscheinlich bildete ich mir das nur ein. Ich war voreingenommen. Ich mochte Therapeutinnen nicht, weil sie mich darauf hinwiesen, daß ich selbst auch eine ganze Menge Probleme hatte, die ich nicht lösen konnte. Aber niemals würde ich damit zu einer Fremden gehen und ihr davon erzählen! Wo käme ich denn da hin? Meine Probleme mußte ich alleine lösen, und wenn ich sie nicht lösen konnte, mußte ich eben damit leben. Ich wußte, daß eine Therapeutin mir ganz etwas anderes erzählen würde, aber dazu würde ich ihr keine Gelegenheit geben. »Was für Ängste denn?«

»Ich weiß nicht, ob ich Ihnen das erzählen sollte. Selbst wenn Frau Schmitz tot ist, hat sie doch noch ein Anrecht auf ihre Privatsphäre.«

Ich stellte mir das bildlich vor: eine Leiche, die sich aus dem Gefrierschrank erhebt und knarrt: »Hände weg von meiner Privatsphäre!« Aber wahrscheinlich würde diese Therapeutin nicht sehr viel Sinn für meinen makabren Humor haben. Das legte man sich einfach mit der Zeit bei der Polizeiarbeit zu. Sonst wäre vieles zu erschütternd gewesen. Ein Ventil mußte man da schon haben, und das waren bei vielen, nicht nur bei mir, makabre Scherze, die die Gegenwart des Todes für einen Moment weniger schrecklich erscheinen ließen.

»Das müssen *Sie* wissen.« Ich mußte einfach versuchen, sie mit ihren eigenen Waffen zu schlagen. »Ob Sie mir etwas erzählen oder nicht ist selbstverständlich Ihre Entscheidung. Aber ich möchte noch einmal darauf hinweisen, daß es nicht unbedingt Selbstmord sein muß. Und dann wären weitere Informationen hilfreich, um den Mörder zu fassen.« Ich hatte keinerlei Handhabe gegen sie. Ich mußte sie überzeugen, das war meine einzige Chance.

»Also gut. Ich denke auch, daß es ihr nicht mehr schadet.« Sie machte eine kleine Pause. »Wie ich schon sagte: Sie hatte immer wieder den gleichen Traum. Sie sah sich an der Decke hängen, manchmal mit heraushängender Zunge, dann wieder mit einem Plastikbeutel über dem Kopf –«

»Ein Plastikbeutel?«

Sie lächelte leicht. »Aha. Ich gehe davon aus, so hat man sie gefunden?« Es war eine rhetorische Frage. Sie wußte die Antwort schon. Ich mußte besser aufpassen, was ich von mir gab. Ich hatte nicht oft mit so professionell ausgebildeten Leuten zu tun. Die meisten Zeugen merkten gar nicht, was man alles durchblicken ließ. Ich nickte, und sie fuhr fort, »Sie konnte sich nicht erklären, woher das kam. Aber es wurde eher schlimmer als besser. Sie schlief kaum noch ohne Licht ein. Manchmal konnte sie gar nicht schlafen. Wir haben versucht, herauszufinden, ob sie ein traumatisches Erlebnis in ihrer Kindheit hatte, das diese Träume verursacht haben könnte. Aber bis jetzt hatten wir noch nichts Entscheidendes gefunden. In der Tat war sie im täglichen Leben eher ein fröhlicher Mensch. Aber das ist oft so bei dieser Art der Erkrankung. Die Betroffenen versuchen es zu verstecken.«

»Aber warum sollte sie sich dann auf diese Art umbringen, wenn sie so viel Angst davor hatte?«

Sie lachte kurz auf. »Das ist eine typische Laienfrage!« Dann ließ sie sich herab, es mir dummer Dilettantin doch zu erklären. »Die Angst wird immer größer, und um dieser Angst zu entfliehen, gibt es dann eben oft nur noch den einen Ausweg: es zu tun.«

Sicher, das kannte ich auch: Feuer mit Feuer bekämpfen. Oder sich einer Angst zu stellen statt vor ihr davonzulaufen. Das hatte ich im Dienst oft genug tun müssen. Aber dann gab es immer einen Grund: ich mußte jemand anderen retten, einen Mörder an der Flucht hindern oder ähnliches. Die Chancen, daß ich sterben würde, waren meistens höchstens fünfzig zu fünfzig gewesen. Im schlimmsten Fall. Aber wenn ich der Angst begegnete, indem ich mich umbrachte? Da war die Chance zu sterben doch an die hundert Prozent - zumindest wenn ich es gut plante. Vermutlich würde ich das nie verstehen. Selbst wenn es mir absolut dreckig ging, sah ich immer noch einen Hoffnungsschimmer - obwohl ich mich oft fragte, warum.

»Und Sie würden das für wahrscheinlich halten?« Am besten versuchte ich mich an die Realität halten, an Lorettas Realität.

»Durchaus. Natürlich.« Die Therapeutin war etwas pikiert, daß ich das überhaupt in Frage stellte. Ihr professionelles Urteil stand doch schon lange fest!

»Gab es auch noch andere Dinge, die ihr Angst machten? Oder Menschen vielleicht?«

»Menschen? Nein, eigentlich nicht. Sie kam sehr gut mit anderen Menschen aus. Sie paßte sich immer an.« Es war an ihrem Gesicht abzulesen, was sie von solchen laienhaften Spekulationen hielt.

Aber einen Trumpf hatte ich noch. »Da habe ich aber etwas anderes gehört. Anscheinend hatte sie sehr oft Streit mit ihrer Freundin.«

Sie sah mich an wie eine lästige Fliege. »Wer hat Ihnen das denn erzählt?« Ich schwieg eisern und fixierte ihren Blick ebenso wie sie meinen. Sie gab widerstrebend nach. »Also gut, ja, sie hatten oft Streit, als sie noch zusammen wohnten. Aber die Beziehung war schon längere Zeit beendet. Ihre Freundin wohnte nicht mal mehr hier in Köln.«

»Wissen Sie etwas über den Grund der Streitereien?« Selbst wenn es für den Fall überhaupt keine Bedeutung haben sollte, *ich* wollte es wissen – aus ganz persönlichen Gründen!

»Darüber haben wir eigentlich nicht gesprochen. Unser Thema waren dann nur die Auswirkungen auf Frau Schmitz' Psyche.« Ich sah sie an, und ich wußte, sie verbarg etwas. Denkste: Dilettantin! Ich hatte auch meine Erfahrungen mit der Psyche gewisser Leute!

»Aber sie wird doch den Grund erwähnt haben, wenn auch nur nebenbei?« Jetzt war ich keine lästige Fliege mehr, sondern ein Wurm, der möglicherweise in Gefahr war, zertreten zu werden.

»Es ging um Geld, glaube ich, aber darüber weiß ich nichts. Wie gesagt: es ging nur um die Auswirkungen auf –«

»– ihre Psyche, ich weiß. Aber wäre es da nicht logisch gewesen, daß sie auch den Grund genauer beschreibt? Zumindest Ihnen gegenüber, ihrer Therapeutin?« Ich war überzeugt, sie *wollte* es einfach nicht sagen. Ich ärgerte sie maßlos und sie nahm ein kleines Detail, um sich mir zu verweigern. Es mußte ja gar nichts Wichtiges sein, nur daß ich es wissen wollte, und sie die Macht hatte, es nicht zu sagen.

Ihre Geduld war erschöpft. »Ich habe Ihnen schon mehr gesagt, als ich eigentlich durfte. Ich muß sie jetzt bitten, zu gehen. Ich erwarte einen Klienten.«

Ich erhob mich, das heißt: ich wühlte mich aus dem Freud'schen Sessel – das Sofa hatten sie wohl abgeschafft – und startete noch einen letzten Versuch. »Ich würde mich gern noch einmal mit Ihnen unterhalten, wenn Sie keinen Klienten erwarten.«

Sie drehte mir den Rücken zu und ging zu ihrem Schreibtisch. »Dann müßten Sie sich einen Termin geben lassen.« Sie setzte sich und klopfte mit einem Stift auf ihren Kalender. »Mein Terminplan ist völlig zu. Diese Woche ist es unmöglich, wie ich schon zu Beginn sagte.«

Ich ging zur Tür und drehte mich um. »Ich werde Sie anrufen.«

Sie sah von ihrem Stuhl hoch – nun gezwungen, zu mir hochzublicken, da meine Sitzposition sie nicht mehr davor schützte, was ihr ganz offensichtlich absolut nicht behagte. »Tun Sie's, wenn Sie es nicht lassen können. Aber erwarten Sie sich nicht zu viel davon. Ich habe Ihnen alles gesagt, was ich weiß und was ich Ihnen sagen konnte.«

Das hatte sie ganz sicher nicht, aber sie hatte mir immerhin einiges an Informationen verschafft, wenn es mir auch nicht viel weiterhalf im Moment. Und *ich* hatte sie verunsichert, was deutlich zu erkennen war, auch wenn sie trainiert genug war, es nicht offen zu zeigen. Warum? Was wollte sie mir nicht zeigen? Und welchen Grund hatte sie dafür?

***

Ich setzte mich in ein Café in der Nähe und ließ die ganze Unterhaltung noch einmal Revue passieren. Lorettas Ängste interessierten mich verständlicherweise weniger als ihre Streitereien mit Ellen. Ich leistete Loretta in Gedanken Abbitte dafür, daß ich ihre Psyche so sträflich vernachlässigte, aber Geld war nun einmal immer ein gutes Mordmotiv. Und Loretta war ihm möglicherweise zum Opfer gefallen. Sie würde meine Prioritäten sicher verstehen. Ich mußte über meine Gedanken grinsen. Vielleicht hatte ich doch einen Knacks und sollte in Therapie gehen. Ich führte Dialoge mit einer Toten, die ich nicht einmal gekannt hatte, und entschuldigte mich bei ihr. Außerdem war es immer wieder interessant zu beobachten, wie die angeblichen Wünsche der Toten sich plötzlich mit den Prioritäten der Lebenden deckten. Das war mir schon oft aufgefallen, nur noch nie an mir selbst. »Mutter hätte es so gewollt«, und dann wurde das Haus verkauft und das Geld verpraßt. Ja. Mutter hätte es so gewollt ...

Allerdings: Ellen war nicht Lorettas gesetzliche Erbin. Und selbst wenn: Gab es denn was zu erben? Anscheinend hatte Loretta ein recht bescheidenes Leben geführt. Hätte sie das auch getan, wenn sie Geld besessen hätte? Natürlich, es gab solche reichen Spinner, aber gehörte Loretta dazu? Wie konnte ich das herausfinden? Um das Bankgeheimnis zu lüften, brauchte ich einen Gerichtsbeschluß. Und den würde ich nicht bekommen, es war ja nicht mein Fall. Sollte ich Gisela –? Nein, lieber nicht. Das hatte im Moment wohl keinen Sinn. Diese Art Unterstützung hatte sie mir nicht versprochen.

Aber vielleicht waren Lorettas Bankauszüge noch bei ihr in der Wohnung? In der Akte waren sie nicht gewesen, und wenn sie in einer der Listen aufgezählt worden waren, hatte ich es nicht wahrgenommen. Es hatte mich nicht interessiert, da bislang nirgendwo ein Hinweis auf Geld aufgetaucht war.

Nur: Die Wohnung war versiegelt, und diese Versiegelung zu beschädigen konnte ich mit meinem Berufseid nicht vereinbaren. Ich hatte es oft genug getan, wenn ich selbst mit einem Fall betraut gewesen war, aber dann war es Teil meines Dienstes gewesen. Das war es jetzt nicht. Ich war hier völlig privat. Ich hatte Urlaub genommen, um diese Ermittlungen durchführen zu können. Daß ich meine Marke benutzte, um an Informationen zu gelangen, war schon schlimm genug. Wenn das herauskam, würde ich mir ein Verfahren einhandeln, und es konnte mich sogar meinen Job kosten.

War Nora das wert? Daß ich ihr meinen Job opferte? Er hatte mich bislang noch nie im Stich gelassen, sie hingegen ... Oder tat ich es vielleicht gar nicht für Nora? Tat ich es für mich?

Ich schüttelte die verwirrenden Gedanken ab. Am besten, ich widmete mich wieder der Polizeiarbeit, um mich abzulenken. Aber wo sollte ich weitermachen?

Ich wußte zwar nicht genau, wo mich das hinführen würde, aber ich ging zur Straßenbahn und fuhr zu Lorettas Wohnung. Als ich dort ankam, blieb ich vor der Eingangstür stehen und sah an der Fassade hinauf. Es war eines der wenigen alten Häuser in Köln, die die letzten Tage des Krieges und die 85prozentige Zerstörung der Stadt überstanden hatten. Ursprünglich war es ein großzügiges Bürgerhaus gewesen, aber es wirkte nur noch von außen so. Innen war jede der Wohnungen in viele einzelne Appartements aufgeteilt worden, um mehr Geld herauszuholen. Die Fassade war fast schwarz vom vielen Smog. Für eine Reinigung hatte wohl niemand Geld. Das wurde lieber in andere Dinge investiert. Aber trotz der schmutzigen Ablagerungen waren viele der Fassadenornamente noch gut zu sehen. Die Umrahmung der Fenster, die deutlichen Absätze. Es war einmal ein wirklich schönes Haus gewesen.

Die Tür öffnete sich. »Ja, dat is' ja 'n Überraschung! Haben Sie Lust auf 'n Kaffee?« Die alte Frau Schmitz sah mich hocherfreut mit schelmisch blitzenden Augen an. Vermutlich wußte sie, daß ich nicht ihretwegen gekommen war, aber sie nahm ihre Chance sofort wahr. Wahrscheinlich hatte sie lange nicht so viel Abwechslung gehabt.

Und da ich sowieso nicht so genau wußte, was ich machen sollte, nahm ich ihre Einladung lächelnd an. »Ja, gern, warum nicht?« Ich mochte sie. Ich konnte mir unangenehmere Gesellschaft vorstellen.

Der Kaffee duftete, und Frau Schmitz erzählte. Schon lange war Loretta nicht mehr das Thema. Frau Schmitz erzählte von ihrem Mann, von seiner Rückkehr nach dem Krieg, als sie als Trümmerfrau schon die halbe Stadt wiederaufgebaut hatte. Von ihrem harten, entbehrungsreichen Leben nach dem Krieg. »Ja, wenn wir das Fringsen nicht jedurft hätten ...« Sie kicherte ein bißchen verschämt. Noch heute hatte kaum jemand diese menschliche Tat des Kölner Kardinals Frings vergessen. Er war zwar als katholischer Kirchenmann ein Hüter der Moral gewesen, aber die Not nach dem Krieg hatte ihn dazu veranlaßt, die Diebstähle, die zum Überleben einfach notwendig waren, etwas gelassener zu sehen und das auch zu sagen. Er forderte regelrecht dazu auf. Und da seine katholischen Schäfchen nun nicht mehr befürchten mußten, bei der nächsten Beichte zur ewigen Verdammnis in der Hölle verurteilt zu werden, ging man ohne schlechtes Gewissen die Kohlen ›fringsen‹, die von den Zügen fielen und einem eigentlich nicht gehörten, und heizte damit sein mageres Kanonenöfchen in einer der halbzerstörten Wohnungen oder Keller.

Ich kannte die Geschichte natürlich schon aus meiner Kindheit, aber ich hörte sie immer wieder gern, besonders von Leuten, die es tatsächlich erlebt hatten.

Der Nachmittag verging sehr kurzweilig, aber er brachte mich nicht weiter. Nach einer Weile verabschiedete ich mich. »Frau Schmitz, ich muß dann wieder gehen.«

»Ja, schade. Kommen Se doch mal wieder.« Es tat ihr offensichtlich leid, daß ich nicht länger bleiben wollte.

Als ich schon aufstand, fügte sie hinzu: »Ich hätt' da noch en Frag', junge Frau.« Aus ihrem Blickwinkel war sicher jeder unter sechzig jung. Das hatte nichts zu bedeuten. Ich fühlte mich jedenfalls entsetzlich alt, je länger ich an diesem Fall - der vielleicht gar keiner war - arbeitete. Ich sah sie fragend an.

»Wissen Sie, ich hab doch noch den Schlüssel von der jungen Frau Schmitz. Den hat sie mir mal jejeben, weil ich ihre Blumen jießen sollte, wo sie weg war. Jetzt weiß ich jar nich', wat ich damit machen soll. Können Sie mir dat sajen?«

Den Schlüssel von Loretta? Sie hatte den Schlüssel? All meine guten Vorsätze flogen über Bord. Ein Siegel aufbrechen? Kein Problem, wenn sie den Schlüssel hatte!

Ich riß mich zusammen. »Hat denn die Polizei nicht danach gefragt?«

»Nee, die haben mich jar nix jefragt. Dat war so 'n Schnösel, der hat jedach', ich bin 'n alte Frau un' ich weiß sowieso nix.«

Na, da konnte ich doch mal von der Schlamperei eines Kollegen profitieren! Gut, daß nicht alle so gewissenhaft waren wie Gisela zum Beispiel. Ihr wäre keiner im Haus entgangen.

Sie sah mich an. »Aber *Sie* sin' doch die Polizei! Soll ich ihn nich' gleich Ihnen jeben?«

Daß sie mich gleich zur Personifizierung der Polizei erklärte, schmeichelte mir ebenso wie es mich beunruhigte, aber es hatte jetzt keinen Sinn, darüber zu debattieren. Sie gab mir eine Chance, die ich unbedingt nutzen mußte. »Ja, das geht natürlich. Wenn Sie wollen ...«

»Kommen Se mit!« Sie ging mit mir in den Flur hinaus und nahm einen Schlüssel vom Schlüsselbord neben der Tür. »Seh'n Se? Dat isser.« Sie drückte mir den Schlüssel in die Hand. »Dat is' jut, daß ich den jetzt nich' mehr hab'. Nachher fehlt noch wat in der Wohnung und ich war et dann!« Sie lachte, weil sie die Möglichkeit für offensichtlich völlig absurd hielt. Früher war das vielleicht so gewesen, daß Nachbarn sich gegenseitig vertrauen konnten, aber heutzutage?

Ich nahm den Schlüssel und schloß meine Hand um ihn. »Ich gebe Ihnen eine Quittung.«

»Ach wat!« Sie winkte ab. »Sie sin' doch die Polizei!«

Ich lachte. »Frau Schmitz, Sie sind zu vertrauensselig. Also gut, keine Quittung. Aber falls mal jemand nach dem Schlüssel fragen sollte, rufen Sie diese Nummer an.« Ich riß einen Zettel aus meinem Notizbuch und schrieb Margreths Nummer darauf. Ich wollte Frau Schmitz nicht mit meiner Nummer verwirren, die mit einer ganz anderen Vorwahl versehen war. So konnte der alten Dame jedenfalls nichts passieren, falls doch noch jemand auf den Gedanken kommen sollte, nach dem Schlüssel zu fragen.

Ich bedankte mich noch einmal bei Frau Schmitz für den Kaffee und den netten Nachmittag und verließ ihre Wohnung. Jetzt gleich in die Wohnung nebenan zu gehen hätte sicher die Neugier von Frau Schmitz auf den Plan gerufen, und das wollte ich nicht. Also ging ich zuerst einmal die Treppe hinunter. Wenn ich das recht gesehen hatte, war Frau Schmitz gerade auf dem Weg zum Einkaufen gewesen, als ich sie an der Tür traf. Und wie ich alte Leute so kannte, war das eine Gewohnheit, die sie nicht so leicht aufgeben würde.

Ich wartete auf der Treppe zum Keller. Nach einer kleinen Weile hörte ich über mir eine Tür schließen. Ich sah durch das Glasfenster im oberen Teil der Kellertür. Und tatsächlich - Frau Schmitz verließ das Haus mit einem Einkaufswägelchen. Jetzt war ich eine Weile ungestört.

Kaum, daß sich die Außentür hinter ihr geschlossen hatte, sprang ich zwei Stufen auf einmal nehmend die Treppe hoch. Das Siegel über dem Schloß stoppte mich kurz. Sollte ich wirklich? Aber meine Entscheidung war eigentlich schon gefallen. Mit einem Ruck zog ich es ab und öffnete die Tür.

Die Wohnung war sehr verschieden von derjenigen nebenan. Die Küche war kein eigener Raum, sondern nur ein Teil des langgestreckten Zimmers, das die ganze Wohnung bildete. Es war größer, als ich erwartet hatte. In das Zimmer hinein war eine schräge Wand gebaut, die wahrscheinlich das Bad verbarg. Die

Wände waren sehr hoch, wie oft in diesen alten Häusern, und Loretta hatte das ausgenutzt, um ein Hochbett einzubauen oder einbauen zu lassen. Dieses Hochbett war möglicherweise ihr Verhängnis gewesen. Direkt daneben war ein dicker Haken an der Decke befestigt, wie man sie üblicherweise für schwere Lüster benutzt. Loretta hatte offensichtlich auf eine Lampe an dieser Stelle verzichtet, vielleicht stammte der Haken noch vom vorherigen Bewohner dieser Wohnung. Ich kletterte auf das Bett und sah ihn mir genau an. Ja, neu war er nicht.

Von oben hatte ich einen guten Blick über das ganze Zimmer. Ich zog die Liste heraus, die die Kölner Kollegen am ersten Tag aufgenommen hatten. Aus unerfindlichen Gründen hatte ich sie heute morgen eingesteckt, wahrscheinlich, weil ich immer noch nicht wußte, was mir daran aufgefallen war, als ich sie das erste Mal las.

Nachdem ich alle Punkte der Liste abgehakt hatte, die Gegenstände auf dem Bett betrafen, kletterte ich wieder von meinem Hochsitz herunter. Es war ein komisches Gefühl. Das Zimmer wirkte von oben völlig anders. Fast wie eine Traumlandschaft. Herunterzusteigen war wie auf den Boden einer fremden Welt zurückzukehren. Bekannt und unbekannt zugleich.

Unten sah ich mir die einzelnen Gegenstände nur flüchtig an. Zum Schluß ging ich zum Schreibtisch hinüber. Bevor ich die Schubladen öffnete, um nach den Bankauszügen zu suchen, untersuchte ich noch kurz den PC. Ich wollte einfach nur noch schnell alle Teile abhaken. Da stand also der PC, ein Monitor, ein Drucker. ›1 CD-Laufwerk‹, las ich. Warum war das separat aufgeführt? Das CD-Laufwerk am PC war eingebaut. Ein zusätzliches sah ich an der Maschine nicht. Ich schaute ins Regal. Da lag es. Aber es war kein normales CD-Laufwerk. Es war ein Laufwerk, wie man es in Laptops verwendet. Aber wo war der Laptop? Er stand weder auf der Liste noch war er irgendwo zu sehen. Vielleicht hatte sie ihn im Schreibtisch eingeschlossen?

Ich wandte mich endgültig den Schubladen zu. Keine war verschlossen, ein Laptop war auch nirgends zu sehen. Dann fand ich das, was mich am meisten interessierte: ihre Kontoauszüge! Merkwürdig, daß die niemand mitgenommen hatte. Aber vielleicht war das der gleiche Schnösel gewesen, der auch vergessen hatte, Frau Schmitz nach dem Schlüssel zu fragen. Solche Fehler summierten sich dann schon mal. Aber ich konnte mich ja nur darüber freuen.

Lorettas Kontoauszüge gaben keinerlei Hinweise auf überdurchschnittliche Besitztümer. Sie hatte ein Gehalt gehabt, das jeden Monat überwiesen und danach gleich wieder von den Ausgaben für Miete, Auto, Telefon und den anderen üblichen Kosten fast aufgefressen wurde. Kaum etwas übrig zum Sparen.

Das einzige, was mich irritierte, war, daß die Auszüge der letzten beiden Monate fehlten. Hatte sie sie noch nicht abgeholt? Manche Leute warteten ja auch darauf, daß die Bank sie ihnen zuschickte, und das geschah dann meistens nur einmal im Quartal oder noch seltener. Bei so wenig Bewegungen auf dem Konto hatte es Loretta vielleicht nicht für nötig befunden, sich um die regelmäßige Überprüfung ihrer Kontoauszüge zu kümmern. Mir ging es ebenso. Wenn man keine Reichtümer zu verwalten hatte, konnte man sich den Anblick seines Kontoauszuges auch sparen. Das war nur deprimierend.

Auf jeden Fall konnte ich daraus nicht entnehmen, das irgend jemand einen Grund gehabt haben konnte, Loretta wegen ihres Geldes zu ermorden. Das war unwahrscheinlich. Ein kleiner Zweifel blieb natürlich. Aber den konnte ich nur beseitigen, wenn ich ihre restlichen Kontoauszüge fand.

Nora saß im Büro und träumte von Ellen. Sie dachte an nichts anderes mehr. Nach dem Umzugstag hatte sich keine Gelegenheit mehr ergeben, sich zu sehen. Ellen mußte sehr viel Arbeit aufholen, und Nora eigentlich auch, obwohl ihr das bei weitem nicht so wichtig erschien wie mit Ellen zusammenzusein. Nun waren es schon drei Tage, die Nora noch mehr wie eine Ewigkeit erschienen als die Zeit, in der sie von Ellen nichts gehört hatte, weil sie in Köln gewesen war. Diesmal wußte Nora ja genau, wo Ellen war, sie hätte sie sogar einfach besuchen können, aber sie wollte sie nicht stören, so sehr sie sich auch nach ihr sehnte. Schon des öfteren hatte sie auf das Telefon geschielt und sich gefragt, ob sie es nicht doch tun sollte, aber ihr war klar, daß allein schon Ellens Stimme die Sehnsucht in ihr auf ein unerträgliches Maß steigern würde. Also ließ sie es lieber und träumte. So war Ellen doch immer bei ihr.

Und heute nahm Ellen ihr die Entscheidung ab und rief an. »Nora, du mußt mir helfen!« Ihre Stimme klang ein bißchen verzweifelt und Nora bekam einen Schreck.

»Was ist passiert?« Die schlimmsten Szenarien bauten sich vor ihr auf. Es war noch nicht lange her, daß ein harmloser Anruf ihr halbes Leben durcheinandergewirbelt hatte.

Ellen lachte, weil sie hörte, daß sie Nora aufgeschreckt hatte. »Nein, es ist nicht so schlimm wie letztes Mal!« Nora atmete erleichtert auf, und Ellen fuhr fort: »Ich habe das Paßwort für meinen Computer vergessen und ich dachte ... Ich bin doch absolut unbegabt mit diesem Computerzeugs und du hast doch so viel Ahnung. Vielleicht findest du es ja. Es gibt nämlich einen Trick. Da ich weiß, wie schusselig ich bin - ich kann mir nicht mal eine Telefonnummer merken - habe ich es auf dem PC abgespeichert. Nur ich finde es nicht mehr. Kannst du mir helfen? Du bist doch Spezialistin auf dem Gebiet.« Ihre Stimme klang ganz zerknirscht.

Nora lachte. »Ja, wahrscheinlich kann ich dir helfen. Ich komme heute abend mal in deiner Wohnung vorbei.« Sie rief noch in den Hörer: »- und stell den PC nicht ab!«, aber da hatte Ellen schon aufgelegt. Den Rest des Tages freute sie sich auf den Abend mit Ellen. Endlich einmal würden sie nicht essen oder ins Kino gehen oder sonst etwas Besonderes tun, sondern einfach nur zu Hause sein, gemeinsam in Ellens Woh-nung, wie ein richtiges altes Ehepaar. Das war genau das, was sich Nora wünschte. Sie pfiff vor sich hin, während sie daran dachte.

Ein bißchen wunderte es sie schon, daß sie nach der langen Zeit der Beziehung mit Melanie, die ja auch nicht immer sehr erfreulich gewesen war, schon wieder an eine feste Bindung dachte, aber das lag wahrscheinlich nur an Ellen: Sie war eben die Frau ihres Lebens - ja, genauso war's!

Sofort fiel ihr die Melodie zu »Ja, die Liebe hat bunte Flügel ...« aus *'Carmen'* ein. Was das wohl bedeuten sollte? Sie grinste in sich hinein und schnappte sich einen PC, den sie noch installieren mußte. Das war doch ein richtiges Vergnügen! Schon lange hatte ihr die Arbeit nicht mehr so viel Spaß gemacht.

Immer noch gutgelaunt kam Nora abends bei Ellen an, nachdem sie nur kurz bei sich zuhause einen kleinen Zwischenstopp in der Dusche eingelegt hatte. Nach einem langen Kuß zur Begrüßung erklärte Ellen, »Es wäre ja alles nicht so schlimm, aber ich habe meine ganzen Unterlagen auf dem PC, alle Seminare, die ich halte, alle Prüfungen und Klausuren. Die aktuellen Fassungen habe ich nicht mehr ausgedruckt, nur noch bei Bedarf. Ich habe zwar noch ein paar uralte Unterlagen auf Papier, aber die sind fast alle überholt. Es wäre eine Heidenarbeit, das alles neu zu machen. Meinst du, du schaffst das?«

Nora zuckte die Achseln. »Mal sehen. Erst muß ich rausfinden, was das Problem ist.« Sie grinste. »Dann zeig mir mal das Schätzchen.«

Ellen sah sie etwas entgeistert an. »Sprichst du immer so von Computern?«

Nora lächelte sofort schüchtern und entschuldigend, weil sie sich wie bei einem Fehler ertappt fühlte. »Na ja, das ist so eine Angewohnheit. Wir sprechen alle mit unseren Computern. Das findet bei uns in der Abteilung niemand komisch.« Erst jetzt kam ihr zu Bewußtsein, daß sie schon lange mit niemand mehr gesprochen hatte, der das komisch fand. Sie hatte sich wohl sehr eingeigelt.

Ellen lachte ein bißchen über Noras Verunsicherung. »Ist ja nicht schlimm. Ich bin es nur nicht gewöhnt. Ich kenne sonst niemand, der sich mit Computern beschäftigt. Für die meisten Leute, die ich kenne, sind sie ein lästiges Übel, gerade mal geduldet, weil es doch einfacher ist, mit ihnen als ohne sie zu arbeiten.« Jetzt wechselte ihr Gesichtsausdruck zu Zerknirschung. »Wenn man nicht gerade das Paßwort vergißt ...«

»Gut, daß du niemand anderen kennst, der sich auskennt«, grinste Nora jetzt. »Sonst hättest du mich nicht gerufen.« Obwohl sie sich gern mit Computern beschäftigte, hätte sie in diesem Moment lieber etwas anderes getan. Ellen sah so süß zerknirscht aus. Am liebsten hätte sie sie ins Bett getragen. Aber sie erinnerte sich noch rechtzeitig an ihren letzten Versuch dieser Art und auch, daß sie wegen etwas anderem gekommen war. Der Abend war ja noch lang. Sie würde das Computerproblem wahrscheinlich in fünf Minuten gelöst haben, und danach war noch viel Zeit ...

Leider stellte sich heraus, daß Ellen den PC doch abgeschaltet hatte, da sie Noras telefonischen Hinweis ja nicht mehr hören konnte. Das Paßwort schützte alle wichtigen Funktionen des Computers, und Nora kam nicht einmal auf die Festplatte, als sie den Computer startete. Sie versuchte ein paar Tricks, aber es nützte nichts. Sie ging hinüber zu Ellen, die am Schreibtisch saß und arbeitete.

»Es tut mir leid, Ellen, aber da kann ich so nichts machen. Ich brauche ein paar spezielle Tools, die ich nicht hier habe. Ich müßte sie erst holen.«

Ellen sah von dem Buch hoch, das sie gerade bearbeitete. »Jetzt?«

Nora schüttelte den Kopf. »Nein, ich habe die Disketten in der Firma. Da werde ich vor morgen nicht drankommen.«

Ellen schlug das Buch zu, nicht allerdings, ohne sorgfältig ein Lesezeichen an der aktuellen Stelle zu hinterlassen. Sie tat es fast automatisch, wie jemand, der seit Jahren nichts anderes gemacht hat. Dann blickte sie zu Nora hoch. »Wie schade. Dann haben wir jetzt einen ganzen Abend, mit dem wir gar nichts anfangen können. Ich habe noch nicht einmal einen Fernseher.«

Nora betrachtete sie enttäuscht. Ellen lächelte nicht. Sie meinte das ganz im Ernst. Nora drehte sich um, ging zum Computer zurück und begann, ihre Disketten einzusammeln.

Sie hörte Ellens Stimme hinter sich. »Möchtest du vielleicht noch einen Kaffee, bevor du gehst?«

Nora drehte sich nicht um. »Nein, ich glaube, besser nicht.« Sie konnte schließlich nicht erwarten, daß Ellen immer in der gleichen Stimmung war wie sie. Nora sehnte sich nach ihr, sie hatten sich drei Tage lang nicht gesehen, es war ihr selbstverständlich vorgekommen, daß es Ellen genauso ging. Aber Ellen hatte sich offenbar vorgenommen zu arbeiten und wohl erwartet, daß Nora ihre Zeit ebenfalls nur mit der Arbeit am Computer verbringen würde. Und jetzt, da die Arbeit ausfiel, konnte sie nach Hause gehen ...

»Oder ein Glas Wein vielleicht?« Ellens wohlakzentuierte Stimme klang ruhig und gleichmäßig, die perfekte Gastgeberin.

»Nein«, sagte Nora. »Ich geh dann jetzt.« Sie nahm die Diskettenbox vom Tisch und drehte sich um. Sie wollte eigentlich nicht, daß Ellen ihre Enttäuschung sah, aber ganz ohne Gruß konnte sie schließlich auch nicht gehen.

Ellen saß immer noch am Schreibtisch. Sie hatte sich leicht zu Nora umgedreht und die Beine übereinandergeschlagen. Da sie einen kurzen Rock trug, waren ihre Beine fast bis zum Ansatz des Oberschenkels zu sehen, nur von einer dünnen Strumpfhose bedeckt, die sie fast noch erotischer erscheinen ließ, als wenn sie nackt gewesen wären. Nora schluckte. Ihr wurde heiß. Sie mußte fort!

Ellen stand auf und kam auf sie zu. Kurz vor ihr blieb sie stehen. Ganz ernst sagte sie, »Soll ich dir noch einen schönen Abend wünschen?«

Nora sah sie an und begriff nicht.

Ellen brach in Lachen aus. »Du müßtest jetzt mal dein Gesicht sehen!«

Nora war immer noch damit beschäftigt, die Erregung zu bekämpfen, die Ellens Beine hervorgerufen hatten, wie konnte sie da denken?

Ellen kam noch einen Schritt näher. »Weißt du, wie lange wir uns nicht gesehen haben?«

Das wußte Nora genau - sie zählte schließlich jede Minute! »Drei Tage«, antwortete sie automatisch.

»Hm-m«, sagte Ellen. »Ich dachte, ich hätte mich geirrt, und es wäre vielleicht nur eine Stunde oder so gewesen.«

»Wieso?« Konnte Ellen nicht mehr zwischen Stunden und Tagen unterscheiden, die sie getrennt waren? War Nora ihr plötzlich so gleichgültig, daß sie das gar nicht mehr merkte? Noras Enttäuschung steigerte sich zu verwirrter Frustration.

»Wieso?« Ellen sah sie mißbilligend an. »Weil du mich anscheinend gar nicht willst.«

Nora ließ die Diskettenbox fallen. Das Plastik brach und alle Disketten verteilten sich krachend auf dem Boden. Ihr Hals war wie zugeschnürt - sie konnte keinen Ton hervorbringen.

Ellen trat noch etwas näher und schob ihr Bein zwischen Noras Schenkel. »Bei mir ist das anders. Ich will dich jetzt sofort. Ich fand die drei Tage entsetzlich lang. Ich bin ganz ausgehungert.« Sie ließ ihre Hand an Noras Seite entlangwandern und suchte Noras Mund mit ihren Lippen. »Gib mir, was ich brauche - bitte«, flüsterte sie, als sie ihn erreicht hatte.

Noras Erstarrung löste sich nur langsam. Sie schlang ihre Arme um Ellen und küßte sie. Ellens Zunge brachte sie gleich darauf an den Rand der Raserei. Sie erforschte Noras Mund derart leidenschaftlich, daß Nora dachte, sie würde abheben von all den vielen gleichzeitig auf sie einstürzenden Empfindungen. Schlangenähnlich bewegte sich Ellens Zunge an Noras durch die Erregung hochsensiblen Innenseiten der Lippen entlang.

Nora stöhnte. Eigentlich hatte sie sich den Verlauf des Abends so vorgestellt, es sich zumindest gewünscht, aber durch Ellens irritierendes Zwischenspiel fühlte sie sich auf einmal völlig überfordert. Sie schämte sich, daß sie es nicht gemerkt hatte, und dieses Gefühl der Peinlichkeit veranlaßte sie normalerweise dazu, zu fliehen, wenn sie die Gelegenheit dazu bekam, aber genauso stark empfand sie das Bedürfnis, mit Ellen ins Bett gehen zu wollen. Sie wußte, daß es blödsinnig war, überhaupt über eine andere Möglichkeit nachzudenken, zumal Ellen so bereitwillig darauf wartete, aber ihre Schüchternheit und ihr Schamgefühl machten ihr solche Entscheidungen manchmal zur Qual.

Sie schalt sich selber eine Idiotin, aber sie mußte sich regelrecht überwinden, sich ganz Ellens Mund und Händen zu überlassen, weil sie Angst hatte, Ellen könne sie plötzlich und unerwartet - genau wie eben - noch einmal aufziehen. *Ich bin eine erwachsene Frau!* versuchte sie sich zu sagen, aber sie wußte genau, daß das ihre Verunsicherung eher noch steigern würde, denn dann hatte sie die volle Verantwortung für ihren Fehler von vorhin. Sie hätte es merken müssen! Das würde ihr noch lange nachgehen - so war es immer.

Ellen merkte wahrscheinlich an Noras gedämpfter Reaktion, daß sie geistig nicht ganz anwesend war. »Was ist los?« fragte sie.

»Willst du nicht?« Sie löste sich etwas von Nora und trat einen kleinen Schritt zurück.

»Nein - doch, meine ich.« Nora war völlig verwirrt.

»Was dann?« Ellen war ganz sicher überrascht, weil Nora so reagierte. Sie wirkte gespannt.

»Entschuldige.« Nora lachte ein bißchen schüchtern und nervös. »Ich hatte gedacht ... ich war ja schon ...«

»Du meinst, wegen eben?« Anscheinend hatte Ellen daran gar nicht mehr gedacht. Für sie war die Sache schon lange erledigt gewesen. Nora kam sich noch alberner vor. Ellen schüttelte verständnislos den Kopf. »Läßt du dich immer so leicht ins Bockshorn jagen?«

Nora nickte verschämt. »Manchmal ja«, sagte sie und kam sich wie ein kleines Kind dabei vor. In solchen Situationen schwang sich ihr Gedächtnis dann zu Höchstleistungen auf und erinnerte sie an jedes kleinste Erlebnis, das sie in dieser Richtung gehabt hatte. Jeder kleinste Fehler, jedes Mißverständnis, jede falsche Entscheidung, selbst eine Ampel, an der sie falsch abgebogen war, erschien ihr plötzlich wie eine Bestätigung ihres absoluten Versagens.

Ellen lachte. »Du meine Güte - da muß ich aber aufpassen!«

Nora fühlte sich erneut auf den Arm genommen.

Ellen umarmte sie. »Nun hör auf. Vergiß es. Das war doch nur ein Scherz. Ich dachte, du merkst das!«

Nein, ich bin so blöd, daß ich es nicht merke! Nora kam sich schrecklich vor, wie auf dem Präsentierteller. Jetzt wäre sie wirklich am liebsten weggelaufen.

Ellens Lippen wanderten an Noras Hals entlang. Es kitzelte und rief ein wundervoll erregendes Gefühl in Nora hervor. Für einen Moment verdrängte es all ihre beschämten Gedanken.

»Komm«, wisperte Ellen. »Laß uns ins Bett gehen.«

»Ja«, hauchte Nora nur, weil sie ihrer Stimme nicht mehr mächtig war.

Ellen küßte sie und zog sie mit sich in Richtung Schlafzimmer. Ellen hatte vom Umzug her immer noch ein paar Bücher neben dem Schreibtisch aufgestapelt. Über einen dieser Stapel stolperten sie. Keine von ihnen hatte auf den Boden geachtet. Ellen hielt sich am Tisch fest und bewahrte mit der anderen Hand Nora davor, auf sie zu fallen. »Es scheint, wir sind heute beide nicht ganz sicher auf den Beinen!« lachte sie. »Dabei haben wir doch gar nichts getrunken!« Sie lachte wieder und setzte sich halb auf den Schreibtisch.

Nora sah, wie dabei Ellens ohnehin recht kurzer Rock noch weiter nach oben rutschte. Eigentlich war sie schon so gut wie nackt. Plötzlich war alle Beschämung vergessen. Sie schob sich zwischen Ellens Beine.

Ellen lachte noch einmal, diesmal ein bißchen überrascht. »Ist dir der Weg ins Schlafzimmer zu lang?« raunte sie dann mit erotischer Stimme in Noras Ohr.

Nora küßte sie. Sie wollte nicht mehr reden. Damit hatte sie sowieso so ihre Probleme heute. Sie drückte Ellen noch etwas weiter auf den Schreibtisch hinauf und schob ihren Rock ganz hoch. Mit ihrer Hand fühlte sie den seidigen Stoff der Strumpfhose an Ellens Bein, als sie daran entlangfuhr. Langsam wanderten ihre Finger zwischen Ellens Schenkel. Ellen stützte sich rückwärts auf dem Schreibtisch ab und seufzte auf. Nora preßte ihre Finger auf Ellens Schamlippen, die von Slip und Strumpfhose verschlossen waren. Dennoch spürte sie die Feuchtigkeit, die die Kleidung nicht aufhalten konnte. Dann ließ sie ihre andere Hand von oben in die Strumpfhose hineinrutschen.

»Warum habe ich nur diese Strumpfhose angezogen?« keuchte Ellen mühsam. »Willst du sie mir nicht ausziehen?«

»Doch«, erwiderte Nora abwesend, »später.« Jetzt genoß sie es. Vielleicht war es ein bißchen Rache, weil Ellen sie vorhin so hochgenommen hatte, aber sie fand es auch ausgesprochen erotisch, Ellen sich hier auf dem Schreibtisch halb ausgezogen und in ihrer

Strumpfhose winden zu sehen. Sie führte ihre Hand weiter hinunter zwischen Ellens Schenkel. Noras Finger berührten sich, aber der Stoff der beiden Kleidungsstücke war dazwischen. Sie spürte Ellens Nässe die ganze Umgebung benetzen. Langsam begann sie, mit einem Finger Ellens Klitoris zu reizen, die schon ganz hart und erregt hervorstand.

Ellen schrie auf, »Du machst mich wahnsinnig!« Ellens Bauch spannte sich an. Nora stellte ihre Bewegung ein. »Nora, bitte, was tust du?« Ellen flüsterte nur noch erregt und versuchte, sich an Noras Finger zu reiben. Nora zog ihn weg und Ellen stöhnte enttäuscht auf, »Nicht!«

Nora beugte sich über Ellen und sah in ihre erregt glänzenden Augen, die unter halb geschlossenen Augenlidern Noras Gesicht absuchten, um herauszufinden, was sie jetzt vorhatte. »Leg dich ganz hin«, verlangte Nora. Sie drückte leicht ihre Schultern herunter und Ellen ließ sich auf den Schreibtisch sinken. Nora schob sie noch ein bißchen höher, und griff hinter ihren Kopf. Ellens Augen folgten ihr verhangen. Sie sah sicher nicht mehr ganz klar, was Nora tat. Noras Hand kam mit einem glänzenden Gegenstand zurück.

»Was –?« Ellen war nicht mehr in der Lage, zu reagieren, so schnell hatte ihr Nora die Strumpfhose und den Slip mit der Schere vom Leib geschnitten. Ellen zuckte vor der kalten Klinge zurück, als sie die heiße Stelle zwischen ihren Beinen berührte.

Nora ließ die Schere fallen, beugte sich hinunter und preßte ihren Mund zwischen Ellens Beine. Ellen stöhnte tief auf, »Nora!«

Nora ließ ihre Zunge über Ellens Schamlippen fahren und drang kurz in sie ein. Ellen wand sich und stöhnte. Sie begann, ihren Unterleib auf- und abzubewegen, und Nora folgte der Bewegung mit ihrem Mund. Sie versuchte, möglichst zu vermeiden, Ellens Klitoris zu berühren, weil sie befürchtete, daß es dann allzu schnell vorbei sein könnte. Sie wollte sie so lange hinhalten wie nur irgend möglich, um ihren Genuß zu steigern.

»Nora - ich weiß nicht - wie lange ich das - noch durchhalte - Nora - bitte -« Ellens Stimme klang sehr leise, aber rauh vor Leidenschaft. Sie keuchte immer mehr und bewegte sich wild auf dem Schreibtisch. Nacheinander polterten alle Bücher und Gegenstände hinunter, als sie sich immer weiter hinaufschob. Sie krallte sich an den Seitenteilen des Schreibtischs fest. Ihre Knöchel stachen weiß hervor.

Nora ließ sie nicht zur Ruhe kommen, aber sie gönnte ihr auch keine Entspannung. Als Ellen sich fast nicht mehr beherrschen konnte und drohte, vom Schreibtisch herunterzufallen, hörte Nora auf. Sie schob sich über Ellen und sah auf sie hinunter.

»Du bist so gemein«, knurrte Ellen, während sie versuchte, sich an Noras Bein zu reiben, das jetzt zwischen ihren Schenkeln lag.

Nora küßte sie, um sie ihren eigenen Geschmack kosten zu lassen. Ellens Zunge leckte über Noras Lippen. »Bitte, mach weiter«, bat sie. »Ich halte das nicht mehr aus. Ich explodiere gleich, ohne daß du mich berührst. Allein der Gedanke macht mich schon scharf, wie ich hier liege.« Sie grinste. Sie hatte sich ein wenig erholt.

Nora ließ ihre Hand an Ellens Bauch hinabfahren. »Nein, nicht mit der Hand!« stoppte Ellen sie.

Nora sah sie fragend an. Wie denn?

»Da ist eine Kerze in der Schublade rechts.«

Nora war überrascht von Ellens nun wiedergekehrter Klarheit. Sie sah in Ellens erwartungsvolle Augen und öffnete gleichzeitig die Schublade. Dort tastete sie nach der Kerze, bis sie sie gefunden hatte, und nahm sie heraus. Sie sah neu aus.

Ellens Augen glänzten fast noch erregter, als sie die Kerze in Noras Hand wahrnahm. »Komm, mach es mir«, wisperte sie rauh. »Nimm mich - bitte -«

Nora hatte keine Erfahrung mit Kerzen, aber sie verließ sich darauf, daß Ellen wußte, was zu tun war - und viel Vorstellungskraft brauchte man dafür ja auch nicht. Sie beobachtete Ellens

Gesicht und führte die Kerze langsam zwischen Ellens Beine. Ellen erstarrte fast in Erwartung des Eindringens. Sie schloß die Augen und stöhnte auf, als Nora den Eingang mit ihren Fingern öffnete. Noch tiefer stöhnte sie, als Nora begann, die Kerze einzuführen. »Ja,« seufzte sie, »ja!«

Nora spürte fast keinen Widerstand. Ellen war dermaßen naß und groß, daß die Kerze leicht in sie hineinglitt. Ellen öffnete die Augen wieder, aber nur ein wenig. »Fick mich - bitte - komm -« Nora nahm wahr, daß ihr Gesicht glühte. Sie benutzte solche Ausdrücke normalerweise nicht, und sie merkte, wie es sie anmachte, obwohl sie sich gleich darauf dafür schämte. Dürfte sie solche Gefühle haben bei dieser Ausdrucksweise? Sie versuchte, ihr verlegenes Jungmädchentum abzuschütteln. Ellen tat es ja auch, warum sie dann nicht?

Nora begann, leicht in Ellen hineinzustoßen. Ellen stöhnte bei jedem Stoß erregt auf. »Mehr, mehr -!« forderte sie.

Nora schoß plötzlich der Gedanke durch den Kopf, daß sie Ellen nie nach ihren Erfahrungen mit Männern befragt hatte. Eigentlich hatte sie das auch nie interessiert. In ihrer kurzen Bekanntschaft war nicht viel Zeit gewesen für solche Gespräche bei all den Aufregungen.

Ellen wand sich unter Noras Stößen, und Nora beugte sich hinunter, um sie gleichzeitig zu lecken. Als Ellen nun auch noch Noras Zunge spürte, explodierte sie wirklich, wie sie es angekündigt hatte. Sie schrie und stieß ihre Hüften in die Luft, bevor sie erschöpft niedersank. Ihre Hände klammerten sich immer noch um die Schreibtischplatte. Nur langsam löste sie sie und legte sie dann auf Noras Kopf, der noch zwischen ihren Beinen ruhte. Sie atmete schwer.

Nora hörte, wie Ellen versuchte zu sprechen, aber anscheinend rang sie noch zu sehr nach Atem. Dann sagte sie, »Zieh sie raus, bitte.«

Nora tat es und mußte gleich darauf lachen. Sie hielt Ellen die Kerze vor die Nase. »Guck mal, wie die aussieht!«

Ellen lachte auch zwischen einigen keuchenden Atemzügen. »Wahrscheinlich ein getreues Abbild meines Innern!« behauptete sie. Genauso sah die Kerze aus.

Nora legte die Kerze, die nun eher wie ein Kunstwerk wirkte, zur Seite und beugte sich wieder über Ellen. Ellen sah sie befriedigt an. »Da hast du mich ja ganz schön zap-peln lassen«, bemerkte sie grinsend.

Nora grinste ebenfalls, wenn auch verlegen. »So, wie du mich vorhin auch.«

»Ja«, lachte Ellen. »Rache ist süß!« Sie konnte es ja auch kaum übelnehmen, wenn die Rache *so* aussah! Ellen sah Nora etwas unbehaglich an. »Läßt du mich mal aufstehen? Langsam wird es hier auf dem Schreibtisch leicht ungemütlich.«

Nora trat zur Seite und Ellen stand auf und sah an sich hinunter. »Mein Gott, wie ich aussehe!«

Nora lachte ein bißchen verschämt. »Für mich siehst du sehr verführerisch aus.« Sie nahm Ellen in den Arm und küßte sie.

Ellen lehnte sich zurück und betrachtete Nora mit funkelnden Augen. »Du kommst auch noch dran, das verspreche ich dir. Jetzt gleich!«

Nora sah auf den Schreibtisch. »Ich weiß nicht, ob meine Bandscheibe das mitmacht«, sagte sie gespielt nachdenklich.

»Deine Bandscheibe? – Mein Schreibtisch!« erwiderte Ellen lachend. »Wenn du hinterher aufräumst, können wir es auch hier machen, ansonsten würde ich das Bett vorschlagen.«

Da Ellen ihre Erschöpfung schon wieder einigermaßen gut überstanden zu haben schien, stieg Noras Erregung bei dem Gedanken an das Bett sofort sprunghaft an. Sie küßte Ellen und sagte, »Ich räume so ungern auf.«

Ellens Hände suchten Noras Gürtel und öffneten ihn. »Ich gar nicht. Manche Dinge könnte ich immer wieder hin- und herschieben.« Dabei schob sie ihre Hände in Noras Hose und packte ihre Pobacken.

Nora stöhnte leicht auf. Die Bewegung zog alles zwischen ihren Beinen auseinander und machte ihr bewußt, wie erregt und naß sie noch immer war. Ellen hatte ihre Befriedigung gehabt, sie noch nicht. »Ellen, das Bett –« versuchte sie zu sagen.

Ellen zog sich zurück. »Ja, du hast recht. Laß uns rübergehen.«

Der Abend endete erst in den frühen Morgenstunden, als Nora und Ellen endlich einschliefen, beide mehr als erschöpft.

***

Wenn das so weitergeht, werde ich noch verrückt!« schimpfte Nora. Sie saß jetzt schon den vierten Abend an Ellens Computer und er wollte und wollte sein Geheimnis nicht preisgeben.

»Geht es immer noch nicht?« Ellen kam vom Schreibtisch herüber und legte Nora die Hand auf die Schulter. »Ich dachte, du hättest da eine Möglichkeit ...«

»Ja, ich habe ein Programm, das mir eigentlich dabei helfen sollte, aber es tut alles andere als das. Es legt mir noch mehr Steine in den Weg.« Sie seufzte. »Mein Gott, war das früher einfach. Da baute man einfach die Batterie aus, und hinterher konnte man den Computer problemlos starten. Aber heute ...«

»Glaubst du, daß du es noch schaffen kannst? Oder mußt du aufgeben?« Ellen wirkte enttäuscht, aber sie hatte schließlich keine andere Wahl, als sich damit abzufinden, wenn es so war.

»Nein, ich gebe nicht auf. Es muß eine Möglichkeit geben. Die gibt es immer.« Nora war richtig verbohrt. Sie wollte sich nicht geschlagen geben. Das ging ihr an die Berufsehre. Sie legte ihre Hand auf Ellens und sah über die Schulter zu ihr hoch. »Ich werde es schon schaffen, vertrau mir.«

»Oh, das tue ich, das tue ich.« Ellen lachte ein bißchen entmutigt. »Nur, wenn ich meine Unterlagen neu erstellen muß, habe ich nicht mehr viel Zeit.«

Nora rückte ihren Stuhl vor dem Computer wieder gerade. »Das brauchst du nicht, dafür werde ich sorgen.« Mit verbissenem Gesichtsausdruck hackte sie einen Befehl in die Tastatur.

Ellen ging lächelnd zu ihrem Schreibtisch zurück.

***

Die Kontoauszüge fand ich nicht, wahrscheinlich hatte Loretta wirklich kein so großes Interesse daran gehabt, daß sie sie regelmäßig abholte, aber ich fand ein paar Briefe, die tatsächlich darauf hinwiesen, daß Loretta Probleme gehabt hatte. Ob sie für einen Selbstmordversuch reichten, konnte ich daraus allerdings auch nicht ersehen. Zumal ich ja die Originalbriefe von Loretta nicht fand, sondern nur die Antworten ihrer Familie und Freundinnen darauf, die ihre Besorgnis darüber zum Ausdruck brachten, daß Loretta in ihrem Leben - der Meinung der anderen nach - an einigen Stellen nicht die richtige Wahl getroffen hatte.

In manchen Punkten hatte sie das anscheinend selbst auch so gesehen - mit ihrer Berufswahl war sie zum Beispiel offenbar unzufrieden - aber bei anderen Aspekten gab es deutliche Differenzen zwischen der Einschätzung anderer und ihrer eigenen. Das ging besonders aus einem Brief ihrer Mutter hervor, in dem sie auf Loretta geradezu einhämmerte, sich einen netten Mann zu suchen, der sie unter Umständen dann auch versorgen konnte, *»und endlich diesem Unsinn mit den Frauen zu lassen. Du bist wirklich langsam zu alt dafür! Das ist kindisch. Eine erwachsene Frau tut so etwas nicht - in der Jugend hat man solche Phasen* (aha, dachte ich mir, anscheinend war ihr die Problematik nicht unbekannt. Na, irgendwoher mußte es die Tochter ja auch haben ...!), *aber die überwindet man. Dann könntest Du auch endlich mit Deiner Jammerei aufhören, daß Dein Beruf Dir keine Freude macht. Ein Mann und Kinder werden Dir solche Flausen schon austreiben.«*

Eine reizende Mutter, wirklich! Aber war das allen Ernstes Grund genug, sich umzubringen? Immerhin lebte ihre Mutter in einer anderen Stadt relativ weit weg, und da war es doch leicht, näheren Kontakt zu vermeiden.

Ich steckte die Briefe wieder in die Schatulle, aus der ich sie entnommen hatte. Es kam mir immer komisch vor, die Briefe von oder an Tote zu lesen. Die Stimme einer Toten zwischen den Zeilen zu entdecken war geradezu gespenstisch. Als diese Person noch lebte, hatte sie geatmet, mit einem Füllfederhalter Flecken auf ein Papier gekleckst, gelebt, gedacht, sich gesorgt und vielleicht nicht gewußt, wo sie morgen das Geld hernehmen sollte, um die Miete zu bezahlen. Und mit dem Tod war das alles aus und vorbei.

Aller Sorgen ledig konnte man sich ins Grab legen und brauchte sich keine Gedanken mehr zu machen. Das war auf der einen Seite schon recht verführerisch, mußte ich zugeben, obwohl ich es für mich persönlich nie in Betracht gezogen hatte, aber auf der anderen Seite verzichtete man dadurch ja auch auf die Freuden des Lebens, die Liebe, das Glück, den Blick eines Kindes oder das zärtliche Streicheln einer Frau. War das Lorettas Problem gewesen, daß sie all das nicht hatte? Gab es für sie nur noch die Verführung zum Tod, nicht zum Leben?

Ich mußte noch einmal mit der Psychologin reden, so unangenehm mir das auch war. Am Ende unseres letzten Gespräches hatte ich den Verdacht gehegt, daß sie mir etwas verheimlichte, und davon war ich jetzt sogar noch mehr überzeugt.

Als ich die Schatulle wieder in den Schreibtisch zurückstellen wollte, sah ich, daß hinten in der Schublade noch ein Päckchen war, ganz klassisch: ein wenig versteckt und mit einem Schleifchen darum – Liebesbriefe! Sollte ich das tun? Hatte ich ein Recht dazu? Normalerweise stellte ich mir solche Fragen nicht, aber Loretta kam mir nicht wie die vielen unbekannten Toten vor, mit denen ich sonst zu tun hatte. Ich wußte über ihr Leben jetzt schon mehr, als ich von anderen je erfuhr.

Ich zögerte einen Moment, dann zog ich das Päckchen heraus. Es war ziemlich dick. Keiner der Briefe trug einen Absender. Die Handschrift war steil und fast ein wenig altertümlich, aber man sah ihr an, daß sie von einer Person stammte, die viel schrieb. Das Steile wurde ausgeglichen durch eine gewisse Lässigkeit, die nur dann entsteht, wenn man zwar leserlich, aber schnell schreiben will und das auch kann. Ähnlich steile Schriftzüge von älteren Menschen, die zum Beispiel nur einmal im Jahr zu Weihnachten an ihre Enkel schrieben, hatten im Gegensatz dazu immer etwas Verkrampftes, weil das Schreiben dann eine große Anstrengung bedeutete.

Ich zögerte immer noch, den ersten Brief aus dem Umschlag herauszuziehen. Ich sah mir die Poststempel an. Die Briefe stammten hauptsächlich aus verschiedenen Städten in Deutschland, einige Luftpostbriefe aus dem Ausland waren auch dabei. Soweit ich die Poststempel lesen konnte, waren sie anscheinend chronologisch geordnet. Der unterste Brief war der älteste, schon ein paar Jahre alt.

Ich öffnete den Briefumschlag und faltete die Seiten auseinander. Es waren dicke Seiten, Büttenpapier mit Prägung, sicher nicht billig. In der rechten oberen Ecke waren die Initialen »E D«

miteinander verschlungen eingeprägt, in Gold. Ich konnte mir fast schon denken, von wem der Brief war, aber ich las erst die Unterschrift. *Ellen*. Natürlich - wer auch sonst?

Am liebsten hätte ich den Brief fallengelassen, oder ihn zumindest wieder zurück in den Briefumschlag gesteckt und nicht gelesen, aber ich hatte keine Wahl. Es war eines der wenigen authentischen Beweisstücke, die ich besaß. Ein so alter Brief konnte nichts mit der aktuellen Situation zu tun haben, aber was Ellen schrieb, mußte in irgendeiner Form Auskunft über ihren Charakter und ihre Absichten geben. Dennoch: ein Liebesbrief? Nun ja, vielleicht war es ja gar keiner. Ellen machte einen nüchternen Eindruck, möglicherweise war es gar nicht so schlimm, wie ich dachte.

Es war fast noch schlimmer, denn nicht nur hatte Ellen alle Register des Liebesgeflüsters gezogen, nein, mir erschien zwischen den Zeilen auch immer wieder Noras Gesicht, wie sie sich von Ellen genau diese Worte ins Ohr flüstern ließ, wie sie sie verführten und ihre Gedanken vernebelten, wie sie diesen blöd-verliebten Ausdruck auf ihrem Gesicht hervorriefen ... Es war mehr als peinigend.

Ich versuchte, das Ganze sachlicher zu sehen. Ellen war eine sehr begabte Schreiberin. Sie war intellektuell und wußte doch immer an den richtigen Stellen etwas Nettes, Einfaches, Romantisches einfließen zu lassen. Vermutlich machte es ihr keine große Mühe, jemand anderen auf diese Art für sich zu gewinnen. Daß sie in Wirklichkeit genauso wortgewandt war, hatte ich ja selbst erlebt. Wenn die Umstände mich nicht gegen sie eingenommen hätten, hätte ich durchaus ihrem Charme erliegen können - denn *den* hatte sie - zweifellos! Ich mußte ehrlich zugeben, daß ich solche Liebesbriefe noch nie bekommen geschweige denn geschrieben hatte. Sie mußten der Empfängerin - in diesem Fall also Loretta - das Gefühl vermittelt haben, die schönste und begehrenswerteste Frau der Welt zu sein. Wer hörte das nicht gern? Es war kein Wunder, daß Loretta die Briefe selbst nach ihrer Trennung von Ellen noch aufgehoben hatte.

Offenbar stammten die Briefe aus einer Zeit, da die beiden weder zusammen gewohnt noch in der gleichen Stadt gelebt hatten. Ellen schrieb von Sehnsucht und Entfernung und *»Schon-wieder-umziehen-müssen«*. In den letzten Briefen änderte sich das dann. *»Diesmal ist der bevorstehende Umzug, der mich sonst immer so streßt, eine Freude für mich«*, schrieb sie, *»denn ich komme zu Dir und wir werden endlich zusammensein können.«* Ein bißchen hämisch und schadenfroh dachte ich an die zweieinhalb Monate, die dann daraus geworden waren, denn darauf mußte es sich beziehen. Nach Jahren des Getrenntseins hatte das Zusammenleben dann doch nicht funktioniert. Loretta und Ellen wären sicher nicht die einzigen gewesen, die das hätten bestätigen können. Wenn die Erwartungen dann so hochgeschraubt waren, war das Scheitern so gut wie vorprogrammiert. Zudem: Wenn ich mir die kleine Wohnung so ansah - hier war friedliches Zusammenleben für zwei Personen fast unmöglich. Keine Intimsphäre, kein Raum, um sich zurückzuziehen. Mich wunderte, daß Ellen es mitgemacht hatte, eine solche Wohnung zu zweit zu mieten. Sie schien mir eine entschlossene Frau zu sein, die wußte, was sie wollte. Aber das Rätsel löste sich im vorletzten Brief. *»Ich habe so meine Bedenken«*, schrieb Ellen, *»ob die Wohnung nicht zu klein für uns beide ist. Aber da ich ja keine Möbel habe, geht es vielleicht. Und wenn Du sagst, daß Wohnungen in Köln im Moment so schwer zu finden und so teuer sind, müssen wir es wohl so machen. Wir können uns ja dann immer noch etwas anderes suchen.«* Dazu war es offensichtlich nicht mehr gekommen, jedenfalls nicht gemeinsam.

Ich faltete die Briefe wieder sorgfältig zusammen, steckte sie zurück in die Umschläge und band das Schleifchen darum. So, als ob ich sie gar nicht berührt hätte, legte ich sie wieder in den hinteren Teil der Schublade und stellte die Schatulle davor.

Ich mußte zugeben, daß das Bild, das ich mir zuvor von Ellen gemacht hatte, nun nicht mehr ganz paßte. Ich hätte sie gern als berechnende kalte Blondine gesehen, die Nora nur ausnutzte, bis sie sie satt haben würde. Die Briefe an Loretta jedoch sprachen eine andere Sprache. Sie waren liebevoll, verständnisvoll, manchmal auch zornig - anscheinend hatte Loretta nicht nur ihrer Mutter gegenüber so extrem rumgejammert -, voller Ratschläge und Tröstungen. Gut - Ratschläge waren auch Schläge, wie mal ein Kollege zu mir sagte -, aber so war es sicher nicht gemeint. Loretta hatte in Ellen eine zuverlässige und liebevolle Freundin gehabt - zumindest, solange sie nicht zusammen lebten.

Und offensichtlich zudem eine gute und leidenschaftliche Liebhaberin, wenn sie sich trafen. Einige Passagen in Ellens Briefen hatten darauf Bezug genommen und ich hatte mich bemüht, sie möglichst schnell hinter mich zu bringen, weil Ellens ausgesprochen plastische Beschreibungen mir die Schamröte ins Gesicht getrieben hätten, wenn ich denn zu schamvollem Erröten geneigt hätte. Das war aber wohl eher Noras Spezialität. Bei ihr fand ich es auch ganz reizend, schüchterne Frauen konnten sich das leisten. Selbst wenn ich mich selbst auch manchmal so fühlte, versuchte ich es doch möglichst nicht nach außen dringen zu lassen.

Jedenfalls hatte Ellen auch bei dieser Art von Beschreibung ihr schreiberisches Talent offensichtlich genutzt. Heiß war mir auf jeden Fall geworden, und besonders der Zusammenhang mit Nora berührte mich hier allzu peinlich. All das, was sie mit Loretta gemacht hatte, würde Ellen auch mit Nora tun, und die Vorstellung, daß es ganz sicher so war, und daß ich mir selbst genau das von Nora wünschte und nicht bekam, machte es noch zusätzlich unerträglich.

Von Selbstmordabsichten auf Lorettas Seite war in Ellens Briefen jedenfalls nicht die Rede, aber daß Loretta nicht sehr stabil gewesen war, erschien mir auch immer klarer. Sie hatte eine Frau wie Ellen gebraucht, die ihr Halt gab. Und als sie die nicht mehr hatte? War ihr Gejammer da in Depressionen umgeschlagen? Die Psychologin hatte ja zumindest einiges in dieser Art zugegeben. Sie hatte sogar erwartet, daß ich ihr die Nachricht von Lorettas Selbstmord bringen würde, als ich ihren Tod erwähnte.

Ich war unzufrieden mit meinen Ermittlungen. Das war nicht das Ergebnis, das ich mir wünschte. Ich hatte erwartet, Beweise für Ellens Schuld zu finden, und nun sammelte ich einen nach dem anderen Beweise für ihre Unschuld. *Das* hätte ich auch meinen Kölner Kollegen überlassen können! Die brauchten dafür nicht extra ihren Urlaub zu opfern.

Worüber ich allerdings immer noch nicht Bescheid wußte, war das Verhältnis zwischen Loretta und Ellen, als sie zusammen wohnten, und der Grund, warum sie sich gestritten und getrennt hatten. Offenbar war die heiße Liebeslust, die aus den Briefen sprach, ja sehr schnell in das Gegenteil umgeschlagen. Dort immerhin konnte noch ein Hinweis auf Ellens Schuld liegen. Was war in den zweieinhalb Monaten und danach passiert, bis Ellen Nora kennenlernte? Und was war an Lorettas Todestag passiert? Dazu hatte ich bislang nichts anderes als Ellens Aussage. Keine weiteren Zeugen, keine Bestätigung, kein Beweis eines anderen Hergangs. Nicht einmal Frau Schmitz hatte mir darüber etwas sagen können. Sie hatte an diesem Tag ihre Enkel besucht.

Ich war frustriert. Abends erzählte ich Margreth alles, was ich herausgefunden hatte, viel war es ja nicht. Von den Briefen gab ich ihr nur eine Kurzdarstellung - die erotischen Stellen ließ ich weg, obwohl sie die sicher interessiert hätten.

»Ellen scheint doch eine ganz patente Frau zu sein«, faßte Margreth meinen Bericht zusammen.

»Ja, scheint so«, knirschte ich. Ellen war intelligent, Ellen war schön, Ellen war patent - ich konnte es nicht mehr hören!

»Bist du sicher, daß du weitermachen willst?« fragte Margreth. »Es hat doch den Anschein, daß es auf dasselbe hinausläuft, was hier im Polizeipräsidium ohnehin schon absehbar ist.«

»Ja, ich weiß. Aber es muß irgend etwas geben. Bitte, Margreth, sag mir, daß es nicht nur Eifersucht ist, sonst zweifle ich noch an meinem Verstand als Polizistin. Dann gebe ich meinen Beruf auf.« Ich war wirklich ziemlich niedergeschlagen. Eine solche Fehleinschätzung war mir selten unterlaufen. Aber die Umstände waren natürlich auch nicht gerade die üblichen.

»Na, na«, beschwichtigte Margreth mein aufgebrachtes Herz. »So schlimm ist es doch auch wieder nicht.« Sie überlegte kurz, dann fuhr sie fort, »Weißt du, was mir auffällt? Was ich irgendwie merkwürdig finde? Ellen ist eine solch patente Frau, und als sie des Mordes beschuldigt wurde, war sie völlig aufgelöst. Sie war hilflos wie ein kleines Kind. Nora mußte ihr die Hand halten und alles für sie erledigen. Sie ist von selbst noch nicht einmal darauf gekommen, sich eine Anwältin zu besorgen. Sie hat in Köln gelebt, sie war nicht fremd hier. Auch wenn sie niemand aus Jurakreisen kannte, sie hätte einfach jemand anrufen können – irgend jemand, den sie kannte. Aber sie rief Nora an. 600 Kilometer entfernt und gerade mal eine flüchtige Bekannte.«

Ich grunzte.

»Na ja, meinetwegen ein One-Night- oder Three-Night-Stand!« Margreth amüsierte sich köstlich über mein Gesicht, das immer mißmutiger aussehen mußte. »Würdest *du* das machen? Eine Frau, mit der du gerade mal eine Nacht verbracht hast oder auch ein paar, anrufen und bitten, dir aus der größten und bedrohlichsten Situation deines Lebens zu helfen? Ich glaube, das war es, was mich zuerst stutzig gemacht hat. Ellen war hilflos, und sie wirkte auch in jeder Beziehung so, aber sie ist einfach nicht der Typ dazu. Sie ist der Typ, der sich immer zu helfen weiß.«

Ich sah Margreth an. Das war ein ganz neuer Gesichtspunkt. Meine Eifersucht hatte mir nicht viel Raum für solch logische Überlegungen gelassen, aber Margreth hatte Recht. Aus Ellens Brie-fen an Loretta sprach Wort für Wort Lebenstüchtigkeit und Tat-kraft. Sie hatte immer eine Lösung parat. Ungelöste Probleme gab es für sie nicht. Wenn Loretta gejammert hatte, hatte Ellen einfach einen Vorschlag gemacht, der genau in die richtige Richtung ging, und schon hatte Loretta wahrscheinlich erleichtert aufgeatmet. Manchmal hatte Loretta Ellens Lösung offensichtlich nicht umgesetzt, und dann war Ellen zornig geworden, weil sie der Ansicht war, Loretta hätte auf sie hören müssen, aber *nie* war Ellen diejenige gewesen, die um Rat fragte! Wenn sie von Problemen erzählte, waren sie bereits gelöst. Sie machte dann oft eine amüsante Geschichte daraus.

Sicher, sich plötzlich einem Mordverdacht ausgesetzt zu sehen, war für niemand leicht zu ertragen. Das war schon etwas außergewöhnlich Belastendes. Aber ich war ebenso wie Margreth überzeugt, daß Ellen nicht diejenige Frau war, die sich davon unterkriegen ließ. Warum dann also das ganze Drama mit Nora?

»Ich muß unbedingt noch mal mit der Psychologin sprechen«, sagte ich zu Margreth. Der Gedanke war mir ja am Nachmittag schon gekommen. »Sie *muß* mir etwas über Ellen erzählen können. Sie hat Loretta behandelt, und Loretta hat ihr garantiert erzählt, wie Ellen ist, was ihre Fehler und Macken sind. Was war der Grund ihrer Trennung? Wer hat sich von wem getrennt – Loretta von Ellen oder Ellen von Loretta? Warum war Ellen bei Loretta? Natürlich war alles ganz zufällig. Es fügte sich gerade so gut mit der Tagung. Es *könnte* genauso harmlos gewesen sein, wie es klingt. Aber was, wenn es nicht so ist? Wenn alles geplant war?«

Margreth nickte. »Diese Möglichkeit besteht auch, das ist richtig. Aber ich sage dir: Dann hat sie es nicht allein getan.« Sie sah mich interessiert an. »Wie hat Loretta sich angeblich erhängt? Deutet irgend etwas darauf hin, daß es zwei gewesen sein könnten?«

Ich schüttelte skeptisch den Kopf. »Schwer zu sagen. Der Haken ist in jeder Weise bequem befestigt. Sowohl für Selbstmord als auch für Mord. Man kann vom Hochbett hinunterspringen oder auch gehoben werden. Das ist sehr einfach.«

»Das Genick hat sie sich nicht gebrochen?«

»Nein, sie ist erstickt, wie praktisch alle, die diese Methode mit dem Plastikbeutel benutzen. Deshalb tun sie es ja. Damit es nicht so lange dauert. Ansonsten ist das mit dem Strick ja eine fürchterliche Qual.«

»Ja, natürlich, ich weiß«, murmelte Margreth abwesend. Sie war schon woanders mit ihren Gedanken. »Wenn man davon ausgeht, daß der Mörder sehr geschickt war,« - ich hatte den Eindruck, daß Margreth mit Absicht nicht von einer 'Mörderin' sprach, damit ich von Ellen abstrahieren konnte - »könnte man dann annehmen, daß es möglich wäre, daß jemand Loretta erwürgt haben könnte, bevor sie an die Decke gehängt wurde?«

Ich zuckte mit den Achseln. »Möglich ist alles. Bei einem Profikiller hätte man vermutlich keine Chance, den Unterschied festzustellen, aber bei einem Amateur? Das wäre höchst ungewöhnlich.«

Margreth akzeptierte meine Erklärung mit einem kurzen Nicken. Diese Tatsachen waren ihr ebenfalls aus ihrer Praxis bekannt. »Aber falls es kein Selbstmord war, wird sie sich nicht freiwillig einfach aufgehängt haben. Dann muß sie zumindest betäubt gewesen sein«, überlegte sie weiter.

»Ja, und davon steht nichts im Bericht. Entweder sie haben es nicht untersucht, oder es war tatsächlich nicht nachweisbar.« Es war einfach ein Teufelskreis! Wir kamen nicht weiter.

»Wenn wir wüßten, daß sie es tatsächlich nicht untersucht haben ...«, murmelte Margreth undeutlich. Sie war ganz in Gedanken versunken.

Das war immerhin ein Hoffnungsstreif! Ich nahm ihn auf. »... dann könnten sie es vielleicht noch im Nachhinein tun!« vollendete ich begeistert.

Margreth sah mich jetzt wieder klaren Blickes an. »Aber das können weder du noch ich veranlassen.«

»Richtig.« So war es. Wir hatten beide nicht das Geringste mit dem Fall zu tun, offiziell. Und zuerst einmal mußten wir herausfinden, ob unsere Vermutung überhaupt richtig war. Ich verzog ein wenig das Gesicht. Das bedeutete: Gisela!

Margreth sah mich fragend an. Sie wußte ja nicht, was hinter meinem Gesichtsausdruck steckte. Ich erklärte es ihr. Sie lachte. »Es gibt Schlimmeres, oder?«

»Ja«, antwortete ich gezwungen grinsend, »aber nicht viel.«

Margreth lachte noch mehr. Dann stand sie mit einem Ruck aus ihrem Sessel auf. »So, und jetzt wollen wir den Abend genießen! Lilo und ich gehen ins Kino. Gehst du mit?«

Das war eine gute Gelegenheit, meine Gedanken wenigstens für kurze Zeit von dem Thema abzulenken. Morgen würde ich Gisela anrufen und diese Psychologin. Wenn schon Horror, denn schon richtig! Dann hatte ich es hinter mir.

***

»Was!? Du willst, daß ich eine Nachfrage wegen des Autopsieberichtes starte?« Gisela war entsetzt. Wie konnte ich so etwas von ihr verlangen? Eine Akte zu kopieren war etwas anderes, aber jemand persönlich um etwas zu bitten, den sie auch noch davon überzeugen mußte, daß sie das Recht dazu hatte – das bedeutete Aufwand und dazu noch Diplomatie. Das war absolut nicht ihr Spezialgebiet.

»Gisela, du hast doch schon mal mit dem zuständigen Kollegen gesprochen. Du kannst doch einfach noch mal nachfragen, was aus dem Fall geworden ist«, versuchte ich sie zu überreden.

»Könnte ich.« Sie machte eine bedeutungsvolle Pause. »Könnte ich, wenn ich einen Grund dazu hätte«, fuhr sie dann lauernd fort. Offenbar sollte ich ihr den Grund liefern.

Ich tat mein Bestes. »Wie geht es deiner Staatsanwältin, Gisela? Immer noch glücklich?«

Das war genau das, was sie wollte. Sie hatte nur darauf gewartet. »Jaaaa!«, seufzte sie vielsagend, »Und wie!«

Die nächste halbe Stunde mußte ich mir die detaillierte Beschreibung ihrer erotischen Erlebnisse seit unserem letzten Telefonat anhören und eine Lobeshymne nach der anderen auf diese wundervolle Frau, die offenbar alle Qualitäten besaß, die eine Frau nur haben konnte. Nach zwanzig Orgasmen stand sie auf und kochte Gisela einen Kaffee, um ihn ihr ans Bett zu bringen - so ungefähr ...

Langsam fragte ich mich wirklich, wofür ich das alles auf mich nahm. Mußte ich mir das antun? Gestern Ellens bildhafte Beschreibungen und heute Giselas? Ich wünschte, mein Sexualleben wäre nur halb so ausgefüllt gewesen wie ich es von anderen geschildert bekam.

Aber irgendwann mußte auch Gisela aufhören. Glücklicherweise betrat ein Kollege ihr Büro und wollte etwas von ihr. Das brachte die Sache zum Abschluß. »Ja, in Ordnung, Frau Schneyder«, sagte sie dienstbeflissen - etwas anderes als Dienstgespräche dürfte man schließlich in der Behörde gar nicht führen - »ich werde mich um die Sache kümmern. Morgen oder übermorgen weiß ich sicher mehr. Auf Wiederhören!«

Ich dankte dem Himmel, daß der Kollege gekommen war. Gisela hätte ihre Schilderungen sicher noch eine Weile fortsetzen können, so, wie ich sie kannte. Besonders, wenn sie die Gewißheit hatte, daß sie mich damit quälte. Sie hatte für den Rest ihres Lebens ein Anrecht auf Rache, weil ich sie verlassen hatte. Davon war sie überzeugt.

So. Das war der erste Horror des Tages gewesen, nun kam das Gespräch mit der Therapeutin. Ich mußte einen Termin mit ihr vereinbaren, sonst würde sie mich eiskalt abblitzen lassen, das wußte ich. Ich konnte sie nicht zwingen, und ich hatte den

Eindruck, daß sie das trotz meiner Dienstmarke erkannt hatte. Vielleicht war es auch lediglich mein unauslöschliches Mißtrauen gegen Therapeutinnen und Therapeuten im allgemeinen, das mich dies vermuten ließ, dennoch konnte ich nur auf ihre Kooperation hoffen. Alles andere konnte ich vergessen. Ich rief sie an.

Schon ihre Stimme am Telefon hatte etwas beängstigend Entblößendes. Als ob sie bereits alles wüßte, was man je beabsichtigen könnte, ihr zu sagen. Sie war nicht erfreut, von mir zu hören, obwohl sie es nach meiner Ankündigung sicher befürchtet hatte. »Ich lehne Klienten ab, weil ich überhaupt keine Zeit mehr habe, und Sie wollen so kurzfristig einen Termin von mir?«

Das war dasselbe Argument wie letztes Mal, darauf hatte ich mich eingestellt. »Ich bin keine Klientin, ich brauche nicht lange. Ich möchte Ihnen lediglich noch ein paar Fragen stellen, für die letztes Mal keine Zeit mehr war.« Schließlich hatte *sie* mich rausgeschmissen, also sollte sie gefälligst auch die Folgen tragen!

Anscheinend merkte sie, daß sie mich nicht loswerden würde. Wenn sie bei ihrem Beruf Menschen nicht einschätzen konnte, wer dann sonst? »Also gut. Eine Klientin hat ihre Sitzung heute nachmittag abgesagt, deshalb habe ich ganz gegen meinen Plan etwas Zeit. Kommen Sie um 15 Uhr.« Sie legte auf, ohne meine Antwort abzuwarten. Das war garantiert Absicht, um mir zu zeigen, wie unwichtig ich war. Aber ich hatte für den Moment bekommen, was ich wollte, und das war die Hauptsache.

Weil ich sonst nichts zu tun hatte, bummelte ich ein wenig durch die Stadt bis zum Nachmittag. Ich besuchte Margreth in ihrer Kanzlei und ging mit ihr essen. Da noch keine neuen Erkenntnisse vorlagen, sprachen wir über den Film von gestern abend. Es war eine Hera-Lind-Verfilmung gewesen, die mich normalerweise nicht vom Hocker gerissen hätte, aber zur Zeit war ich für jede Ablenkung dankbar.

»Ist schon lustig, wie diese Hetero-Frauen mit ihren Männern umspringen, nicht? Und da heißt es immer, Lesben wären männerfeindlich!« Margreth lachte sich in der Erinnerung immer noch schief.

»Ja!« Ich lachte auch. »Auf solche Gedanken wie die käme ich gar nicht. Einerseits laufen sie den Männern hinterher und dann nehmen sie sie nach Strich und Faden aus oder beklagen sich über sie. Aber zum Schluß heißt es dann: natürlich lieben wir Männer! Wie absurd.«

»Na ja, manchmal sind wir ja auch nicht anders, oder? Erst wollen wir eine Frau haben und dann - wenn es so weit ist -?« Sie sah mich mit hochgezogenen Augenbrauen an.

Mir wurde unwohl unter Margreths Blick. Hatte ich es mit Gisela nicht genauso gemacht? Ich war einsam gewesen und hatte sie ausgenutzt. Und die, die vor und nach ihr gekommen waren? Sie waren doch immer nur Ersatz für Nora gewesen. Aber hatte ich ihnen das gesagt? »Na ja«, antwortete ich vage. Immerhin hatten die anderen auch etwas davon gehabt, nicht nur ich!

Margreth wurde ernst. »Aber leider gibt es auch den umgekehrten Fall. Ich habe gerade heute wieder mit einer Klientin gesprochen«, wie merkwürdig, daß auch Margreth ›Klientinnen‹ hatte, fiel mir auf. Aber es war doch eine ganz andere Klientel als die der Therapeutin - manchmal vielleicht auch nicht -, »die von ihrem Mann fast totgeschlagen worden ist. Dreimal hat er sie überredet, aus dem Frauenhaus wieder zu ihm zurückzukommen, und beim letzten Mal hat es sie fast das Leben gekostet.«

Ich sah Margreth an und schüttelte den Kopf. »Warum tun die Frauen so etwas?«

Margreth nickte bekümmert. »Ja, warum tun die Frauen so etwas? Sehnsucht nach Liebe, nehme ich an.«

Ich schob meinen Teller von mir weg, ich konnte nicht mehr weiteressen. »Was für ein trauriges Thema.« Kannte ich das nicht auch - nur allzu gut? Meine Sehnsucht nach Liebe hatte ich immer noch nicht gestillt. Aber wenigstens hatte ich keine Brutalitäten dafür eingetauscht.

Margreth stimmte mir zu. »Ja, wirklich. Sich lieber schlagen zu lassen als sich ein eigenes Leben aufzubauen ... Das könnte ich mir gar nicht vorstellen. Aber es ist nun mal so.« Sie machte eine kleine Pause. »Und es wird ihm noch leid tun!« fügte sie ab-schließend hinzu.

Das glaubte ich gern! Mit Margreth als Anwältin war die Frau gut beraten und der Mann hatte sicher nichts zu lachen - wenn das Gesetz es erlaubte, was ja leider nur allzu selten der Fall war. Nicht der Täter wurde vor Gericht gestellt, sondern das Opfer. Merkwürdige Welt.

Aber für *ein* Opfer zumindest konnte ich diese Ungerechtigkeit vielleicht beseitigen. Auch wenn es für Loretta zu spät war, wollte ich wenigstens wissen, ob sie das Opfer ihrer eigenen oder einer fremden Person geworden war. Ich konnte immer noch nicht glauben, daß es Selbstmord gewesen sein könnte.

Margreth sah auf die Uhr. »Oh, die Arbeit ruft! Ich habe gleich einen Termin.«

Etwas überstürzt brachen wir auf, nachdem wir gezahlt hatten. Ich schlenderte weiter durch die Stadt, bis ich merkte, daß ich nun zu dem Termin mit der Therapeutin auch fast schon zu spät kommen würde. *Ich* hatte einen Termin bei einer Therapeutin! Wie merkwürdig sich das anhörte!

Eine schnelle Kölner Straßenbahn brachte mich dann aber doch noch rechtzeitig hin. Die Tür zur Praxis war nicht abgeschlossen, und ich betrat den Vorraum.

Gleich darauf kam Catharina Hertzog eilig hinter mir durch die Tür. »Entschuldigung«, quetschte sie widerwillig hervor. Daß sie mir überhaupt so viel Höflichkeit entgegenbrachte, wunderte mich fast.

»Kein Problem«, erwiderte ich grinsend. Das war schon mal eine gute Voraussetzung für unser Gespräch, wenn sie sich bei mir entschuldigen mußte ...

So weit, so gut. Jetzt ging es ans Eingemachte. Wieder ließ sie mich ihr in den Behandlungsraum folgen und ich beobachtete dabei ihren Hüftschwung. Der war nicht von schlechten Eltern! Ich überlegte mir, ob sie wohl lesbisch war. Auf Anhieb hätte ich es nicht entscheiden können. Sie hatte etwas Undefinierbares. Vielleicht hing es auch mit ihrem Beruf zusammen, daß sie daran gewöhnt war, so wenig wie möglich von sich persönlich preiszugeben und tunlichst neutral zu wirken.

Ich hätte mich gern einmal näher damit beschäftigt, was sie wirklich dachte. Bislang hatte ich das noch nicht herausgefunden. Selbst heute hatte ich so meine Zweifel, ob es mir gelingen würde. Obwohl ich mir vorgenommen hatte, sie auszufragen, mußte ich höllisch aufpassen, daß sie den Spieß nicht umdrehte, wie es sicher ihre übliche Vorgehensweise als Therapeutin war.

Sie blieb neben einem der Sessel stehen und wies auf den anderen. »Bitte.«

Ich schüttelte den Kopf. »Wenn Sie nichts dagegen haben, bleibe ich lieber stehen.« Noch mal würde ich mich nicht in diese unterwürfige Position begeben!

»Wie Sie meinen.« Sie verzog keine Miene. Es war noch nicht einmal auszumachen, ob sie innerlich grinste oder sich über meine Befehlsverweigerung ärgerte. Teufel auch! Sie wollte sich offensichtlich mir gegenüber auch nicht in eine schwächere Position begeben, also blieben wir beide stehen.

»Sie erinnern sich noch, wo wir bei unserem letzten Gespräch aufgehört hatten?« fragte ich süffisant.

Sie sah mich streng an, vielleicht wollte sie mich damit einschüchtern. »Nicht direkt«, antwortete sie gleichgültig. Die Botschaft war eindeutig: Das alles ging sie nichts an, es interessierte sie nicht, und ich stahl ihr nur ihre Zeit und sollte mich möglichst bald wieder verflüchtigen.

Ich stützte mich mit den Ellbogen auf die Rückenlehne des Sessels und beugte mich leicht darüber. »Dann darf ich Ihr

Gedächtnis vielleicht etwas auffrischen?« Wir waren offenbar ohnehin schon Feindinnen, also was sollten dann noch überflüssige Höflichkeitsfloskeln? Darauf konnte ich offensichtlich verzichten. Sie würde sich deshalb keinen Deut kooperativer verhalten. »Ich hatte Sie nach dem Grund des Streites zwischen Frau Schmitz und ihrer Freundin gefragt«, fuhr ich fort, »der zur Trennung der beiden führte.«

»Und ich meine, Ihnen geantwortet zu haben, daß ich darüber nichts weiß, was Sie interessieren könnte.« Anscheinend erinnerte sie sich doch.

»Was mich interessiert oder nicht lassen Sie ruhig meine Sorge sein«, versetzte ich bedächtig. »Ich bin auf jeden Fall immer noch daran interessiert, etwas über Frau Schmitz' Freundin zu erfahren.«

Sie wurde ungeduldig. »Ich sagte Ihnen doch, ich kenne sie eigentlich gar nicht. Sie war nur ein einziges Mal mit Frau Schmitz hier –«

»Sie war hier?« Ellen war mit Loretta hier gewesen? Das war ja etwas ganz Neues!

Sie merkte, daß sie sich verraten hatte. Offenbar hatte sie das gar nicht sagen wollen. Ich sah es ihrem Gesicht an, daß sie mich am liebsten gleich mit einem Fußtritt hinausbefördert hätte.

»Ja.« Sie drehte sich um und setzte sich auf den Stuhl hinter ihrem Schreibtisch. Mit dem Tisch als Schutz vor sich fühlte sie sich wohl einigermaßen unbehelligt. Ich hockte mich auf den Rand des Sessels, so waren wir wieder auf gleicher Augenhöhe. Sie hatte nachgedacht und war offenbar zu einem Entschluß gekommen. »Ich bin in keiner Weise verpflichtet, Ihnen darüber Auskunft zu erteilen«, baute sie vor.

Ich hob die Schultern und stimmte ihr damit zu. »Nein, natürlich nicht.«

Sie lehnte sich in ihrem Schreibtischstuhl zurück. »Sehen Sie, Frau Schmitz war wirklich selbstmordgefährdet. Das wissen Sie ja mittlerweile auch.« Sie sah mich an, und ich widersprach ihr nicht. Sie erklärte weiter, »Das Gefährliche an dieser Art Krankheit ist, daß sie in Schüben auftritt. Mal sind die Betroffenen ganz normal - wie *Sie* wahrscheinlich sagen würden -, dann wieder sehen sie keinen Sinn mehr in ihrem Leben und versuchen, sich umzubringen. Sie fallen dann in ein tiefes Loch, aus dem sie glauben, nicht mehr herauszukommen. Auch Frau Schmitz war so ein Fall. Sie hatte bereits einen Selbstmordversuch hinter sich.«

Das versetzte mir einen Schlag! Loretta hatte es tatsächlich schon einmal versucht? Das unterstützte meine Mordtheorie nun wahrlich nicht sehr!

Wahrscheinlich erriet sie an meinem Gesichtsausdruck, was ich dachte. »Das haben Sie nicht gewußt?« Es befriedigte sie sehr, das konnte ich ihr ansehen. Sie liebte offenbar die Macht, mehr zu wissen als ihr Gegenüber. »Dieser Selbstmordversuch wiederum war nur einer von vielen, die nicht ganz bis zur Ausführung gelangten, weil irgend etwas dazwischen kam. Nach dem Selbstmordversuch kam Frau Schmitz zu mir in Behandlung.«

Das erklärte, daß Loretta ein ernsthaftes Problem gehabt hatte. Aber was hatte Ellen damit zu tun? Nach den Briefen, die sie Loretta geschrieben hatte, hätte ich eher vermutet, daß Loretta auf sie angewiesen war, als daß sie sich von ihr trennen würde. »Und Frau Dervatius kam mit ihr?«

»Nein, da noch nicht. Frau Dervatius wohnte zu dem Zeitpunkt in einer anderen Stadt. Erst später, als sie dann zusammenwohnten, bestand Frau Schmitz einmal darauf, daß Frau Dervatius mitkäme. Sie hatte wohl irgendwie angenommen, daß eine einzige gemeinsame Sitzung ihre Probleme lösen könne. Sie wollte, daß ich Frau Dervatius sage, wie sie sich Frau Schmitz gegenüber verhalten soll.«

»Und? Haben Sie das getan?«

Sie sah mich etwas geringschätzig an. »Nein, natürlich nicht. Ich habe versucht, Frau Schmitz klarzumachen, daß das keine einseitige Angelegenheit ist. Sie fühlte sich unterdrückt und meinte, daß ihre Interessen innerhalb der Beziehung zu wenig wahrgenommen würden, aber sie begriff nicht, daß sie das selbst tun mußte. Die Sitzung war eigentlich verschwendete Zeit.«

Oh, oh, Loretta! Warum konntest du nicht einfach eine ganz normale junge Frau sein, die ermordet worden war, ohne etwas dafür zu können? Das wurde ja immer schlimmer. Ellen war vielleicht die dominante in der Beziehung gewesen, aber Loretta hatte auch so ihre Macken, die es fast verständlich erscheinen ließen, daß jemand die Sachen in die Hand nahm, die Loretta nicht bewältigte. Was tat ich denn da? Ich verteidigte Ellen? Das konnte ja wohl nicht wahr sein! »Hatten Sie den Eindruck, daß Frau Schmitz' Selbstmordversuch etwas mit Frau Dervatius oder ihrer Beziehung zu ihr zu tun hatte?« flüchtete ich mich schnell in die nächste Frage.

Die Psychologin schüttelte nachdenklich den Kopf. »Das kann man so nicht sagen. Er hatte vor allem etwas mit Frau Schmitz und ihrer Wahrnehmung der Realität zu tun. Wer daran zudem noch beteiligt war, war relativ nebensächlich. Es hätte Frau Dervatius oder jemand anders sein können oder auch ein Ereignis, das nichts mit einem ihr nahestehenden Menschen zu tun hatte. Wenn sie eine Verbindung zu sich selbst dabei gesehen hätte, hätte es sie auf jeden Fall aus der Bahn geworfen.«

Das war eine lange Erklärung, und sie war zweifelsohne richtig. Konnte es sein, daß ich meine Felle davonschwimmen sah und deshalb selbst *dann* Ellen die Schuld in die Schuhe schieben wollte, wenn es tatsächlich Selbstmord gewesen sein sollte? Wahrscheinlich war es so. Mord oder Selbstmord: Ellen *mußte* die Schuldige sein! »Haben Sie danach noch einmal mit Frau Dervatius gesprochen, eventuell auch allein?«

»Warum sollte ich das tun?« Sie sah mich überrascht an.

Sie hatte recht. Warum sollte sie das tun? Ellen war nur die Freundin einer Patientin. »Vielleicht, um Frau Dervatius näher kennenzulernen«, vermutete ich auf gut Glück.

Sie lachte verächtlich auf. »Was wollen Sie damit andeuten? Daß ich mit Frau Dervatius geschlafen habe und sich Frau Schmitz deshalb umgebracht hat?« Ein geringschätziges Lächeln spielte um ihre Mundwinkel.

Mir klappte fast die Kinnlade runter vor Überraschung. In *die* Richtung hatte ich noch nicht einmal gedacht!

Sie blickte weiter unfreundlich zu mir hin. »Das wollten Sie doch schon die ganze Zeit wissen, oder nicht? Ob ich eventuell lesbisch bin. – Das interessiert Sie brennend, nicht wahr?«

Ich war immer noch sprachlos. Sie hatte in gewisser Weise recht. Es interessierte mich schon. Sie saß da in ihrem hübschen, gut geschnittenen Anzug, wie man ihn in jeder Frauenzeitschrift als Outfit fürs Büro empfohlen bekommt, und war in vieler Hinsicht äußerst schwer zu durchschauen oder einzuschätzen. Jedes Detail, über das sie mich informierte, fügte sich wie ein kleines Teilchen in ein zugegebenermaßen noch nicht sehr eindeutiges Puzzle. Ich hätte nicht sagen können, welches Bild das Puzzle mit dem Namen Catharina Hertzog darstellte.

Sie stand auf und kam zu mir herüber. Jetzt mußte ich wieder zu ihr hochsehen. Etwas hatte sich verändert. Ich spürte eine gewisse Spannung, die sich von der bisherigen unterschied. War sie gewalttätig? Fast wie gelähmt durch ihren Blick konnte ich mich nicht von der Armlehne des Sessels erheben, obwohl es nur eine kleine Bewegung gewesen wäre. »Möchtest du es wissen?« fragte sie, als sie vor mir stand.

Das hörte sich nicht gut an – nein, *gar* nicht gut! Sie wechselte vom 'Sie' ins 'Du', ohne mich zu fragen, und ihre Stimme klang rauh. »Sie müssen es mir nicht sagen«, antwortete ich schwach. Irgendwie fühlte ich immer noch diese Lähmung in mir.

»Ich will aber«, raunte sie und beugte sich über mich. Ich rutschte nach hinten in den Sessel. Jetzt *lag* ich halb da, wo ich zuvor nicht einmal *sitzen* wollte! Sie lehnte über mir und ich überlegte, ob ich irgendeine der Kampftechniken anwenden sollte, die ich gelernt hatte. Aber *so* bedrohlich war die Situation dann auch wieder nicht. Nein, das mußte ich irgendwie anders schaffen.

»Ich glaube, das ist ein Mißverständnis«, sagte ich vernünftig. »Ich wollte Sie nicht belästigen.« Jedenfalls nicht *so*!

Sie sah das offenbar völlig anders. »Du belästigst mich doch schon die ganze Zeit«, erwiderte sie mit einem leichten Lachen in der Stimme. Klang da auch Erregung mit? Oh je! »Ich liebe starke Frauen wie dich, die mir Paroli bieten können. Das habe ich nicht oft. Die Frauen, mit denen ich beruflich zu tun habe, sind eher das Gegenteil.« Ihre Hand wanderte in Richtung meiner Brust. »Ich wollte fast vom ersten Augenblick an, als ich dich sah, mit dir schlafen.« Ihre Augen fixierten meine, als versuchte sie, mich zu hypnotisieren.

»Bitte, Frau Hertzog –«

»Catharina«, unterbrach sie mich.

»Catharina«, gab ich nach. »Seien Sie doch vernünftig. Wohin soll das führen?« Ich versuchte, mich unauffällig unter ihr hervorzuschlängeln, solange sie – vielleicht! – abgelenkt war.

Sie sah mir wieder in die Augen. »Weißt du das nicht?« bemerkte sie ironisch.

»Doch, schon, natürlich«, ich versuchte erneut, ein Stück von ihr wegzurücken, was auf dem Sessel nicht ganz einfach war, »aber wir kennen uns doch gar nicht.«

Sie machte alle meine Versuche, ihr zu entkommen, zunichte, indem sie sich fast auf mich legte. »Dann ist es aber höchste Zeit, daß wir uns kennenlernen, findest du nicht?«

»Ja, vielleicht sollten wir mal ein Glas Wein zusammen trinken gehen«, schlug ich vor.

Sie lachte. »Ist das dein Ernst? Ich hatte eigentlich an etwas anderes gedacht.«

Ich wußte, woran sie gedacht hatte, aber es behagte mir nicht. Wenn ich in Kauf genommen hätte, ihr ernsthaft wehzutun, hätte ich mich leicht befreien können, aber es widerstrebte mir, eine liebestolle Frau mit einem Judogriff auf die Matte zu legen. Sie hätte das vielleicht falsch verstehen können! Ich versuchte es noch einmal mit Worten. »Catharina –«

»Ja?« säuselte sie. Ich hatte das Gefühl, daß sie trotz ihrer offensichtlich echten Erregung immer noch genau wußte, was in mir vorging.

»Ich möchte Ihnen einen Vorschlag machen. Lassen Sie uns dieses«, ich räusperte mich, »– Ereignis verschieben, ich bin darauf jetzt nicht eingestellt, und ich möchte mich vorbereiten können.«

Sie schüttelte lächelnd den Kopf. »Nein, nein. Du möchtest dich aus dem Staub machen, darauf falle ich nicht herein! Hättest du das etwa angenommen?« Wieder spielte ein Lächeln um ihre Mundwinkel. Sie genoß es, mit mir ihre Kräfte zu messen, sowohl die körperlichen als auch die geistigen.

»Nein, Sie haben recht. Das hätte ich wissen sollen.« So kam ich nicht weiter. Ich versuchte stattdessen, ihr zu schmeicheln. »Sie sind so eine interessante Frau, ich würde Sie wirklich gern näher kennenlernen, aber die Umstände im Moment sind dafür einfach nicht günstig. Sollen wir es nicht doch etwas zurückstellen?«

Sie dachte nach. »Na ja, in gewisser Weise hast du vielleicht recht.« Wahrscheinlich tat sie nur so, als ob sie mir zuhörte, denn während sie angeblich überlegte, wanderte ihre Hand von meiner Brust zwischen meine Beine.

Ich zog heftig die Luft ein. »Frau Hertzog –«

»Catharina - bitte«, verlangte sie erneut. »Nenn mich Catharina.«

»Also gut. Wie war das mit dem Geldproblem zwischen Frau Dervatius und Frau Schmitz?« fragte ich.

Sie stellte ihre Bemühungen für einen Augenblick ein. »Denkst du nie an etwas anderes als an deinen Beruf?«

»Nicht oft«, mußte ich zugeben.

Sie begann wieder, mich zu streicheln und sprach fast in meinen Schoß hinein. »Ich weiß nichts Genaueres darüber. Frau

Dervatius hatte nie genug Geld – aber wer hat das schon, ich auch nicht –«, sie lachte und sah mich an, »und Frau Schmitz hat sie eine Weile unterstützt.« Wie sie das von ihrem kleinen Gehalt gemacht hatte, wollte ich gern wissen! Sie mußte eine Rechenkünstlerin gewesen sein! Frau Hertzog fuhr fort, »Aber Frau Dervatius wollte mehr. Frau Schmitz sollte ehrgeiziger sein, damit sie sich zusammen mehr leisten konnten.« Sie kam wieder zu ihrer vorigen Beschäftigung zurück.

»Wie schlimm war es denn mit dem Geld?« wollte ich wissen.

Sie seufzte gelangweilt. »Kannst du nicht damit aufhören? Wir könnten uns doch viel schöneren Dingen widmen.« Sie nahm meine Brüste in beide Hände und massierte sie ein wenig.

Ich lag unter einer Frau, die ich siezte, und sie fummelte an mir rum – tolle Sache! So etwas war mir wirklich noch nie passiert. Dennoch: Ich mußte mich konzentrieren, um weiter bei der Sache zu bleiben. Bei *der* Sache, die mich interessierte. Sie war offenbar nicht so wachsam jetzt. Sie erzählte mir einfach alles, was ich wissen wollte. Das mußte ich ausnutzen. Aber sie löste auch ein immer stärker werdendes Kribbeln in mir aus, und *das* zu ignorieren, fiel mir mit jeder Minute schwerer. »Soviel ich weiß, war Frau Dervatius Dozentin an der Uni. Da verdient man doch gar nicht so schlecht.«

Sie streichelte meinen Po und küßte meinen Hals. Langsam wurde es brenzlig! Mein Kopf begann sich ein bißchen zu vernebeln. Aber sie antwortete trotzdem. »Frau Dervatius hat mehr verdient als Frau Schmitz und fühlte sich von ihr in gewisser Weise nicht ausreichend unterstützt.«

Das war ja eine merkwürdige Logik, nach der Ellen da vorging! Einerseits verdiente sie mehr und gab auch mehr aus, nahm sogar noch Unterstützung an, und dann war ihr das noch zu wenig? »Wieso?« fragte ich.

Anscheinend hatte sie es aufgegeben, mit mir zu diskutieren. Sie verstärkte ihre Streicheleinheiten an meinem Hals mit ihrer

Zunge. Ich hörte ihre Stimme ganz nah an meinem Ohr, während ich gleichzeitig das Gefühl hatte, mein Kopf würde von innen heraus mit Hitzestrahlen bombardiert. »Frau Schmitz meinte, Geld sei nicht wichtig. Sie hätte längst einen besseren Job haben können oder eine höhere Position, aber sie wollte nicht. Sie hatte Angst. Sie hätte niemals einen anderen Job angenommen, weil die Angst vor dem Wechsel viel zu groß war. Sie spielte lieber mit dem Computer herum, was Frau Dervatius wiederum überhaupt nicht verstehen konnte. Sie hielt das alles für reine Zeitverschwendung. Auf dem Internet herumzusurfen. Sie sagte, es koste nur Geld und bringe nichts.« Sprach's und öffnete den obersten Knopf meines Hemdes. Ihr Mund wanderte in mein Dekolleté hinein.

Mir fielen keine Fragen mehr ein und eigentlich hatte ich auch gar nicht mehr die Kraft dazu. Sie hatte mich in einen Zustand versetzt, der wenig zum Nachdenken geeignet war. Zudem hatte ich in letzter Zeit nicht viel guten Sex gehabt, eigentlich überhaupt keinen, wenn ich recht darüber nachdachte, und sie war wirklich eine attraktive Frau, sehr anziehend und reizvoll, jetzt, da ich sie einmal richtig betrachtete. Sollte ich mir das wirklich entgehen lassen? Mein Körper hatte sich schon entschieden. Er reagierte auf ihre Berührungen, meine Brustwarzen wurden hart - nun gut, das hatte nicht unbedingt etwas zu bedeuten ... - und zwischen meinen Beinen fühlte es sich arg feucht an.

Sie merkte das selbstverständlich auch. Sie hatte gelacht, als sie mich den Atem scharf einziehen hörte, und jetzt sagte sie spöttisch, »Aha, so ganz abgeneigt scheinst du aber nicht zu sein!« während sie zwischen meinen Beinen hindurchstrich.

Ich registrierte, wie mir die Berührung durch und durch ging. Sie setzte etwas in Brand, was bislang nur mühsam unter Kontrolle gehalten worden war. Meine eigene unerfüllte Sehnsucht nach Nora, Ellens Briefbeschreibungen, Giselas genüßliche Rache und nicht zuletzt die liebevolle Beziehung zwischen

Margreth und Lilo hatten mir immer deutlicher gezeigt, daß mir etwas fehlte. Ich wußte es ja auch! Aber es war nicht *das* hier! Das hatte ich schon oft genug gehabt, und es hatte mich genauso unbefriedigt hinterlassen, wie es mich vorgefunden hatte. Na ja, vielleicht nicht ganz so unbefriedigt ... Aber trotzdem! Das war doch keine Lösung! Und außerdem war sie eine Zeugin! *Aber es ist nicht dein Fall!* stichelte mein Kleinhirn, das schon sehnlichst darauf wartete, endlich in Aktion gesetzt zu werden. *Du hast keinerlei berufliche Beziehung zu ihr - es ist rein privat.* Rein privat. Ja, das war es. Ich sah sie an. In ihren Augen stand Begehren, das war kein Scherz, den sie hier trieb.

»Du merkst es auch, nicht?« flüsterte sie. »Wir wollen es beide.« Ihre Augen kamen näher, und gleich darauf spürte ich ihren Mund. Sie war sehr sanft, aber sie forderte auch. Ihre Zunge öffnete meine Lippen und drang ein wenig ein. Dann zog sie sich wieder zurück. »Du bist so stark. Ich möchte dich spüren. Bitte, küß mich ...«

Ich spürte das Verlangen, es war da. Ein Kuß würde mich nicht umbringen. Im Gegenteil. Ich legte meinen Arm um ihren Nacken und zog ihren Kopf wieder zu mir herunter. Sie öffnete ihre Lippen von selbst, und unsere Zungen trafen sich zu einem leidenschaftlichen Tanz. Wir stöhnten gleichzeitig auf.

Als sich unsere Lippen wieder trennten, lachte sie. »Ich wußte, daß du gut küssen kannst! Du hast mich nicht enttäuscht!«

Was geschah da innerhalb von ein paar Minuten? Wir hatten doch ganz harmlos dagesessen und uns unterhalten! Und jetzt? Überlegte ich ernsthaft, hier mit ihr zu schlafen? Ich spürte die Hitze, und ich spürte das Pochen - ich *überlegte* es ernsthaft: offensichtlich! Und was machte es auch schon aus? Hatte ich eine Beziehung? Hatte ich irgendeine Verantwortung? Nein!

Nora würde es mir nicht danken, wenn ich jetzt *nicht* hier mit dieser Frau schlief. Warum sollte sie auch? Ich war hin- und hergerissen.

Catharina Hertzog nutzte die Zeit besser als ich. Sie begann, mich auszuziehen. Meinen Gürtel hatte sie schon geöffnet, und jetzt zog sie mir das Hemd aus der Hose. Ich spürte ihre weichen, warmen Hände auf meiner nackten Haut. Es war eine aufregende und zugleich besänftigende Berührung. Ich spürte, daß sie eine starke Frau war, daß ich mich ihr ebenso würde hingeben können wie sie mir. Ich wollte mich fallenlassen. Ich mußte mich immer beherrschen, immer die Starke sein, hier hatte ich endlich einmal Gelegenheit, mit einer gleichwertigen Partnerin den Aus-gleich zu finden, entspannen zu können.

Ich ließ meine Hände den Weg zu ihren kleinen, festen Brüsten finden und streichelte sie. Sie seufzte, als sie es spürte. »Ich wußte, daß du es willst«, flüsterte sie. »Du willst mich genauso wie ich dich.«

Na ja, von allein wäre ich vielleicht nicht auf den Gedanken gekommen, aber jetzt, wo sie es erwähnte ...!

Sie öffnete meinen Reißverschluß und fuhr mit ihrer Hand in meine Hose. Ich zog ihr die Jacke aus und öffnete die obersten Knöpfe ihrer Bluse. »Ich muß abschließen, sonst stört uns noch jemand«, sagte sie zwischen zwei Knöpfen. Sie stand auf und ging zur Tür.

Ich sah ihr nach und beobachtete sie, wie sie den Schlüssel umdrehte. Sie war wirklich eine begehrenswerte Frau, keine Frage, aber ich empfand nichts, wenn ich sie ansah. Sie war nicht Nora, und sie war noch nicht einmal eine Frau, die ich mir selbst ausgesucht hatte. Einen Moment hatte die Erregung mir vorgegaukelt, das würde mir nichts ausmachen, aber es tat es. Ich stand auf, als sie zurückkam. »Es tut mir leid, Catharina, ich kann nicht.«

Sie kam zu mir und strich sehnsuchtsvoll über mein Gesicht. »Bist du ganz sicher?«

Ich nickte. »Ja.«

Sie ließ ihre Hand sinken. »Ich weiß, wann ich verloren habe«, sagte sie ruhig. Sie versuchte nicht mehr, mich vom Gegenteil zu überzeugen. »Schließlich habe ich das menschliche Verhalten studiert.« Sie seufzte resigniert. Sie wußte, daß unser Spiel vorbei war. »Schade«, sagte sie nur.

»Ja«, bestätigte ich. »Wirklich schade.« Das empfand ich tatsächlich so. Ich hätte mir gewünscht, ich hätte anders reagieren und ihre Gegenwart genießen können. – Ich hätte es gut gebrauchen können. Ich stopfte mein Hemd ohne hinzuschauen wieder in die Hose und schloß meinen Gürtel. Dann ging ich zur Tür und drehte den Schlüssel herum.

Glaubst du, daß du aus dieser Therapeutin noch mehr herauskriegst?« fragte Margreth. »Willst du es noch einmal versuchen?«

Das wollte ich sicher nicht! Aber ich hatte Margreth nichts von ihren Annäherungsversuchen erzählt. Es war mir zu peinlich. »Nein«, sagte ich. »Ich glaube, sie kann mir ohnehin nicht mehr sagen. Ellen und Loretta haben sich getrennt, weil sie so verschieden waren, denke ich. Ein ganz normales Paarproblem.«

»Das Geld ist natürlich schon ein Punkt ...«, bemerkte Margreth nachdenklich.

»Sicher, das ist schon oft genug das Mordmotiv gewesen«, antwortete ich. »Aber Loretta hatte ja nichts. Und von dem wenigen, das sie hatte, hat sie sogar Ellen noch etwas abgegeben. Beim besten Willen hätte Ellen da nicht mehr herausholen können – und wenn sie das Geld noch so sehr liebt.« Das tat sie sicher, so luxuriös, wie sie eingestellt war.

»Ja, das stimmt. Es müßte zumindest etwas da sein. Sonst fehlt das Motiv.«

»Richtig.«

Margreth und ich seufzten beide gleichzeitig auf. Wir sahen uns an und lachten, weil es fast synchron wirkte.

»Ich fürchte, da kommen wir nicht weiter«, sagte Margreth noch einmal aufseufzend.

»Vielleicht hat Gisela noch einen Hinweis«, hoffte ich säuerlich grinsend.

»Na, da wirst du sie wohl anrufen müssen«, grinste Margreth zurück. Sie wußte ja mittlerweile, wie ungern ich das tat.

»Morgen«, sagte ich. »Hoffentlich hat sie sich auch drum gekümmert.«

Das hatte sie.

Als ich Gisela am nächsten Tag anrief, hatte sie nicht viel Zeit, und das war mein Vorteil. Oder vielleicht hatte ihre Staatsanwältin sie diese Nacht auch ausnahmsweise nicht beglückt, und sie hatte einfach nichts Neues zu erzählen.

»Sie hat Schlaftabletten genommen. Typisch für Selbstmör-der«, informierte Gisela mich. »Der Pathologe war im Streß und hat vergessen, es im Bericht zu erwähnen. Bei einem Selbstmord machen sie sich ja sowieso nicht so viel Mühe mit den Einzelheiten.«

Ja, und wenn es dann kein Selbstmord war? Dann fehlten die Untersuchungen. Wie oft hatte ich mich darüber schon geärgert. Und dabei hatten sie am Anfang sogar noch vermutet, daß es Mord war - verdammte Schlamperei! »Und es steht fest, daß sie die Schlaftabletten selbst genommen hat? Daß sie ihr nicht zum Beispiel eingeflößt worden sind?«

»Nein, das steht nicht fest, und das weißt du genau!« Giselas Staatsanwältin hatte sie anscheinend wirklich heute nacht im Stich gelassen. Sie war sehr schlecht gelaunt. Besser, ich würde nicht nach ihr fragen ...

»Also keine blauen Flecken, weil sie jemand festgehalten hat, oder ähnliches«, sinnierte ich.

»Ein paar blaue Flecken, die wahrscheinlich vom Bett stammen. Sie hat sich wohl gestoßen, als sie runtersprang«, sagte Gisela etwas ruhiger. »Sonst nichts.«

Blaue Flecken von Hand- und Daumenabdrücken an den Armen wären mir lieber gewesen. Aber man konnte jemand ja auch ein Betäubungsmittel in einem Glas unterjubeln. Bei vielen alkoholischen Getränken war das nicht einmal zu schmecken. »Sie hatte ziemlich viel Alkohol im Blut«, erinnerte ich mich.

»Ja, sie war ganz schön besoffen«, formulierte Gisela etwas weniger freundlich. »Aber das ist ja auch nichts Ungewöhnliches bei Selbstmördern. Um ihre Angst zu betäuben, nehmen sie erst Tabletten und dann besaufen sie sich, bis sie nichts mehr spüren.« Sie wartete auf meine Antwort und wurde ungeduldig. »Wolltest du sonst noch was wissen?«

»Nein. Ich danke dir, Gisela. Ach – und übrigens: schöne Grüße an deine Staatsanwältin –«

Sie knallte den Hörer auf die Gabel, daß es schepperte. Anscheinend hatte ich richtig getippt ...

Ich mußte grinsen. Wenigstens ein bißchen hatte ich mich so revanchiert. Giselas Auskünfte waren zwar wichtig, aber sie brachten mich nicht den entscheidenden Schritt weiter. Kein Hinweis auf Beeinflussung von außen: das war immer noch der Stand der Dinge.

Eigentlich fiel mir nichts mehr ein. Ich hatte schon alles untersucht, was zu untersuchen war. Selbst, wenn ich den Fall offiziell bearbeitet hätte, hätte ich nicht mehr herausfinden können. Meine Nase kitzelte mich und ich griff in meine Hosentasche, um ein Taschentuch herauszuholen. Es klimperte. Ja, richtig, da war ja noch der Schlüssel von Lorettas Wohnung. Ich zog ihn mit dem Taschentuch heraus und legte ihn vor mich auf den Tisch. Ich saß da, starrte auf den Tisch und spielte ein bißchen mit dem Schlüssel herum, indem ich ihn aufstellte und dann wieder hinlegte. Es machte ein klackendes Geräusch wie das Pendel einer Standuhr. Ich versetzte mich fast in Trance damit, aber dann legte ich den Schlüssel hin. Eine Sekunde noch überlegte ich. Was hatte ich schon zu verlieren? Kaum, daß ich das dachte, war mein Entschluß auch schon gefaßt: Ich würde noch einmal in die Wohnung gehen. Ich wußte zwar nicht, was ich dort zu finden hoffte, nachdem ich sie schon einmal durchsucht hatte, aber etwas anderes fiel mir nicht ein und ganz aufgeben wollte ich einfach noch nicht. Ich hatte noch bis morgen Urlaub. Dann würde ich sowieso wieder wegfahren müssen. Ich sollte den letzten Tag wenigstens noch für eine weitere Überprüfung nutzen. Vielleicht hatte ich beim ersten Mal ja doch etwas übersehen.

***

Diesmal brauchte ich noch nicht einmal mehr das Siegel zu entfernen, denn niemand hatte es seit dem letzten Mal wieder angebracht. Für den offiziellen Teil der Polizei war der Fall im Prinzip längst abgeschlossen.

Ich betrat die Wohnung und sah mich um. Natürlich hatte sich nichts verändert. Außer mir war niemand hiergewesen. Ich blickte hinauf zu dem dicken Haken an der Decke und konnte mir lebhaft vorstellen, wie es ausgesehen hatte, als Loretta dort baumelte. Ich hatte so etwas oft genug gesehen.

Ich richtete meinen Blick wieder nach vorne. Loretta hatte einen sehr bequemen Sessel an ihrem Computer stehen. Man konnte daraus schließen, daß sie das Gerät oft benutzt hatte. Sie war also vermutlich eine von diesen nächtlichen Internet-Surferinnen gewesen, die sich stundenlang mit so etwas beschäftigen konnten. Catharina Hertzog hatte ja so etwas erwähnt. Ich hörte fast eine quengelnde oder zornige Ellen oben im Bett liegen und sich beschweren, daß Loretta sich nicht vom Computer lösen konnte. Ein wenig mußte ich grinsen, weil ich Ellen noch im Nachhinein den fehlenden Luxus in dieser Wohnung gönnte.

Um das ganze Zimmer einmal vollständig erfassen zu können, setzte ich mich in den Sessel und drehte mich um. Nachdenklich wanderte ich mit meinen Augen von Gegenstand zu Gegenstand, von Fenster zu Tür, von Ecke zu Ecke. Was sollte ich hier noch finden?

Mein Blick blieb einen Moment am Schreibtisch hängen. In ihm lagen die Liebesbriefe. Ich dachte daran, was für ein wertvoller Schatz das für manche Menschen war. Sie erinnerten sich noch Jahrzehnte später an ihre früheren Liebhaber oder Liebhaberinnen, wenn sie sie lasen,an die schöne Zeit ihrer Jugend.

Ich hatte so etwas nicht. Ich hatte zwei oder drei Liebesbriefe an Nora, die ich nie abgeschickt hatte, zu Hause in einer Schublade liegen, das war alles. Ich war bei weitem nicht so eine begabte Schreiberin wie Ellen. Ich tat mich schwer mit Worten und noch schwerer damit, meine Gefühle auszudrücken. Jetzt, da ich wußte, wie gut Ellen schreiben konnte, war ich noch glücklicher, die Briefe an Nora nie abgeschickt zu haben. Zum einen hätte ich ihr damit meine Gefühle offenbart - und wer weiß, wie sie darauf reagiert hätte? - und zum anderen ...: Wenn sie jemals Briefe von Ellen bekam, würde sie nicht meine damit vergleichen können, um festzustellen, wie plump sie sich gegen Ellens sprachgewandte Ausdrucksweise ausnahmen.

Ich hatte auch nie Liebesbriefe bekommen. Die Frauen, die ich kennengelernt hatte, waren wohl mehr wie ich gewesen, eher körperlich stark als redegewandt.

In die Stille meiner Gedanken hinein klingelte plötzlich das Telefon. Ich hielt es zuerst für eine Illusion, so, wie ich Ellens Stimme gehört hatte, obwohl sie gar nicht da war, oder wie man in einen Traum das Klingeln des Weckers einbaut, weil man nicht aufwachen will. Aber es klingelte wirklich. Ich überlegte, ob ich drangehen sollte. Ich war illegal in der Wohnung einer Toten. Es hätten ja auch meine Kollegen sein können, die etwas überprüfen wollten. Nein, das war unwahrscheinlich - sie kümmerten sich schon lange nicht mehr darum.

Ich nahm ab. »Ja?«

»Loretta?« fragte eine irritierte Frauenstimme. »Bist du das?«

»Nein«, sagte ich. »Frau Schmitz ist nicht hier.« Einer Fremden würde ich sicher nicht so schnell erzählen, daß Loretta tot war.

»Wer sind Sie denn? Was machen Sie in der Wohnung meiner Tochter?«

Oh, die liebevolle Mutter! So eine Überraschung. Die herrische Stimme paßte völlig zu dem Bild, das ich mir aus ihren Briefen an Loretta von ihr gemacht hatte. Aber wußte sie denn nicht -?

»Ich bin von der Polizei«, erklärte ich.

»Polizei? Was soll das denn? Was hat Loretta wieder angestellt?« Sie war gar nicht überrascht. Anscheinend traute sie ihrer Tochter so ziemlich alles zu. Ein sehr vertrauensvolles Verhältnis, das mußte ich sagen! »Na, wenigstens sind Sie nicht eine von diesen -«, sie zögerte, dann fuhr sie mißbilligend fort, »*Frauen*, mit denen Loretta sonst immer zu tun hat. Obwohl ich ihr schon oft genug gesagt habe, sie soll das lassen! Jawoll!«

Es interessierte sie anscheinend gar nicht, wie es ihrer Tochter ging. Was für eine Mutter war das? Sie erzählte Wildfremden, die das gar nichts anging, am Telefon abfällige Geschichten über ihre Tochter und fragte nicht mal nach ihr? »Frau Schmitz -«

»Reinhardt«, unterbrach sie mich. »Ich heiße Reinhardt. Schmitz ist der Name meines geschiedenen Mannes, Lorettas Vater.«

»Frau Reinhardt«, versuchte ich es noch einmal. Sie würde mir ihre ganze Lebensgeschichte erzählen, bevor ich ihr sagen konnte, daß Loretta tot war. »Ich muß Ihnen leider etwas Trauriges mitteilen.«

»Was Trauriges? Hat sie's mal wieder versucht?« Sie klang sehr schnippisch, als ob sie es als lästiges Übel betrachten würde, gezwungen zu sein, sich mit ihrer Tochter zu beschäftigen.

Wie schade, daß sie nicht vor mir stand. Was auch immer Loretta für Probleme gehabt hatte, jetzt war mir klar, wer dafür verantwortlich zeichnete. Und ich hätte ihr das gern ins Gesicht gesagt. Übers Telefon fragte ich, »Was meinen sie mit ›es‹?«

»Na, dieses alberne Sich-umbringen«, antwortete sie heiter.

Sie fand das albern? Den Tod? Wenn ihre eigene Tochter versuchte, sich das Leben zu nehmen? Ich hatte schon mit vielen hartgesottenen Leuten zu tun gehabt, Profis, aber sie schoß echt den Vogel ab. Ich war selten sprachlos in meinem Beruf - jetzt war ich es für einen Moment. Dann räusperte ich mich, um meine Stimme wiederzufinden. »Sie hat es nicht nur versucht, Frau Reinhardt, diesmal hat sie es geschafft. Sie ist tot.«

Zumindest für einen kleinen Augenblick war sie still. Dann fragte sie: »Sind Sie wirklich von der Polizei?«

»Ja, wirklich«, bestätigte ich.

»Jetzt muß ich bestimmt irgend etwas tun, nicht wahr? Das ist wieder mal typisch, daß sie mir solche Umstände macht - wo ich gerade aus dem Urlaub gekommen bin!«

Das war wirklich unglaublich! Sie beklagte sich, daß der Tod ihrer Tochter ihr ›Umstände‹ machen würde! Keine Spur von Trauer, gar nichts. Sie fragte nicht einmal, wie sie genau gestorben war. Wie konnte ein Mensch so kalt sein? Aber ihre Bemerkung erklärte zumindest, warum sie nichts von Lorettas Tod wußte. Im Urlaub hatten sie sicher weder Post noch Telefonanrufe erreicht. Es hatte wohl keinen Sinn, ihr mein Beileid auszusprechen. Sie litt ja gar nicht. Vielleicht war sie sogar froh, diese Tochter endlich los zu sein, die ihr anscheinend schon immer so viel ›Umstände‹ gemacht hatte. »Wie lange waren Sie denn in

Urlaub?« fragte ich. Vielleicht hatte sie ja noch kurz vor ihrem Tod mit Loretta gesprochen.

»Noch nicht mal zwei Wochen«, erwiderte sie sofort. »Aber war herrlich, in der Karibik. Wir hatten nur Sonne.« Na, dann hatte sie es doch wenigstens richtig schön gehabt, während ihre Tochter starb! Warum bekamen solche Frauen Kinder?

»Loretta ist am zehnten gestorben«, sagte ich kalt. »Haben Sie zufällig in den Tagen davor mit ihr gesprochen?«

»Am zehnten? Aber da sind wir doch –« Anscheinend hatte ich sie jetzt wenigstens bei etwas erwischt. »Da sind wir doch in Urlaub geflogen, mein Mann und ich«, vollendete sie nun anscheinend irritiert. »Und da habe ich noch mit ihr telefoniert, vom Flughafen aus.«

»Hat sie da irgend etwas gesagt? Etwas, das auf eine Selbstmordabsicht hindeutete?«

Frau Reinhardt lachte geringschätzig auf. »Das hat sie doch immer getan – das war nichts Besonderes!«

So eine absolute Ignoranz hatte ich noch nicht erlebt. Da fiel es mir fast schwer, beim Thema meiner Befragung zu bleiben. »Also sie hat davon gesprochen?« versuchte ich es noch einmal.

»Natürlich hat sie davon gesprochen. Wie immer. Aber eigentlich war sie eher aufgekratzt. Sie erwähnte es nur so nebenbei. Daß sie Depressionen hätte, obwohl doch eigentlich gar kein Grund da war.« Wenn sie einen Waschzettel heruntergeleiert hätte, hätte es nicht uninteressierter klingen können.

»Sie hat aber nicht konkret von Selbstmord gesprochen?« Das war der entscheidende Punkt!

»Nicht direkt, glaube ich, aber ich weiß es nicht genau. Ich habe nicht so richtig hingehört. Das war doch sowieso nicht ernst gemeint. Dazu war sie doch viel zu feige. Ich habe einfach aufgelegt. Unser Flug wurde aufgerufen.« Langsam gewöhnte ich mich an ihre Gefühlskälte. Selbst, wenn Loretta sich vor ihren Ohren umgebracht hätte, wäre sie vermutlich in Urlaub geflogen. Der

Flug war ja schließlich bezahlt! »Und? Was muß ich jetzt tun? Meine Güte, als ob ich nicht schon genug am Hals hätte!«

»Wenden Sie sich an die Kölner Polizei«, sagte ich und legte auf. Ich hätte ihre selbstgerechte Jammerei nicht eine Minute länger ertragen können, ohne einen Anfall zu kriegen.

***

Am Abend saßen Lilo, Margreth und ich das letzte Mal zum Essen zusammen. Danach versuchten Margreth und ich noch einmal, aus allen bisherigen Erkenntnissen die Fakten zu sondieren.

»Sie war nicht nur selbstmordgefährdet, sie hatte es sogar schon mehrmals versucht«, begann Margreth. Ich nickte. Leider war es so.

»Mit ihrer Mutter hat sie an ihrem Todestag über Depressionen gesprochen, auch wenn die es nicht so richtig mitgekriegt hat.«

Es lief mir immer noch kalt den Rücken herunter, wenn ich an das Gespräch mit Lorettas Mutter dachte.

»Zudem sagt ihre Mutter, sie sei aufgekratzt gewesen. Und wir wissen aus unserer Praxis, daß Selbstmörder, wenn sie einmal den Entschluß gefaßt haben, sich wirklich umzubringen, oft sehr hochgestimmt sind. Losgelöst von der Realität und das erste Mal in ihrem Leben glücklich, weil sie ihre Qualen - ob eingebildet oder echt - bald hinter sich haben werden.«

Auch das wußte ich.

»Es gibt keine Hinweise auf Fremdeinwirkung. Weder blaue Flecke noch sonst irgend etwas, was sie sich nicht selbst zugefügt haben könnte. Die Herkunft der Plastiktasche ist zwar ungeklärt, aber man bekommt sie in jedem ›Stüssgen‹, und den Strick hat Loretta eindeutig selbst gekauft – in einem Baumarkt in der Nähe. Mit ihrer eigenen Euroscheckkarte bezahlt und selbst unterschrieben.«

Ich nickte wieder. Es war niederschmetternd, wie Margreth so einen Beweis an den anderen reihte.

Margreth machte eine abschließende Handbewegung in meine Richtung. »Und dann bleibt auch immer noch die Tatsache, daß eine Person allein es nicht getan haben kann, wenn es Mord war. Wenn du Ellen weiterhin verdächtigen willst, müßte sie einen Komplizen gehabt haben. Und in dieser Art hat sich gar nichts ergeben, oder?« Sie sah mich fragend an.

»Nein«, mußte ich zugeben. »Niemand.«

»Du weißt, was das heißt?« fragte Margreth mich.

»Ja, ich weiß, was das heißt: Ellen ist unschuldig.« Wenn es meine Art gewesen wäre, mit den Zähnen zu knirschen, hätte ich das jetzt getan. Das Ergebnis meiner Ermittlungen ließ keinen anderen Schluß zu. So war es. Es gab nicht einmal einen *begründeten Zweifel*, wie das in der Juristensprache so schön heißt.

***

Der nächste Tag brachte mich nach Hause zurück, allerdings nicht in sehr guter Stimmung. Was hatte ich mir eigentlich von meinen Urlaubsermittlungen versprochen? Daß ich mit wehenden Fahnen zu Nora stürzen könne: »Hier ist der Beweis! Ellen ist eine Mörderin!«? Ja, so ungefähr hatte ich es mir wohl vorgestellt. Und weiter ging es dann in meinem kleinen privaten Hollywoodfilm mit einer herzzerreißenden

Szene, in der Nora mir gestand, daß sie mich auch immer schon geliebt habe und mir nun ihr Leben lang dankbar sein würde, daß ich sie vor dem großen Fehler mit Ellen bewahrt hatte. Die Musik setzt ein, und die Liebenden küssen sich vor dem Bild des Sonnenuntergangs. Vorhang.

Leider konnte ich davon nur träumen. Nichts, aber auch nichts davon würde sich je in Wirklichkeit ereignen ...

Ich kam mitten in der Nacht in meiner Wohnung an und wollte nichts anderes mehr als schlafen. Morgen würde ich zu anderen Fällen zurückkehren und zu anderen Ermittlungen - mit Personen, die mich persönlich nichts angingen. Was für eine Erholung!

»Wir haben zwei neue Fälle«, informierte mich mein Kollege, als ich am nächsten Tag sehr früh morgens ins Büro kam.

Ich hatte nicht sehr gut schlafen können und war daher fast mitten in der Nacht aufgewacht. Legionen von Ellens und Lorettas zogen durch mein Schlafzimmer, dazwischen eine gebeutelte Nora, die mitgezerrt wurde und so aussah, als wüßte sie nicht, wie ihr geschah, und dann immer wieder die schrille Stimme von Lorettas Mutter, die stichelte: »Du traust dich nicht, du traust dich nicht!« Ein Panoptikum von Phantomen, die mir klarmachten, daß ich noch eine Weile brauchen würde, bis ich meine Niederlage akzeptieren konnte.

Da ich also ohnehin keinen Schlaf mehr fand, konnte ich auch ebensogut arbeiten gehen, dachte ich mir. Aber wie früh ich auch kam, mein Kollege war schon vor mir da. Er war ein notorischer Frühaufsteher. Dadurch ergänzten wir uns ganz gut, denn nachmittags, wenn er meistens nach Hause ging, fing ich gerade erst an, zu Höchstform aufzulaufen und konnte dann in Ruhe an den Fällen weiterarbeiten, die wir im Laufe des Tages besprochen hatten. Das gleiche tat er morgens, bevor ich kam. Wir waren ein sehr effizientes Team.

»Und? Was ist es?« fragte ich meinen Kollegen, während ich einen Teil der Aktenberge von meinem Schreibtisch räumte, die sich im Laufe meiner Abwesenheit angesammelt hatten. Das meiste war ohnehin überflüssiges Zeug. Es war erstaunlich, wieviel Papierausschuß ein einziger Fall produzieren konnte.

»Das eine ist eine Prostituierte – da haben wir schlechte Chancen, das läuft jetzt schon eine Woche – und das andere ist ein Schmuggler, vermutlich zumindest, – letzte Nacht. Darüber weiß ich noch nicht allzuviel.« Er brauchte mir nicht zu sagen, daß es sich in beiden Fällen um Mord handelte. Das war es immer bei uns im Morddezernat.

»Also dann widmen wir uns doch dem aktuelleren Fall. Was ist da passiert?« Es war gut, daß ich gleich wieder in die Arbeit einsteigen konnte, das verscheuchte meine Phantomgestalten.

»Ich habe den Anruf gerade erst bekommen. Die Grenzer haben ihn bei einem Patrouillengang gefunden, direkt am See. Wir müßten hinfahren.« Er nahm sein Pistolenhalfter aus dem Schreibtisch und schnallte es über die Schulter.

Ich tat das gleiche. Die ganze Zeit in Köln hatte ich keine Waffe getragen, und ich merkte, wie schwer das Gewicht zog. Es war immer ein merkwürdiges Gefühl. Ich hatte diese Waffe schon so lange, und manchmal erschien sie mir fast wie ein Teil von mir, aber dann wieder – an Tagen wie heute – merkte ich doch, daß sie ein Fremdkörper war, ein Fremdkörper, der mir eine gewisse Macht verlieh und auf der anderen Seite höchst gefährlich werden konnte. »Also gehen wir«, nickte ich meinem Kollegen zu, als ich alles hatte, was ich brauchte. Diese Art der Arbeit war ein Zuckerschlecken gegen das, was ich in den letzten Tagen erlebt hatte, wie widerlich die Leiche im See auch immer aussehen mochte.

Der Tag ging mit Routinearbeit dahin. Die Spuren wurden gesichert, die Leiche wurde abtransportiert und in die Pathologie gebracht. An der Todesursache bestand kein Zweifel: der Körper war mit Kugeln durchsiebt. Es sah nach organisiertem Verbrechen aus. Auch in diesem ansonsten recht friedlichen Teil der Republik hatte die Öffnung nach Osten ein Ansteigen der Kriminalitätsrate zur Folge gehabt. Obwohl Grenzen kaum mehr eine Bedeutung zu haben schienen, gab es immer wieder Fälle, in denen der Schmuggel von Rauschgift und viel Geld, das in der Schweiz gewaschen werden sollte, eine Rolle spielten, gerade hier im Dreiländereck.

Wir erwarteten nicht, diesen Fall schnell zu lösen. Wahrscheinlich würden wir ihn überhaupt nicht lösen. Der Tote schien Rumäne zu sein, und da standen die Chancen schlecht. Da wir auf den Bericht der Spurensicherung und den Autopsiebericht warten mußten – wie einfach das war, wenn man den Fall *selbst* bearbeitete! –, erledigte ich noch einen Teil des Aktenberges, bis mir am Abend fast die Augen zufielen. Das würde mich vielleicht vor einem erneuten Auftauchen der Phantome der Nacht bewahren, hoffte ich.

Ich schlief tatsächlich wie eine Tote – kein ungewohnter Zustand für eine Kommissarin der Mordkommission – und begann meinen Dienst am nächsten Morgen zu der üblichen Zeit. Vor meinem Büro traf ich einen uniformierten Kollegen mit einer etwas verwahrlosten Gestalt am Bändel, sprich an Handschellen.

Ich grinste. »Ach, schau mal einer an! Wen haben wir denn da schon wieder? Den Heini.« Es war ein unglaublicher Zufall, daß Heini ausgerechnet jetzt bei mir auftauchte. Er war derjenige, der damals Nora überfallen hatte, als wir noch Kinder waren. Sein Charakter hatte sich nicht gebessert. Menschen zu ändern war wahrscheinlich wirklich unmöglich, auch wenn ich immer mal wieder gern das Gegenteil geglaubt hätte. Er war damals schon ein gewalttätiger kleiner Krimineller gewesen, und das war er immer noch. Nur daß es heute um mehr als den Inhalt eines Schuhkartons ging.

Der Wachtmeister informierte mich, daß ich ihn als Zeugen in dem Fall von vorgestern nacht vernehmen sollte. Mein Kollege war schon wieder unterwegs und hatte darum gebeten, den Zeugen mir zu übergeben.

»Du schon wieder!« fuhr Heini mich sofort an, als wir allein im Büro waren. Der uniformierte Kollege wartete vor der Tür.

Das brachte mich nicht aus der Ruhe. Es amüsierte mich höchstens. Ich lächelte ihn freundlich an. »Ja, ist das nicht reizend? Seit ich dich vor 25 Jahren verprügelt habe, scheinst du dich überhaupt nicht von mir trennen zu können. Ich hätte damals nie damit gerechnet, daß deine Zuneigung so beständig ist. Oder ist es dein Masochismus?«

»Hä?« Der Gebildetste war er nicht gerade. Dafür hatte er wohl keine Zeit gehabt zwischen all seinen Prügeleien und Diebstählen.

Ich winkte ab. »Vergiß es. Und? Was hast du wieder angestellt?«

»Werd ich dir jrad auf die Nase binden, du V–«

»Sag es nicht! Sonst kannst du dich gleich begraben lassen!« Ich brüllte ihn an und er wurde tatsächlich still. Das Erlebnis in unserer Kindheit hatte ihn für alle Zeiten geprägt. Innerlich mußte ich sehr grinsen. »Also, Heini, komm, laß es uns hinter uns bringen. Was hast du mit dem Toten aus dem See zu tun? Kanntest du ihn?«

»Nö«, brummte Heini störrisch. »Ich weiß von jar nix.«

»Natürlich.« Ich blätterte in der Akte, die mein Kollege mir auf den Tisch gelegt hatte. Er hatte darin vermerkt, daß Heini am Tatort von einem Mann, der mit seinem Hund dort spazierenging, gesehen worden war. Allerdings einige Zeit vor dem vermuteten Todeszeitpunkt. Weder mein Kollege noch ich nahmen an, daß Heini der Mörder war. Dafür war er eine zu kleine Nummer. Er hatte kaum das Format, einen größeren Einbruch durchzuziehen, geschweige denn Mord. Aber er hatte sicher etwas mit der Sache zu tun, vielleicht kannte er sogar den oder die Täter. Das aus ihm herauszukriegen war allerdings nicht einfach, noch nicht einmal für mich, obwohl er einen Heidenrespekt vor mir hatte.

Ich sah ihn an. »Heini, es wird dir noch leid tun, daß deine kriminellen Aktivitäten dich in dieselbe Stadt geführt haben wie mich.« Das war wirklich ein Zufall. Kurz, nachdem ich mich hatte versetzen lassen, war er hier aufgetaucht. Es hatte selbstverständlich nichts mit mir zu tun. Er hatte sich nur einer Bande angeschlossen, die international operierte, und da war das Grenzgebiet ideal. Ich hatte ihn in meiner Kölner Zeit niemals ganz aus den Augen verloren, seit ich bei der Polizei war. Aber da er mit Mord nie etwas zu tun gehabt hatte, sah ich ihn meist nur in großen Abständen, wenn sich unsere Wege zufällig bei Gericht oder im Präsidium kreuzten.

Er sah mich mit dem typisch feige-frechen Gesichtsausdruck an, den alle Kleinkriminellen zur Schau trugen, solange sie sich noch einigermaßen sicher fühlten. Ich hatte mit dieser Klientel relativ wenig zu tun. Im Morddezernat sah man mehr *'gute Bürger'* als vorbestrafte Kriminelle. Die meisten Morde ereigneten sich im näheren oder weiteren Familien- und Bekanntenkreis. Deshalb war die Aufklärungsrate ja auch so hoch. Bei diesem Mord allerdings war sicher keine eifersüchtige Ehefrau im Spiel, das konnte ich mit Bestimmtheit sagen.

»Heini, du weißt, daß ich sehr unangenehm werden kann, wenn ich wütend bin. Also überleg es dir gut. Du warst in der Nähe und bist gesehen worden. Ich könnte dich wegen Mordverdacht einsperren.«

Heini riß die Augen auf. »Nee, ich war dat nich'!«

»Das glaube ich dir sogar. Aber die Indizien sprechen nun mal gegen dich. Also, was ist?«

Heini scharrte mit den Füßen. »Ich weiß nix«, beharrte er unbehaglich.

Dieses Unbehagen mußte ich schüren. »Paß auf, ich mache dir einen Vorschlag. Du kannst gehen und dir überlegen, was du weißt oder nicht. Morgen kommst du dann wieder zu mir und erzählst mir, was los war. Wenn du nicht kommst, gebe ich die Information an die Presse, daß du gesungen hast - mit deinem vollen Namen natürlich - und wir kurz vor der Verhaftung des wahren Mörders stehen. Und du wirst nicht im Schutz des Gefängnisses sein, sondern draußen ...«

Heini wurde ganz weiß im Gesicht. Er wußte, was das hieß. Die Leute, die er hier zu schützen versuchte - und damit sich selbst - würden die Zeitung auch lesen, und dann war er so gut wie tot. Aber seine Angst lähmte ihn im Augenblick zu sehr. »Ich weiß nix«, sagte er noch einmal mit etwas unsicherer Stimme.

»Okay, du kannst gehen.« Ich stand auf und sagte dem Kollegen vor der Tür Bescheid, daß er Heini die Handschellen abnehmen und ihn freilassen solle. Ich sah Heini noch kurz nach, wie er mit gesenkten Schultern den Gang hinunterging. Einmal drehte er sich um und sah mich ganz verzweifelt und gleichzeitig mit unterdrücktem Zorn an. Irgendwie verliefen unsere Begegnungen seit unserer Kindheit immer ziemlich gleich. Aber er hatte ja schon damals nicht begriffen, daß er keine Chance hatte.

Ich ging wieder an meinen Schreibtisch zurück und widmete mich dem Rest der ungeliebten Papierbewältigung.

***

Auch die nächsten Tage waren ausgefüllt mit der üblichen Polizeiarbeit. Heini war zwar am Tag nach unserem Gespräch angstschlotternd erschienen und hatte mir einen Hinweis gegeben, aber der führte mich auch nicht viel weiter. Wie ich vermutet hatte, ging es um eine osteuropäische Bande, und Heini war nur zufällig da hineingeraten, weil er wie immer zur falschen Zeit am falschen Ort war. Die Drahtzieher kannte er auch nicht und den Mörder hatte er zwar schon mal gesehen, aber seinen Namen hatte er noch nie gehört. Wir standen diesen Banden wirklich äußerst hilflos gegenüber. Es war unmöglich, in eine Bande, deren Mitglieder alle einer bestimmten ethnischen Gruppe angehörten, einer asiatischen oder slawischen, einen Polizeispitzel einzuschleusen, und so kamen wir fast immer zu spät. Kleinkriminelle wie Heini waren da auch keine Hilfe. Kein Russe, Rumäne oder Chinese traute einem Deutschen wirklich, auch wenn sie zusammen soffen und stahlen. Und da sie all ihre Abmachungen in ihrer eigenen Sprache trafen, konnten wir noch nicht einmal auf zufällig mitgehörte Informationen hoffen. Ich hatte Heini noch ein bißchen Angst gemacht, damit er das nächste Mal vielleicht etwas kooperativer war, und ihn dann wieder nach Hause geschickt.

Der Mord an der Prostituierten erwies sich im Gegensatz dazu dann doch als einfacher. Ihr Zuhälter hatte sie umgebracht, weil er sie zwingen wollte, mehr Geld für ihn anzuschaffen. Da er ein Bär von einem Kerl und sie eher zierlich gewesen war, hatte er ihr dabei ganz zufällig das Genick gebrochen. Eine Kollegin der Toten, die Angst hatte, daß ihr das gleiche passieren könnte, führte uns auf die Spur. Reine Routine also.

Ich war wirklich abgestumpft im Laufe der Zeit. Mord war mein tägliches Geschäft. Ich hatte die Bilder der Toten gesehen, sie war eine ausgesprochen hübsche kleine Frau gewesen, und sehr jung. Zu Anfang meiner Karriere hatte ich mich jedes Mal gefragt, was für einen Sinn es hatte, daß ein solcher Mensch sterben mußte – daß überhaupt jemand sterben mußte, zumindest anders als an Altersschwäche. Aber mittlerweile fragte ich mich das nicht mehr. Jeder Mensch war für sein eigenes Leben verantwortlich und mußte wissen, was er damit anfing. Wenn eine Frau ihr Leben auf der Straße in der Gosse beenden wollte, war das genauso ihr gutes Recht wie für andere, an jedem Morgen wieder adrett gekleidet ins Büro zu gehen. Wo war der Unterschied? Jede ist ihres Glückes Schmiedin.

Das Dumme an dieser Einstellung war nur, daß ich selbst bislang offenbar nicht sehr erfolgreich an meinem eigenen Glück geschmiedet hatte. Mit meinem Beruf war ich zwar im großen und ganzen nicht unzufrieden - ich hatte ihn mir schließlich selbst ausgesucht -, aber was war mit meinem Privatleben? Hatte ich mir die Einsamkeit, das erfolglose Schmachten nach Nora, nicht auch selbst zuzuschreiben? Hätte ich nicht längst mit einer anderen Frau glücklich sein können? Vielleicht, wenn ich gewußt hätte, was Glück ist. Aber in meinem Kopf verbanden sich beide Begriffe, ›das Glück‹ und ›Nora‹, immer zu einem einzigen. Das eine war ohne das andere für mich nicht denkbar. Zwar hatte ich das Gefühl, die Chance, mit einer anderen Frau glücklich zu sein, noch nie geboten bekommen zu haben, aber hätte ich sie denn erkannt, wenn sie vor meiner Nase aufgetaucht wäre? Wahrscheinlich nicht. Ich erinnerte mich an die eine oder andere der Frauen, die vielleicht dafür in Frage gekommen wären. Im Grunde genommen hatte ich sie einfach abblitzen lassen. Ich hatte vielleicht einmal eine Nacht mit ihnen verbracht oder auch mehrere, aber wenn sie dann anfingen, eine Kuhle in meine Matratze zu liegen, hatte ich sie doch immer mehr oder minder höflich hinauskomplimentiert. Manche riefen noch längere Zeit an, bis sie einsahen, daß es zwecklos war, oder bis sie eine nette Frau gefunden hatten, die ihnen das bot, was ich ihnen verweigerte.

Ich verweigerte es natürlich nicht nur ihnen, sondern auch mir. Ich verweigerte mir selbst, glücklich zu sein, weil meine Vorstellung von Glück eben immer mit Nora verbunden war.

So blöd zu sein gehörte schon bestraft. Und die Strafe erlegte ich mir ja auch gleich selbst auf: meine Einsamkeit.

Seit ich aus Köln zurückgekommen war, hatte ich mich wenig um Nora kümmern können, und vielleicht war das das Beste, was mir passieren konnte. Mittlerweile schlief ich wieder ruhig. Die einzige, die mir manchmal noch im Traum erschien, war Ellen, die sich hämisch darüber freute, daß ich ihr nichts hatte nachweisen können. Ich wußte, daß das nichts weiter als mein schlechtes Gewissen war. Weder Ellen noch Nora hatten ja etwas von meinen Nachforschungen gewußt. Obwohl ich Nora brennend gerne gesehen hätte, vermied ich es auch, sie anzurufen. Ein Grund dafür war, daß ich ein weiteres Abendessen mit ihr und Ellen wohl kaum seelisch unbeschadet überstanden hätte, aber selbst eine Zusammenkunft mit Nora allein konnte ich mir als nicht sehr angenehm vorstellen. Nicht wegen Nora, sondern meinetwegen. Ich sah mich dasitzen mit meinem schlechten Gewissen - sollte ich ihr sagen, daß ich versucht hatte, Ellen des Mordes zu überführen, oder nicht? -, zerrissen von meinen Zweifeln an mir selbst und meiner Liebe zu ihr. Wenn ich ehrlich war, hätte ich ihr auch dieses Geheimnis längst offenbaren müssen.

Ich stürzte mich in meiner Verzweiflung in alte ungeklärte Fälle, die ich zuvor schon lange zu den Akten gelegt hatte, nur, um etwas zu tun zu haben. In unserer kleinen Stadt geschah nun mal nicht jeden Tag ein Mord, der mich gnädigerweise ablenken konnte.

***

Ha, ich hab's!« Nora freute sich wie eine Schneekönigin, sie hatte endlich Ellens Paßwort geknackt, und der Computer offenbarte alle seine Wunder in farbenprächtiger Schönheit vor ihr.

»Ellen - wolltest du nicht noch am Computer arbeiten?« rief sie ganz harmlos, aber grinsend in die Küche hinüber.

Ellen kam schnell um die Ecke. »Sag bloß, du hast es doch noch geschafft!«

Nora strahlte. »Ja, hab ich. Du kannst wieder über alles verfügen. Ich hoffe, es ist nicht zu spät? Es hat ja nun doch länger gedauert, als ich gedacht hatte.« Noras Freude wurde etwas durch ihre Zerknirschung gedämpft, weshalb sie Ellen jetzt entschuldigend ansah.

Ellen kam zu ihr herüber. »Nein, das geht schon. Ein paar Sachen habe ich zwischenzeitlich kopiert, und der Rest ist ja nun wieder da.« Sie beugte sich zu Nora hinunter und küßte sie leicht auf die Stirn. »Möchtest du etwas essen? Ich bin gerade fertig.«

Nora nickte. Auf dem Bildschirm bewegte sich etwas, und Nora sah zu ihm hin. »Ah ja, das habe ich erwartet«, sagte sie. »Ich habe ihn ganz schön geärgert. Jetzt werde ich das eine oder andere neu installieren müssen, damit wieder alles funktioniert.«

Ellen sah sie etwas verständnislos an.

Nora erklärte: »Ich mußte ein paar Sachen außer Gefecht setzen und die funktionieren jetzt nicht mehr richtig. Aber das betrifft nicht deine Daten, und ich kann es mit wenig Aufwand wieder in Ordnung bringen, keine Sorge.« Nora sah sich den Computer ein wenig genauer an und blickte dann kurz auf das Regal neben sich. »Dafür brauche ich aber dein CD-Laufwerk. Kannst du es mir mal geben?«

»CD-Laufwerk?« Ellen wußte anscheinend überhaupt nicht, wovon Nora sprach.

Nora lachte. Es war erstaunlich, wie viele Leute mit Computern arbeiteten, ohne das Geringste davon zu verstehen. Sie erklärte langsam: »Ja, du mußt eins gehabt haben. Das ist bei diesen Laptops immer dabei. Im Moment ist das Diskettenlaufwerk drin, also muß das CD-Laufwerk noch irgendwo rumliegen.«

»Ach ja, stimmt.« Ellen erinnerte sich anscheinend wieder. Sie sah sich suchend um. »Ist es denn nicht da?«

»Nein, ich habe es jedenfalls nicht gefunden. Ich dachte, du wüßtest, wo du es hingetan hast.«

»Nein, ich weiß es nicht. Geht es denn nicht ohne?« Ellen sah ganz verwirrt aus.

»Im Moment schlecht. Eigentlich gar nicht.« Nora schaute sich noch einmal im Zimmer um. »Ich werde ein bißchen weitersuchen. Es muß ja irgendwo sein.«

»Ja, muß es wohl.« Ellen sah etwas ratlos auf Nora. Computer waren offensichtlich nicht ihr Ding.

Nora lachte. »Laß nur. Ich kümmere mich schon darum.«

Ellen nickte dankbar, beugte sich über sie und gab ihr einen Kuß. »Das ist ganz toll, wie du dich um alles kümmerst.«

»Meinst du?« Ellens Lippen kamen näher. Nora zog sie auf ihren Schoß. »Eigentlich interessiert mich das blöde CD-Laufwerk überhaupt nicht im Moment ...«

»Das Essen brennt an«, protestierte Ellen nicht sehr ernsthaft, denn gleichzeitig fuhr ihre Hand schon in Noras Hemd und streichelte sie.

Nora atmete ein wenig heftiger und lächelte sie an. »Ich dachte, du warst schon fertig?« Sie ließ ihre Hand zu Ellens Brust wandern und suchte mit dem Daumen die Brustwarze.

Ellen zog die Luft ein. Ihre Brustwarze richtete sich unter Noras Berührung auf. Sie suchte Noras Lippen und erwiderte, »Ich hatte den Ofen noch nicht abgestellt.« Leicht knabberte sie an Noras Oberlippe.

»Das würde ich dann aber tun«, schlug Nora vor, während sie ebenfalls versuchte, an Ellens Lippe zu knabbern. »Wenn wir unseren kleinen Quicky hier hinter uns haben, werden wir hungrig sein.«

Ellen lachte. »Ach ja? Meinst du, es wird so anstrengend?«

Nora zog sie noch enger an sich heran und küßte sie jetzt heftig. Dann fragte sie, »Wolltest du dich dabei ausruhen?«

Ellen atmete noch ein wenig schwer von Noras Kuß. »Ich hatte gehofft, *du* machst alles«, grinste sie und erhob sich von Noras Schoß. »Ich bin gleich wieder da. Dann brauchen wir uns um das ›Danach‹ keine Sorgen mehr zu machen.« Sie lachte leicht und entfernte sich in Richtung Küche.

***

Nora hatte Ellen kaum mehr gesehen, seit diese über ihren Computer wieder verfügen konnte. Ellen erklärte ihr jedes Mal, wenn sie etwas mit ihr unternehmen wollte, daß sie doch noch sehr viele der Daten umarbeiten müsse und das ihre gesamte Zeit in Anspruch nehme. Zudem mußte sie zwei zusätzliche Seminare an der Uni halten, weil es mehr Studenten gab, die Deutsch lernen mußten, als ursprünglich eingeplant worden war. Wenn Nora sich mit Ellen traf, selten genug, war es dennoch sehr schön. Nora genoß es immer mehr, Ellen als ihre feste Freundin zu betrachten. Sie konnte ihr Glück kaum fassen.

Es schien, daß Nora etwas mehr Zeit hatte in den letzten Wochen. Sie rief mich öfter an, um ins Kino zu gehen oder einfach nur, um den Abend in einer Kneipe zu verbringen. Meistens waren wir nicht allein, aber Ellen war nie mehr dabei.

Eines Abends, als die anderen schon gegangen waren und Nora und ich noch an einem Tisch im Frauencafé saßen, um unsere Gläser auszutrinken, fragte ich sie danach. »Was ist eigentlich mit Ellen? Wieso kommt sie nicht mit?«

Nora winkte ab und lachte. »Die ist arbeitssüchtig! Seit ich ihr ihren Computer wieder in Gang gesetzt habe, hockt sie nur noch davor und ich kann sie kaum noch überreden, mal mit mir –« Sie brach ab und wurde rot. Sie hätte ja ganz harmlos vollenden können: *auszugehen*, oder etwas ähnliches, aber anscheinend hatte sie an etwas anderes gedacht. An was schon?

Nora versuchte, ihre Verlegenheit zu verstecken, was ihr am einfachsten gelang, wenn sie über Computer sprach. »Das war vielleicht eine schwere Geburt, sage ich dir!« Sie trank einen Schluck. »Erst habe ich tagelang gebraucht, um ihr Paßwort zu knacken –« Sie sah mich an und lachte ein wenig. »Alles ganz legal natürlich. Sie hatte es vergessen und bat mich darum. – und dann konnte sie ihr CD-Laufwerk nicht finden, und ich mußte alles, was ich beschädigt hatte, von meinem Computer und irgendwelchen Disketten zusammensuchen.«

Ich wußte nicht mehr, was es war, aber irgend etwas kam mir da bekannt vor. »Ist das denn nicht alles eingebaut?« fragte ich.

»Ja, sicher, bei einem Standgerät schon normalerweise, aber sie hat ja einen Laptop.«

»Ach so«, sagte ich. Aber irgend etwas war doch da noch, was war das nur? Ich konnte mich nicht erinnern, ich hatte zu viel Alkohol getrunken und zu viele Akten gewälzt in letzter Zeit, ich war hundemüde. »Wie gut, daß sie da so eine Spezialistin wie dich an der Hand hatte«, bemerkte ich etwas säuerlich. Ich stellte mir bildhaft vor, wie Nora sich ins Zeug gelegt hatte, um Ellens Computer zum Laufen zu bringen. Hätte sie das auch für mich getan? Ich hatte zwar keinen Computer, aber ich hätte sicher etwas für sie zum Reparieren gefunden ... Wie schön mußte das sein: Nora saß Stunden um Stunden in meiner Wohnung, wir waren ganz allein, ich konnte sie ansehen, so lange ich wollte –«

»Renni, träumst du?« Nora riß mich aus meinen Gedanken und lachte mich an. Ihre Augen blickten warm und freundlich, vielleicht sogar ein wenig liebevoll, aber das war kein Vergleich zu den Blicken, die sie Ellen zuwarf. Ob ich das je in ihren Augen sehen würde? Wohl kaum.

»Nein, ich bin nur ein bißchen übermüdet, das ist alles. Ich glaube, wir sollten gehen.« Wie gern hätte ich angefügt: *zu dir oder zu mir?*, aber wie konnte ich das wagen? Nora würde mich auslachen.

Nora nickte und stand auf. »Ich werde nur schnell noch Ellen anrufen, damit ich weiß, wo ich heute nacht schlafe.« Wieder bemerkte sie zu spät, was sie gesagt hatte, und wurde rot. Sie stolperte fast, als sie sich umdrehte, um zum Telefon an der Theke zu gehen.

Ich sah ihr nach. Mein Gott, wie süß sie war! Warum mußte ich meine Gefühle für sie so verstecken? In diesem etwas wehrlosen Zustand, in dem ich mich im Moment durch Alkohol und Müdigkeit befand, fiel es mir noch schwerer als sonst, mich zu beherrschen. Ich stand auf und ging. Ich wollte nicht warten, bis sie zurückkam und mir freudestrahlend erzählte, daß sie jetzt zu Ellen gehen würde. Um mich zu verabschieden, winkte ich zu ihr hinüber, als ich an der Tür war, und lief dann schnell die Treppe hinunter, die aus dem Café auf die Straße führte.

In meinem benebelten Kopf drehte sich etwas und versuchte, zu mir durchzudringen, aber ich war nicht mehr in der Lage, zuzuhören.

Nora hatte sich eine Überraschung für Ellen ausgedacht. Heute war der Tag ihres Kennenlernens, wenn es auch erst zwei Monate her war. Nora konnte es kaum erwarten, Ellen zu sehen. Ein paar Tage lang war das nicht möglich gewesen, sie hatten nur telefoniert, weil Ellen zu viel Arbeit hatte, und Nora kam schon fast um vor Sehnsucht. Heute würde sie Ellen gar nicht erst fragen, sie würde ihr ihr Geschenk hinlegen und ihren erstaunten Blick abwarten, der ganz sicher anzeigen würde, daß sie gar nicht an das Datum gedacht hatte. Und dann würde sie das Aufleuchten in Ellens Gesicht genießen, wenn sie sah, was Nora ihr gekauft hatte.

Nora sang ein bißchen vor sich hin und griff immer wieder nach dem kleinen Päckchen in ihrer Jackentasche, während sie die Straße zu Ellens Haus hinunterging. Am liebsten hätte sie das Päckchen herausgeholt und noch einmal ausgepackt, um es selbst zum mindestens zehnten Mal zu betrachten. Aber gleich würde Ellen es aufmachen, und das würde tausendmal schöner sein.

Nora stieß die Haustür auf, die fast immer nur angelehnt war, und sprang nach oben zu Ellens Wohnung. Als sie auf dem letzten Absatz ankam, blieb sie kurz stehen. Wieso stand die Wohnungstür offen? Sie schüttelte den Kopf und ging weiter. Wahrscheinlich würde Ellen den Müll hinunterbringen oder sonst etwas und hatte einfach kurz die Wohnungstür aufgelassen. Ein bißchen leichtsinnig war sie schon, das würde zu ihr passen.

Nora betrat die Diele und blieb nun endgültig erstaunt stehen. Im Flur standen ein Haufen Koffer und Taschen. Hatte Ellen Besuch bekommen? Sie hatte Nora gar nichts davon erzählt. *Aber manche Besucher kommen ja auch ganz überraschend*, dachte Nora grinsend. *Insbesondere gewisse Besucherinnen ...* Sie griff wieder nach dem Päckchen in ihrer Tasche und ging weiter ins Zimmer. Gerade, als sie sich fragte, wo denn alle seien – Ellen und ihr Besuch – kam Ellen von hinten durch die Tür herein.

»Oh, du!« sagte sie mehr als überrascht. Sie schien sich nicht sehr zu freuen, Nora nach so langen Tagen der Trennung wiederzusehen. Aber Nora erinnerte sich, daß sie dieses Spiel gern trieb, und wozu es letztes Mal geführt hatte ... Sie wurde immer noch rot, wenn sie daran dachte.

Sie ging lächelnd auf Ellen zu und wollte sie umarmen, aber Ellen wehrte sie ab. »Laß.«

Nora trat zurück und sah Ellen an. »Was ist denn los?« Jetzt erst bemerkte sie, daß Ellen einen Mantel trug, so, als ob sie gerade das Haus verlassen wollte. »Wolltest du weggehen?« fragte Nora erstaunt. Alle Angebote in dieser Hinsicht in den letzten Wochen hatte Ellen immer abgelehnt. Vielleicht war jetzt die Arbeit getan und die Zeit der Askese vorbei? Aber warum hatte sie Nora dann nichts davon gesagt? Nora zeigte auf die Koffer. »Hast du Besuch bekommen?«

»Nein«, antwortete Ellen sehr kurz angebunden. »Das sind meine.«

»Deine?« Nora wußte nicht, was das sollte. Es sah aus, als wolle Ellen verreisen, und zwar nicht nur übers Wochenende, doch das alles, ohne Nora auch nur einen Ton zu sagen? Selbst wenn sie allein fahren wollte, um sich zu erholen, hätte sie es Nora doch mitteilen können. Nora wäre zwar sicher lieber mit ihr gefahren, aber wenn Ellen ihre Ruhe brauchte, hätte sie sich zurückgenommmen und sie nicht bedrängt deshalb. »Aber warum – wohin –?« Nora fiel nichts ein, was sie hätte sagen können. Vor ein paar Tagen noch hatte sie hier übernachtet in Ellens Wohnung, und alles war in Ordnung gewesen. Ellen war morgens zur Uni gegangen und Nora zur Arbeit, und sie hatten sich mit einem liebevollen Kuß verabschiedet, wie ein altes Ehepaar. Nora hatte das sehr schön gefunden. Sie hatte sich noch stundenlang vorgestellt, daß es vielleicht bald immer so sein könne, wenn Ellen nicht mehr so viel Arbeit hatte. Und nun? Ellen erschien ihr Lichtjahre entfernt. Nora konnte sie kaum erreichen. Es war, als wäre sie eine Fremde.

»Ich fahre weg«, sagte Ellen jetzt.

Nora sah wieder auf die Koffer und dann zurück zu Ellen. »Das sehe ich, aber wohin? Für wie lange? Hast du woanders eine Stelle bekommen? Kam es so plötzlich, daß du mir nichts sagen konntest? Fast hätte ich dich verpaßt.« Nora konnte sich nicht vorstellen, daß Ellen einfach so, ohne ein Wort, abgefahren wäre, aber vielleicht war sie ja so in Eile, daß sie Nora erst vom Bahnhof aus anrufen wollte, um ihren Zug nicht zu versäumen. Nora wußte von sich selbst, daß sie schon öfter in dieser Situation gewesen war.

»Nein, ich habe keine neue Stelle. Ich werde überhaupt nicht mehr arbeiten.« Ellen klang sehr kühl, als ob sie gezwungen wäre, Informationen weiterzugeben, die sie eigentlich für sich behalten wollte.

»Aber warum fährst du dann weg?« Nora wußte einfach nicht, was sie noch fragen sollte. Das war alles mehr als verwirrend. Sie erkannte Ellen kaum wieder, und alles, was sie sagte, trug auch nicht gerade zur Erklärung der Situation bei.

»Ich fahre weg, weil ich wegfahren will. Ich will hier nicht länger leben.« Ellen sah Nora an, als ob sie ein lästiges Insekt wäre. Am liebsten hätte sie sie verscheucht.

»Du willst hier nicht länger leben? Aber warum auf einmal?« Nora zerbrach sich den Kopf darüber, was wohl geschehen sein mochte. Wie ein greller Blitz traf sie plötzlich die Erkenntnis: »Ist es meinetwegen?«

»Deinetwegen?« Ellen sah sie an, als ob das ein völlig absurder Gedanke wäre, der ihr nie hätte kommen können. »Nein, doch nicht deinetwegen. Warum auch?« Aus Ellens Stimme sprach Gleichgültigkeit, eine Gleichgültigkeit, wie sie Nora so noch nie von ihr erlebt hatte. Als ob Nora es nicht wert sei, daß sich Ellen ihretwegen Gedanken machte.

»Aber Ellen –« Nora streckte in einer verzweifelten Geste die Hände nach Ellen aus, und Ellen lachte.

Aber es war kein freundliches Lachen. »Meine Güte, warum habe ich nur so getrödelt? Ich hätte längst weg sein können ...« Sie trat einen Schritt beiseite und ging an Nora vorbei. Am Telefon verhielt sie und nahm den Hörer von der Gabel. Während sie Nora mit ihrem Blick fixierte, wählte sie, dann sprach sie hinein. »Ja, ein Taxi bitte. In fünfzehn Minuten.« Sie gab ihren Namen und ihre Adresse an und legte auf. »Aber wenn du schon mal da bist ... Warum bist du überhaupt gekommen?«

Nora brachte keinen Ton heraus. Wie konnte sie ihr sagen, daß sie gekommen war, um ihren *Tag* zu feiern, um ihr ein Geschenk zu geben, daß ihr ihre Liebe zeigen sollte? Von Liebe war in diesem Moment in diesem Zimmer kein Hauch zu spüren.

Ellen drehte sich um und betrachtete den Raum mit nachlässigem Blick, als ob sie zum letzten Mal prüfen wolle, ob sie etwas vergessen haben könnte. »Du willst es mir nicht sagen? Auch gut. In ein paar Minuten geht mich das sowieso alles nichts mehr an.«

»Ellen, was ist los? Bitte sag mir doch –« Nora konnte nicht mehr an sich halten. Sie hatte das Gefühl, die Welt stürze um sie zusammen. Tränen traten in ihre Augen. Sie ließ sie einfach ihre Wangen herunterlaufen, ohne sie abzuwischen.

»Oh, Tränen«, bemerkte Ellen süffisant. »Hast du mich wirklich so geliebt?«

Was hieß denn hier: hast geliebt? Sie liebte sie immer noch! Nora konnte nicht fassen, daß Ellen das in Zweifel zog. Aber sie konnte sowieso nichts von dem fassen, was im Moment hier geschah. »Ich liebe dich«, sagte sie leise.

»Ja«, sagte Ellen. »Das ist wirklich sehr traurig für dich. Du tust mir leid.« Sie sah auf die Uhr. »Aber glaub mir, du wirst darüber hinwegkommen. Man kommt immer darüber hinweg. Die nächste Frau wird dich trösten.« Sie ging zu ihren Koffern und überprüfte die Anhänger.

Nora folgte ihr mit entsetzten Blicken. Das konnte einfach nicht wahr sein! Das war doch nicht Ellen. »Du willst mir nicht sagen, warum du fortgehst?« versuchte sie durch ihre Tränen hindurch zu fragen.

»Nein, eigentlich nicht. Obwohl - so ganz unbeteiligt bist du ja auch nicht daran. Es ist fast etwas unfair, dir die Gründe vorzuenthalten, da könntest du recht haben.« Ellen sprach nicht mit einer Freundin, einer Geliebten, sie hielt einen Vortrag über die Vor- und Nachteile einer bestimmten Vorgehensweise. Es klang wie auf einem Podium. Sie lachte. Es wirkte zufrieden. »Immerhin hast du das alles ja erst richtig möglich gemacht, indem du das Paßwort geknackt hast.«

»Das Paßwort? Dein Paßwort? Was hat das denn mit deiner Abreise zu tun?« Zwischen diesen beiden Dingen einen Zusammenhang zu sehen, fiel Nora wirklich schwer.

Ellen sah sie an und überlegte einen Moment. »Warum soll ich es dir nicht sagen? In ein paar Minuten bin ich weg, und niemand wird mich mehr finden.« Sie nahm einen der Koffer und stellte ihn näher an die Tür. Dann drehte sie sich wieder zu Nora um. »Es war nicht mein Paßwort, Nora, es war Lorettas.«

»Lorettas?« Nora begriff gar nichts mehr. Wieso war Lorettas Paßwort auf Ellens PC?

»Ja, Lorettas. Ich habe ihren Laptop aus ihrer Wohnung mitgenommen, nachdem ich sie umgebracht hatte.« Ellen blickte kalt in Noras Gesicht. Sie verzog keine Miene. Dann lachte sie befriedigt auf. »Das ist wirklich sehr nett, daß du mir Lorettas Paßwort geknackt hast. Jetzt kann ich mich mit ihrem Geld endlich zur Ruhe setzen, und der Mord an ihr hat sich wenigstens gelohnt.«

Nora starrte sie entsetzt an. »Ellen, das ist nicht dein Ernst! Du bist jetzt vielleicht ein bißchen verwirrt und -«

»Ich bin in keiner Weise verwirrt, und das ist absolut mein Ernst.« Ellen wirkte kühl und abweisend.

Nora war verzweifelt. »Aber das ist nicht wahr! Das kann einfach nicht wahr sein!«

»Doch, es ist wahr. Ich habe sie umgebracht.« Ihre Stimme hätte nicht neutraler klingen können, wenn sie den Wetterbericht verlesen hätte. Als ob sie das alles gar nichts anginge und ein Mordgeständnis ein alltägliches Ereignis wäre. Ellen sah erneut auf die Uhr. Dann blickte sie wieder in Noras Richtung. »Willst du wissen, wie ich es gemacht habe? Es war ein Meisterstück. Selbst, daß sie mich verdächtigen würden, war einkalkuliert. Das ist immer am besten: Wenn sie einen schon mal laufen lassen mußten, ist die Gefahr, noch einmal in Verdacht zu geraten, sehr gering. Sie haben ja schon alles geprüft. So hatten sie mich und mußten mich gehen lassen. Das war ihnen sehr peinlich. Daran wollten sie am liebsten nicht erinnert werden.« Sie lachte erneut. »Dieser homophobische Kommissar – herrlich! Und ich die arme kleine Frau, die so viel Hilfe brauchte: von dir, von deiner Freundin, von der Rechtsanwältin ... unschuldig, wie ich war.« Sie lachte sich halb kaputt. »Ihr habt alles geglaubt!«

Noras Bestürzung wuchs immer mehr. Hatte Ellen den Verstand verloren und bildete sich das alles ein? Oder hatte sie tatsächlich schon vorher den Verstand verloren und Loretta in geistiger Umnachtung umgebracht? Aber dann konnte niemand sie verurteilen! Nora öffnete fast schon den Mund, um etwas zu sagen, da hörte Ellen schlagartig auf zu lachen und war wieder ernst.

Sie erzählte ganz entspannt weiter: »Loretta hatte sich immer schon sehr für Zahlen interessiert. Sie war Buchhalterin. Und auf dem Internet hat sie dann bei so einem Börsenspiel mitgemacht, weil es da auch um Zahlen ging. Und sie hat gewonnen. Sie war die beste. Sie wußte gar nicht, daß es echt war. Mit so etwas hatte sie gar nicht gerechnet. Und plötzlich war sie reich. Sie rief mich ganz glücklich an und erzählte es mir. Und ihrer Therapeutin hat sie es natürlich auch erzählt.« Sie gluckste. »Die Therapeutin war ein Glücksfall. Sie ist geldgierig. Wir kannten uns von einem

Gespräch her, zu dem mich Loretta gezwungen hatte, und wir trafen uns zufällig wieder, als ich einmal in Köln war. Wir schliefen miteinander - meine Güte, sie ist wirklich eine Bombe im Bett! -« Ellen lachte in der Erinnerung, während Nora sich entsetzt und gequält zusammenkrümmte, »ein paar Mal, und dann entstand plötzlich dieser Plan. Da wir die Idee zusammen gehabt hatten, konnte keine von uns beiden ihn allein ausführen, ohne daß ihr die andere auf die Schliche gekommen wäre. Also taten wir es zusammen und beschlossen, das Geld zu teilen.«

Sie kam näher an Nora heran und sah ihr erregt in die Augen - aber es war keine sexuelle Erregung, wie Nora sie kannte. Es war ein unruhiges Flackern, ein Glänzen, das Nora noch nie in Ellens Augen gesehen hatte - weder bei ihr noch bei jemand anderem. »Weißt du, was in den letzten Jahren passiert ist an der Börse? Loretta hat Millionen gemacht! Und die blöde Kuh ging immer noch als Buchhalterin arbeiten! Sie meinte, sie spare es auf für ihre Rente. Unglaublich! Geld war einfach bedeutungslos für sie.«

Ellen schüttelte den Kopf. Es war offensichtlich, daß es für *sie* nicht so war. »Wir haben sie besucht, beide, ihre Therapeutin und ich. Wir kamen in einem Abstand von einer Viertelstunde, so, als ob es Zufall wäre. Und dann haben wir angefangen, sie zu verführen. Sie hatte sich das schon immer von ihrer Therapeutin gewünscht -«, sie lachte geringschätzig auf, »- das hatte sie mir erzählt. Als sie von den Tabletten halb weg und schon ziemlich betrunken war, sind wir mit ihr ins Hochbett geklettert. Und dann haben wir ihr die Augen verbunden. Wir haben so getan, als wäre es ein Spiel. Es war ganz einfach. Sie hat immer noch gekichert. Selbst, als wir ihr den Plastiksack über den Kopf gezogen haben. Und den Strick. Wir drehten sie ein paarmal herum und sie verlor die Orientierung. Und dann ist sie einfach vom Bett gefallen ...«

Ellen starrte sinnierend vor sich hin. »Vielleicht war es gar kein Mord. Eigentlich ist sie ja nur runtergefallen.« Sie sah Nora an, als ob sie eine Bestätigung von ihr erwartete.

Nora war vor Entsetzen gelähmt. Sie konnte sich nicht rühren.

»Das einzige Problem war dann noch, an die Daten auf ihrem PC ranzukommen. Ihrer Therapeutin hatte sie erzählt, daß sie alles auf dem Laptop habe. Paßwörter für ihre Konten, das ganze Internet-Banking und so weiter. Als ich den Laptop startete, merkte ich, daß er geschützt war. Deshalb habe ich ihn mitgenommen und dich angerufen.«

Sie sah Nora an. »Und dann hast du mir netterweise das Paßwort geknackt. In den letzten Tagen habe ich das Geld auf Konten in der ganzen Welt verteilt. Verschiedene Namen, das hatten Catharina und ich alles vorher schon geregelt. Sie und ich werden uns zwar nie mehr wiedersehen, aber wir werden auch nie mehr arbeiten müssen. Dafür hat sich der Aufwand doch gelohnt, findest du nicht?«

Der Aufwand? Sie meinte: ein Menschenleben? Nannte sie das ›Aufwand‹? Nora war außerstande, auch nur einen Finger zu rühren.

Es klingelte. Ellen nahm den Hörer der Sprechanlage und sagte, »Können Sie bitte heraufkommen und die Koffer holen?« Sie nahm ein paar Koffer und stellte sie vor die Tür. Der Taxifahrer kam und nahm sie mit nach unten. Die anderen nahm sie selbst. In der Tür drehte sie sich noch einmal zu Nora um. »Es tut mir leid, daß du nichts abbekommen hast für deine Mühe, aber für drei war es wirklich zu wenig.« Sie ging mit den Koffern die Treppe hinunter. Nora konnte sie auf den ersten Stufen noch durch die offene Tür sehen.

Als Ellen verschwunden war, ging sie zurück in den Wohnraum und setzte sich in einen Sessel. Es dauerte ein paar Stunden, bis sie ihre Umgebung wieder richtig wahrnahm. Als sie aus ihrem Koma erwachte, war es draußen schon stockdunkel. Sie stand auf und nahm sich ein Glas Wasser aus Ellens

Kühlschrank, wie es ihr schon halb zur Gewohnheit geworden war. Sie trank das Wasser aus und stellte das Glas danach sorgfältig in die Spüle. Sie hatte das Gefühl, nur noch zu einfachsten Handgriffen fähig zu sein. Alles andere schien sie zu überfordern.

***

Obwohl ich sonst eigentlich eher wenig trank, hatte sich mein Alkoholkonsum seit meiner Rückkehr aus Köln erheblich gesteigert. Ich war so frustriert, daß ich meistens abends noch ein Bier trinken ging - und bei einem blieb es dann nicht. Wenn ich Gesellschaft hatte - das hieß, wenn Nora anrief oder jemand anders - beherrschte ich mich etwas mehr, aber die restlichen Abende, wenn ich allein zu Hause oder in der Kneipe saß, mußte ich regelmäßig ein Taxi nehmen, um überhaupt nach Hause zu kommen, oder ich fiel fast wie ohnmächtig ins Bett, wenn ich schon zu Hause war. Wenn ich dann nachts aufwachte, weil der Alkoholspiegel etwas gesunken war, jagten mich Horrorgestalten, und am morgen hatte ich solche Kopfschmerzen, daß ich kaum zur Arbeit gehen konnte. Das ließ sich zwar mit ein paar Tabletten beheben, aber ich war froh, daß ich keine großen Fälle zu bearbeiten hatte.

Mein Kollege litt unter meiner schlechten Laune, ich raunzte ihn bei jeder passenden oder unpassenden Gelegenheit an. Er ließ mich so weit wie möglich in Ruhe. Nur einmal fragte er, was denn los sei, aber da ich ihm in fast beleidigender Weise verbot, sich nach meinem Befinden zu erkundigen, weil ihn das nichts anginge, wiederholte er es nicht. Er beobachtete mich ein bißchen besorgt. Er war ein guter Kollege, aber über mein Privatleben wußte er nicht viel. Hätte ich ihm da erzählen sollen, daß ich litt, weil ich schrecklich aussichtslos verliebt war - in eine Frau? Es hätte ihn zwar nicht vom Hocker geworfen, aber richtig verstehen hätte er es als Mann ja sowieso nicht können.

Heute morgen hatte ich wohl zu wenig Tabletten genommen. Mein Kopf brummte immer noch wie ein kaputter Kühlschrank, und niemand sprach mich an, weil meine Laune mir am Gesicht abzulesen war. Irgendwann klingelte das Telefon auf meinem Schreibtisch, und ich starrte es an, als ob ich es allein dadurch zum Schweigen bringen könnte. Als es nicht aufhörte, nahm ich ab und brummte meinen Namen in den Hörer. Jeder Anrufer sollte sich in acht nehmen, das wollte ich ihm gleich vermitteln.

»Renni -« hörte ich eine kaum verständliche Stimme.

Aber wie leise und unverständlich sie auch immer war, diese Stimme hätte ich überall erkannt. »Nora?«

Eine Weile hörte ich gar nichts, dann eine Art unterdrücktes Schluchzen. »Renni - ich -«

Wieder war Stille. Trotz meiner Kopfschmerzen war ich nun zumindest hellwach. »Nora, was ist denn?« Ging das schon wieder los? Hatte Ellen schon wieder etwas angestellt - oder auch nicht?

»Ich kann nicht - am Telefon -« hörte ich Nora sagen. Sie verstummte erneut.

»Was ist denn passiert?« Ich hing völlig in der Luft. Was sollte ich machen?

»Können wir - uns treffen?« fragte Nora zwischen zwei kleinen Schluchzern.

So hatte ich sie ja noch nie erlebt! Selbst als das letzte Mal die Geschichte mit Ellen losging, hatte sie sich anders verhalten. War etwas Schlimmeres geschehen als ein Mord? Was konnte das sein? »Ja, sicher«, antwortete ich auf ihre Frage. »Aber kannst du mir nicht wenigstens einen Anhaltspunkt geben, um was es sich dreht?«

»Ellen -« schluchzte Nora.

Ja, natürlich, was auch sonst? Und *ich* sollte die Seelentrösterin spielen? Ausgerechnet ich? Wenn Ellen und Nora sich gestritten hatten, war mir das zwar sehr recht, aber die Hauptaufgabe einer guten Freundin in einem solchen Moment ist nun einmal, zu trösten, und der vom Liebesschmerz Gequälten zu versichern, daß alles wieder gut werden würde. Das war aber gar nicht in meinem Sinne. Ich hätte ihr am liebsten geraten, Ellen nur laufen zu lassen und sich eine andere zu suchen, am besten die, die gerade vor ihr saß ...

»Sie ist weg –« schluchzte Nora weiter.

Na, das war doch wenigstens etwas! Eine gute Nachricht! Und so mitgenommen, wie Nora war, nahm ich an, daß es nicht nur um einen kleinen Streit zwischen Liebenden ging. Es war etwas Ernstes. Na gut, also dann ... »Oh!« sagte ich, »Was ist passiert?« Ich konnte einfach nicht sagen: ›Es tut mir leid‹, das tat es nun mal nicht.

»Hast du heute abend Zeit?« fragte Nora nun etwas gefaßter.

»Ja.« Mein regelmäßiges Besäufnis konnte man ja schließlich nicht als Termin betrachten ...

»Meinst du, du könntest vielleicht - vielleicht zu mir kommen –?« Nora schien sich etwas zu beruhigen. Ihre Schluchzer kamen jetzt in größeren Abständen.

Aber gerne! Nichts lieber als das! »Natürlich. Wenn du möchtest –«

Nora mochte. »So gegen sechs? Geht das bei dir?«

»Ja, das geht«, versicherte ich ihr. »Dann komme ich also um sechs.«

»Ja, bitte, danke«, antwortete Nora etwas verwirrt.

Ich legte auf, als ich das Geräusch im Hörer hörte, daß sie aufgelegt hatte.

Eine Einladung zu Nora nach Hause, und das ganz allein - das hatte ich mir immer gewünscht. Auch wenn die Umstände nicht ganz die waren, die ich mir vorgestellt hatte. So ist das eben mit diesen privaten kleinen Hollywood-Filmen. Wenn man das Drehbuch nicht selber schreibt, kommt es immer anders, als man denkt.

Aber eins zumindest wußte ich: Ellen war weg, und ich würde da sein, bei Nora heute abend ...

***

Nora öffnete mir die Tür, und ich erschrak. Ihre Augen waren von offensichtlich langem Heulen so verquollen, daß sie mich wahrscheinlich kaum sehen konnte. Ihr Anblick erinnerte mich eher an einen Boxer nach dem härtesten Kampf seines Lebens als an eine Frau in jüngeren Jahren. Sie drehte sich gleich wieder um, als sie mich sah, und ging mir in die Küche voraus. Ich schloß die Tür hinter mir und folgte ihr. Jetzt tat sie mir wirklich leid.

»Ist es denn so schlimm?« fragte ich teilnahmsvoll.

Nora sah mich mit ihren verquollenen Augen an, die roten Ränder gaben nur unzureichend die Begrenzung ihrer Augen wieder. »Noch viel schlimmer«, sagte sie leise. Sie atmete tief durch. Auf dem Tisch stand eine Flasche Wein, etwas reichlich Ungewöhnliches bei Nora, sie hatte oft noch nicht einmal Alkohol im Haus. »Möchtest du etwas trinken?« fragte sie, während sie nach ihrem eigenen Glas griff und einen großen Schluck nahm.

»Nein, danke«, sagte ich. Es fiel mir nicht schwer, das Angebot abzulehnen. Mein Brummschädel erinnerte mich daran, daß ich für einige Zeit genug gehabt hatte, und um mich Nora widmen zu können, wollte ich einen klaren Kopf behalten.

Nora trank noch etwas und starrte dann in ihr Glas, so, als ob ich gar nicht da wäre.

»Nora? Soll ich lieber wieder gehen?« Das würde ich zwar höchst ungern tun, aber wenn ich ihr doch nicht helfen konnte, war sie vielleicht besser ohne mich dran.

Sie blickte ruckartig hoch und verschüttete fast den ganzen Inhalt ihres Rotweinglases auf ihr Hemd und ihre Hose. »Nein, bitte nicht!« Sie sah gar nicht, was sie getan hatte, sondern goß sich einfach nach.

Da war etwas ganz und gar nicht in Ordnung. Natürlich hatte ich Nora noch nie persönlich im akuten Stadium des Liebeskummers erlebt – früher waren es Briefe gewesen, in denen sie nur sehr kurz berichtet hatte, und die Trennung von Melanie hatte sie anscheinend überhaupt nicht berührt, oder zumindest hatte ich das nicht mitbekommen –, aber mir erschien ihr Zustand doch sehr bedenklich. Konnte eine Trennung nach – wie lang war Ellen dagewesen? Zwei Monate oder drei? – so kurzer Zeit ein solches Drama auslösen? Nun ja, Nora war sehr empfindsam, vielleicht war es bei ihr so, das konnte ich nicht beurteilen, aber dann mußte zumindest eine sehr unangenehme Auseinandersetzung stattgefunden haben, eine Trennung für immer ohne die Einschränkung ›Wir können ja Freundinnen bleiben‹, die fast üblicherweise doch oft gemacht wurde. Dann konnte man immer noch mal miteinander telefonieren oder ausgehen, sich gegenseitig die nächste Freundin vorstellen – so etwas eben. Aber Nora sah nicht so aus, als ob sie damit rechnen würde. Ich mußte auf jeden Fall mehr über die Umstände erfahren.

»Nora, möchtest du mir nicht etwas erzählen? Wenn ich hier nur rumsitze und nicht weiß, was eigentlich los ist, bin ich dir sicher keine große Hilfe.« Ich sah sie fragend an.

Sie blickte auf, und wenn ich ihre Augen besser hätte sehen können, hätten sie sicher diesen ›Verwundetes-Reh‹-Ausdruck gehabt. Es war herzzerreißend – zumindest für mich, die ich mir nichts sehnlicher wünschte, als Nora glücklich zu sehen. Am liebsten natürlich mit mir, aber selbst die anderen Frauen, die sie glücklich hätten machen können, hatte ich soweit es mir möglich war akzeptiert. »Sie ist weg«, sagte Nora.

Ich seufzte innerlich. Das wußte ich nun ja bereits. Gab es nichts Neues? Nach außen hin jedoch lächelte ich. »Das sagtest du schon. Möchtest du mir nicht etwas mehr erzählen?«

»Sie hat es getan«, ergänzte Nora mit einem stieren Blick in ihr Weinglas.

Okay, sie hat es getan, sie hat dich verlassen, Nora: was soll ich jetzt tun? Ich kann es sicher nicht rückgängig machen. Das alles dachte ich, aber ich überlegte mir, daß ich meine Gedanken etwas einfacher und freundlicher formulieren sollte, um Nora nicht in noch tiefere Trauer zu stürzen. »Sie hat dich verlassen«, versuchte ich ihre Aussage umzuformulieren. »Wann? Heute?« Nora sah zwar aus, als hätte sie schon tagelang geheult, aber das konnte täuschen, wie ich aus eigener Erfahrung wußte.

»Du verstehst nicht«, sagte Nora.

Nein, natürlich verstand ich nicht. Ich war froh, daß Ellen weg war. Ich verspürte nicht den geringsten Grund zur Trauer. »Was verstehe ich nicht?« fragte ich trotzdem.

»Sie hat es getan«, wiederholte Nora. »Loretta –«

Ich schrie fast auf vor Überraschung. Im letzten Moment hielt ich mich zurück. »Sie hat Loretta –?« Ich konnte es nicht glauben. So lange hatte ich diese Spur verfolgt und hatte mich doch zum Schluß geschlagen geben müssen. Und nun auf einmal –?

»Ja«, sagte Nora jetzt ganz dumpf. »Sie hat sie umgebracht. Zusammen mit ihrer Therapeutin.«

Oh Catharina! Du auch? Das war eine doppelte Überraschung, in der Tat. Nicht, daß ich es Catharina nicht zutraute. Und Ellen hatte ich ohnehin die ganze Zeit verdächtigt. Aber nun alle beide einfach so als Mörderinnen präsentiert zu bekommen ... - ich mußte mich einen Moment sammeln. Dann fragte ich Nora: »Woher weißt du das?«

Nora sah mich an. Sie schluckte. »Ellen hat es mir selbst gesagt«, antwortete sie kaum vernehmlich.

Ellen hatte ein Geständnis abgelegt? Warum auf einmal? Was gab es für einen Anlaß? Sie mußte doch froh gewesen sein, als man ihr nichts nachweisen konnte. Warum hatte sie es nun, wo alles vorbei war, zugegeben? »Wann?« fragte ich.

»Vor ein paar Tagen«, antwortete Nora vage. »Ich weiß nicht, welches Datum heute ist. Am Montag.«

Heute war Freitag. »Diesen Montag?« fragte ich sicherheitshalber noch einmal nach.

Nora wankte ein wenig auf ihrem Stuhl mit dem Glas in der Hand. »Ich weiß nicht. Welcher Tag ist heute?« Ich sagte es ihr. Daraufhin nickte sie. »Ja, dann war es diesen Montag.«

»Und wo ist Ellen jetzt?« Sofort erwachte die Kriminalistin in mir. Ein Geständnis, nach dem der oder die Geständige tagelang auf die Verhaftung wartete, gab es selten. Entweder die verdächtige Person war bereits in Haft oder sie war verschwunden.

»Ich weiß nicht«, sagte Nora gleichgültig. »Irgendwo.«

»Sie ist also nicht mehr hier am Ort? In ihrer Wohnung oder woanders?«

Nora schüttelte den Kopf. »Nein, sie ist Montag gegangen.«

Das war schlecht, ganz schlecht. Aber wenn es tatsächlich stimmte, was Nora sagte, mußte ich nicht nur privat handeln, sondern auch beruflich. Ich ging zu Nora hinüber und hockte mich vor sie hin. Ich versuchte, ihren Blick einzufangen. »Nora, bitte sag mir genau, was passiert ist. Was hat Ellen gestanden?«

»Sie hat sie umgebracht«, wiederholte Nora widerwillig.

Ich versuchte, meine Ungeduld ein wenig zu zügeln. »Ellen hat Loretta umgebracht. Gut. Das wissen wir jetzt. Sie hat es nicht allein getan, sagtest du?« Ich brauchte eine genauere Aussage von

Nora. Sonst konnte ich beruflich nichts unternehmen. Sie mußte mir einfach alles sagen, was sie wußte.

Nora war immer noch zu erschüttert, um selbst logische Gedankengänge entwickeln zu können. Ich hoffte, daß sie wenigstens meinen folgen konnte. Sie antwortete zumindest. »Lorettas Therapeutin hat ihr geholfen.« Sie verfiel wieder in Schweigen.

»Gut«, sagte ich. »*Wie* haben sie es gemacht? Es sah doch wie Selbstmord aus.« Die Erklärung interessierte mich wirklich.

»Sie ist vom Hochbett gefallen«, erwiderte Nora desinteressiert. Klar, für *sie* war die Geschichte nicht neu, und sie wollte sich am liebsten nicht mehr damit beschäftigen, aber *mir* fehlte da noch ein Stück.

Ich nahm Noras Gesicht in meine Hände. Ich hätte sie jetzt lieber geküßt als sie befragt, aber ich hatte keine Wahl. »Nora, bitte, erzähl der Reihe nach. Wie ist Loretta da hochgekommen? Wenn sie heruntergefallen ist, ohne daß jemand anderer beteiligt war, war es doch überhaupt kein Mord.« Das fehlte mir noch! Ein Geständnis, daß wieder in eine Sackgasse führte! Ich hoffte, nicht.

»Sie haben sie verführt, Ellen und die Therapeutin, und Loretta war betrunken und betäubt, aber konnte noch aufs Hochbett klettern. Dann haben sie ihr die Sachen über den Kopf gezogen, und sie ist runtergefallen.« Das war nicht gerade das, was ich eine exakte Aussage nannte, aber es reichte mir. Mehr würde ich aus Nora jetzt nicht herausbekommen.

Für sie war die Tatsache, daß Ellen ihr einen Mord gestanden hatte, sicher wesentlich erschütternder gewesen als für mich. Ich stellte mir vor, wenn es Nora wäre, die plötzlich vor mir stand, und mir einen Mord gestehen würde ... Das mußte schrecklich für Nora gewesen sein: zugleich die Geliebte und alle Illusionen zu verlieren. Ich versuchte Nora noch einmal zu einem klaren Gedanken zu überreden. »Weißt du, wo Ellen hingefahren ist?«

Nora schüttelte abwesend den Kopf, so, als wäre es nicht nur eine Antwort auf meine Frage, sondern würde auch ihr allgemeines

Unverständnis der Welt ausdrücken. »Sie hat das Geld auf Konten in aller Welt verteilt. Und ich habe ihr das Paßwort gegeben ...«

Geld? Welches Geld? Und das Paßwort? Plötzlich ging mir ein Licht auf. Der Laptop! Er fehlte in Lorettas Wohnung und Ellen hatte ihn. Sie hatte kein CD-Laufwerk, das hatte Nora mir ja erzählt, aber ich hatte es in meinem benebelten Suffschädel gar nicht richtig mitbekommen. Natürlich hatte sie kein CD-Laufwerk, das lag noch in Lorettas Wohnung!

Das mit dem Geld würde ich später klären, das wollte ich Nora jetzt nicht auch noch zumuten. Wie auch immer, das Mordmotiv war Geld gewesen. Die Kontoauszüge der letzten beiden Monate, die ich bei Loretta nicht gefunden hatte, hatten wohl doch mehr enthalten als die üblichen Einnahmen und Ausgaben. Das konnte ich mir jetzt denken. Vielleicht hatte Ellen sie sicherheitshalber auch mitgenommen, ebenso wie den Laptop. Weshalb auch immer sie ihn brauchte. Das würde Nora mir vielleicht noch eines Tages erklären.

Jetzt mußte ich erst einmal handeln. Ich ging zu Noras Telefon und rief das Polizeipräsidium an. Als die Zentrale sich meldete, verlangte ich, »Die Fahndungsbereitschaft, bitte«.

Der Kollege, der Dienst hatte, meldete sich. Ich identifizierte mich und erteilte ihm den Auftrag, die Fahndung nach Ellen einzuleiten. Ich gab ihm alle Angaben, die ich hatte. Größe, Alter, Gewicht, Haarfarbe. Ich versprach mir ehrlich gesagt nicht allzuviel davon. Sie war schon ein paar Tage unterwegs und sie konnte überall sein. Sie war eine hochintelligente Frau. Wenn ich sie des Mordes nicht hatte überführen können und die Kollegen in Köln auch nicht, war das keine gute Voraussetzung.

Außerdem gab es noch ein weiteres Problem: Würde Nora gegen Ellen aussagen, wenn wir sie zu fassen bekamen? Und selbst wenn: Noras Aussage stand dann gegen Ellens. Aussage gegen Aussage - da galt das Prinzip: im Zweifel für die Angeklagte. Meine eigene Aussage wäre in diesem Fall nichts wert. Da ich meine Informationen nur von Nora hatte, war das nach juristischen Begriffen ›Hörensagen‹. Das war vor Gericht nicht verwendbar. Falls wir Ellen also jemals fassen sollten, wären wir wieder auf ihr Geständnis angewiesen. Sie würde uns auslachen. Ich war überzeugt, sie hatte genau gewußt, was sie tat, und was immer die Konsequenzen waren, sie würde sie für sich zu nutzen wissen.

Ich ging zu Nora zurück und nahm ihr Gesicht wieder in meine Hände. Der polizeiliche Teil war nun erledigt. Die Kolleginnen und Kollegen von der Fahndung hatten den Ball. Ich konnte nur noch auf ihre Resultate warten, ob sie sich einstellten oder nicht. »Nora, kann ich noch irgend etwas für dich tun?« fragte ich besorgt. Bislang hatte ich eigentlich mehr meine Interessen verfolgt als ihre. Aber ihr Zustand hatte sich dadurch sicher nicht gebessert.

»Sie hat einfach zu mir gesagt –« Nora schluchzte auf. Sie konnte nicht weitersprechen.

Ich beugte mich über sie und nahm sie in die Arme. »Sch ... sch ... ganz ruhig. Du brauchst mir jetzt nichts mehr zu erzählen. Beruhige dich.«

Eine Weile rührte sie sich nicht, dann drehte sie ihr Gesicht zu mir hoch. »Es war so schrecklich, Renni. Sie lachte mir ins Gesicht. Sie machte sich lustig über meine – Tränen.« Ihre Stimme versiegte, wie auch die Tränen wahrscheinlich schon vor Tagen versiegt waren.

Ich strich über ihr Gesicht und küßte sie leicht auf die Stirn. Es war das erste Mal, daß ich sie küßte, wurde mir danach bewußt, wenn es auch nicht die Art Kuß war, die ich mir gewünscht und vorgestellt hatte – denn vorgestellt hatte ich es mir oft genug ...

Nora legte ihren Kopf an meine Brust und schluchzte auf. »Was habe ich nur falsch gemacht, Renni?«

Ich streichelte ihr Haar. »Nichts, Nora, du hast nichts falsch gemacht. Es war Ellen. Sie hat dich nur benutzt.« Somit war mein

Gefühl, das ich anfangs nur für Eifersucht gehalten hatte, doch noch bestätigt worden.

»Warum, Renni, warum hat sie das getan?«

Wer konnte darauf schon eine Antwort geben? Warum wurden Menschen kriminell, warum wurden Menschen zu Mördern? Warum tat es der eine und der andere nicht? Ellen hätte sicher eine Rechtfertigung für ihr Verhalten gefunden. Ich erinnerte mich an Catharina. Sie war Psychologin. Sie kannte die menschliche Psyche besser als viele andere. Aber ihre eigene Psyche hatte sie nicht im Griff.

Es gab immer eine kleine Nuance, die den Unterschied ausmachte, eine Winzigkeit, für die einen bedeutungslos, für die anderen ein Grund zu Mord. Wer konnte schon ahnen, wo und wann man den Grat überschritt, der die Schuldigen von den Unschuldigen trennte? Wer *war* überhaupt unschuldig und wer war schuldig? Im Polizeialltag dürfte man sich diese Fragen nicht stellen, aber sie waren da.

Ich sah auf Nora hinunter. »Ich weiß es nicht, Nora. Niemand weiß daß, vielleicht noch nicht einmal Ellen selbst.«

Nora schluchzte wieder. »Ich verstehe es einfach nicht, ich verstehe es einfach nicht«, flüsterte sie, von kleinen Schluchzern unterbrochen.

Ich streichelte beruhigend ihren Rücken und ihr Haar und wartete. Es würde vergehen, hoffte ich. Es verging eine geraume Weile, bis ihr Atem wieder ruhiger wurde, bis die unmotivierten Schluchzer mich nicht mehr in unkontrollierbaren Abständen erschütterten. Langsam löste sie ihre Arme von mir, die sie fast krampfhaft um mich geschlungen hatte. Vielleicht hatte ich eine halbe Stunde, oder auch eine Stunde so vor ihr gestanden, ich wußte es nicht.

Ihr Blick suchte von unten mein Gesicht. Eine Weile verharrte sie so, und mir wurde sehr unbehaglich zumute. Was dachte sie jetzt? Sollte ich jetzt gehen? Wollte wieder allein sein?

Nora stand von ihrem Stuhl auf, und da wir ungefähr gleich groß waren, standen wir uns nun quasi Auge in Auge gegenüber. »Warum bist du jetzt eigentlich hier, Renni?«

Ich wußte nicht, was sie damit meinte. Sie hatte mich doch angerufen! Mir wurde ein bißchen mulmig unter ihrem Blick, auch wenn sie nur die Hälfte ihres Augendurchmessers dafür zur Ver-fügung hatte. »Du hast mich gebeten –«, antwortete ich unbehaglich.

»Ja, ich habe dich gebeten.« Sie war viel gefaßter als eben noch. Anscheinend hatte sie sich jetzt ausgeweint. »Ich habe dich gebeten, und du kommst sofort zu mir, obwohl wir keine engen Freundinnen sind.«

Wenn *ich* darüber zu bestimmen gehabt hätte, wären wir das längst! Was beschäftigte sie sich jetzt damit? Sie trauerte doch um Ellen! Das Blatt hatte sich auf einmal gewendet. Sie war durchaus wieder in der Lage, logisch zu denken. Das gefiel mir nicht.

Sie sah mir tief in die Augen. »Du hast Ellen nie gemocht, stimmt's?«

Ich nickte. »Ja«, bestätigte ich vorsichtig. »Es tut mir leid«, fügte ich noch an, weil ich das Gefühl hatte, dadurch Nora am Weitersprechen hindern zu können. Das funktionierte aber nicht.

»Kann es sein, daß du noch andere Gründe hattest als den, daß du Polizistin bist?«

Sie kam genau auf den Punkt zu, und ich fühlte mich wie die Maus in der Falle. »Ich - ja«, quetschte ich ein wenig undeutlich hervor.

Sie ließ meine Augen nicht los. »Weißt du, ich habe dir noch nie in die Augen geschaut. Jetzt, wo ich es tue, sehe ich etwas darin, was ich offenbar all die Jahre übersehen habe. Und ich sehe es sehr genau.«

Ich fragte mich, wie sie das machte, durch ihre halben Augenschlitze ... Ich war tatsächlich in der Falle. Ich hätte flüchten können, aber auch dafür fehlte mir im Moment die Energie. »Bitte, Nora«, sagte ich, »schlaf dich doch erst einmal aus. Du bist noch viel zu erschöpft von den vergangenen Tagen. Wir können ja telefonieren, wenn du etwas brauchst. Ich bringe es dir dann.« Wenn sie erst einmal wieder bei Sinnen war, würden ihre Anwandlungen vergehen. Dann war wieder alles wie vorher. Hoffte ich - und auch nicht, denn ›vorher‹ war nicht das, was ich wollte.

»Warum solltest du das tun?« fragte sie jetzt.

Ich zuckte die Schultern. »Warum nicht? Wenn du etwas brauchst –« Was war das Problem?

Sie lächelte ein wenig, soweit das ihre verquollene Gesichtshaut zuließ. »Warum solltest du das tun, habe ich dich gefragt. Warum solltest du so etwas für eine flüchtige Freundin tun, die du zwar schon lange, aber nicht sehr gut kennst? Warum, wenn nicht aus einem einzigen Grund? Dem, den ich in deinen Augen sehe.«

»Was siehst du denn in meinen Augen?« Scheiße, warum hatte ich das jetzt gefragt? Es war mir einfach so rausgerutscht. Ich wollte die Antwort gar nicht hören, denn das konnte nur bedeuten, daß Nora mich auslachen würde. Sie hatte sich nach Ellens Liebe verzehrt, ganz sicher, aber nach meiner? Was war schon etwas wert, was man umsonst bekam?

Sie blickte immer noch recht starr auf mich. Vielleicht war sie keine Schlange und ich war kein Kaninchen, aber ich fühlte mich entschieden so. »Das weißt du ganz genau«, sagte sie leise. Sie hob ihre Hand und strich über meine Augenbrauen.

Ich zuckte zusammen. Ich empfand es als eine sehr intime Berührung. Die Distanz, die uns seit unserer Schulzeit trennte, war auf einmal wie weggewischt. Ich hatte mich so daran gewöhnt - wie sollte ich das verkraften? »Ich - ich weiß nicht, was du meinst«, leugnete ich störrisch.

»*Das* meine ich«, flüsterte sie. Ihre Lippen näherten sich meinem Mund.

Wohin sollte das führen?

Fortsetzung folgt ...

Michèle Atanasoff u. a. - **Warum verliebe ich mich immer in die falsche Frau?**

Ein LesbenLiebesRatgeber

Amüsante Geschichten über Situationen, die jeder Leserin bekannt vorkommen. Zum Wiedererkennen und (vielleicht?) lernen, wie lesbe es beim nächsten Mal besser machen könnte. Dazu eine fundierte Analyse der Psychotherapeutin Michèle Atanasoff, warum sich die Muster immer wiederholen, obwohl wir das doch eigentlich das nächste Mal vermeiden wollten.

Ist die "falsche" Frau vielleicht doch die "richtige"?

Diana Lee - **Die Geliebte der Wölfin**

Die lesbische Robin Hood

Die schöne Lady Gwendolyn wird auf dem nächtlichen Heimweg überfallen. Rettung naht in Gestalt der attraktiven Ritterin Sir Blaidd, die in geheimer Mission eine Verschwörung gegen die Königin aufdecken soll. Gwendolyn verliert ihr Herz an die tapfere Heldin, gemeinsam versuchen sie nun mit ihren Freunden den Verschwörern zuvorzukommen. Doch die Feinde sind mächtig, mittels dunkler Rituale versuchen sie, ihre Kräfte zum entscheidenden Schlag zu bündeln. Auch Gwendolyn gerät in Gefahr. Kann Sir Blaidd sie mit ihrem Mut und ihrem geschikkten Schwert aus der tödlichen Falle befreien?

Ruth Gogoll - **Taxi nach Paris**

Der lesbische Erotikbestseller

Sie begegnet ihrer Traumfrau, aber viel zu schnell landen beide im Bett - während sie sich verliebt hat, geht die andere nur ihrem Gewerbe nach. Jedoch sie ist sich sicher, das Herz der Angebeteten erobern zu können. Wird die Liebe stärker sein als die Zerreißproben und die beiden Frauen in der Stadt des Lichts zusammenführen?

»Hin- und hergerissen von ihren Gefühlen, zwischen totaler Eifersucht und Hingabe entwickelt sich eine atemberaubende Affäre, mit dramatischen Steigerungen und überraschenden Wendungen ...« (lespress)

Ruth Gogoll - **Über die Liebe oder Ein Tod in Konstanz**

Eine Liebesgeschichte

Eva hat sich mit ihren 45 Jahren in ihrem ruhigen, ereignislosen Leben eingerichtet und erwartet nicht mehr viel davon. Da taucht Sina auf: 25 Jahre alt und ganz das Gegenteil von Eva. Eva hält ihr Verhältnis zu Anfang für eine reine Bettgeschichte, denn sie glaubt, der Altersunterschied würde Liebe verhindern. Sie will sich auf diese aussichtslose Beziehung erst gar nicht einlassen. Doch da erscheint mit einem Mal Jeanne auf der Bildfläche, Sinas Ex-Freundin ...

Brenda Miller - **Court of Love**

Liebesroman

Die Basketballspielerin Chris hat sich bei einem Spiel schwer verletzt und kommt ins Krankenhaus. Dort wird sie während der Rekonvaleszenz von der Physiotherapeutin Beth betreut. Die beiden verlieben sich ineinander. Beth hat sich vor kurzem von ihrer Freundin getrennt, für Chris gab es bis jetzt nur Basketball und das College. Sie weiß noch nicht, ob sie sich für Männer oder Frauen interessiert, und sie hat noch nie mit jemandem geschlafen ...

Daniela John - **Ein Kaffee für zwei**

Liebesroman

Jo, Jurastudentin, ist fasziniert von ihrer Dozentin Gabi, einer Richterin. Jo verliebt sich in Gabi und durch Zufall ergibt sich die Gelegenheit einer gemeinsamen Reise, auf der die romantische Liebesgeschichte ihren Anfang nimmt ... doch später muß Gabi sich entscheiden zwischen Jo und einer neuen Karriere - das Drama der Trennung beginnt. Werden sie am Ende dennoch zusammenfinden?

Anne Seale - **Sex for Breakfast**

frankly lesbian ...

Musikkassette

Erfrischend einfach und locker, mit einer Musik, die die Laune hebt und keine schweren Gedanken aufkommen läßt, behandelt Anne Seale in ihren Liedern auf humorvolle Art die Freuden, Irrungen und Wirrungen lesbischer Beziehungen. MC mit Booklet (Texte englisch/deutsch).